U0622702

你要看，而且要看见。

——所罗门

彼亦一是非，此亦一是非。

——庄子

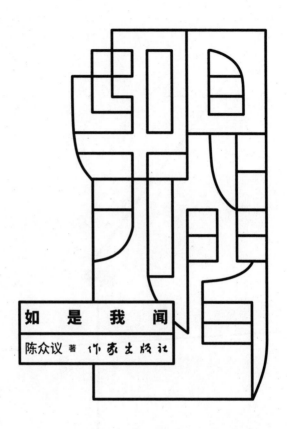

# 如是我闻

陈众议 著　作家出版社

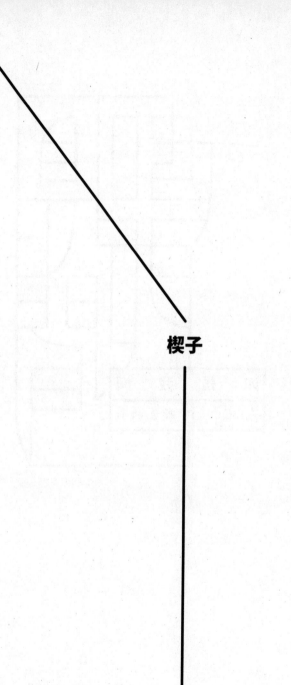

楔子

"知足知不足，有为有不为。"这是冰心先生早年赐我的一幅题词。我拿它当座右铭，于是逆境知足，顺境知不足；做得好是有为，做不好或做不得就不为。这样一来，我本可欣欣然人生除死无大事矣。但是，正所谓"天有不测风云，人有旦夕祸福"，生命中不如意或身不由己者十有八九。这不，年前的一个傍晚，母亲来电说老家出了状况，叫我尽快回去一趟，而我正在潜心写作，漫忆渺小个人的跌宕过去。没等我询问是啥状况，她老人家就搁下了电话。我想回拨过去，听到的却是一阵急促的嘟嘟声。是电话没挂好，或是她有意为之，甚至直接拔掉了电话线？

　　母亲虽然上了年纪，却依然耳聪目明，思维敏捷。她年轻时更是蕙心兰质、满腹经纶，还做得一手好女红。她常常边纳鞋底，边叫我在一旁背诵《老子》《论语》、唐诗宋词，就像现如今幼儿园对大班孩子的要求。好在当时我们小小的肩膀无须背起大大的书包。一册语文、一册算术，两本练习簿、一支铅笔、一个铅笔刀和一小块橡皮是初上小学的所有行头。

　　作为共和国的同龄人，具体何年何月何日就不必提了，因为我既不信星相运势，也不屑于生辰八字、阴阳五行等七荤八素的谶纬之术。至于血型，从基因学的角度看，也许对人的性格有一点影响，但关键依然是后天的养成，譬如习惯和性情。记得故宫保和殿里有"闻鸡即起""日有三省"之类的训诫，人的自我提醒、自我约束才是第一位的。这也是古今大哲的普遍见识：人的最大空间是懂得约束自己。民主自由，莫非如此。

# 一

　　如是大师来过了，说你起年不顺，怪不得患了带
状疱疹。这是个顽疾，我年轻时得过，疼得要死要活，
比生孩子还难受。

　　这哪能跟生孩子比哦，我觉得世上没什么比生孩子更大更
难的事儿，除了死亡。

　　然而，母亲一见到我就开始喋喋不休地唠叨起来。

　　且说如是本名翠花，原是赣浙山区的一个小娃娃，而今成
了什么大师，且名声在外。我始终想不通，这么一个山村女娃，
何以摇身一变，成了叱咤风云的半仙大师呢？

　　可不？人家发达了，还挺关心你，每次都哥哥长、
哥哥短地提到你。不过我也说了，针无两头尖，蔗无
两头甜，做人总是有取有舍，哪能事事如意呢？！

　　我斜睨着看了母亲手上的照片。这哪里是翠花丫头嘛？又
变模样了！她今年该过七十了吧？

　　咦，可不许这么说！她冻龄了，网上说的。反正
看上去像个小姑娘，而且肤色、气质越来越好，修炼
到家啦！

　　确实不像古稀老妪。我一边嘀咕着，一边把目光收了回
来，心想这世道拉皮拍黄瓜，再加什么激光除皱、智能抗衰，还
有瘦脸针、吸脂术、玻尿酸等等，简直五花八门，谁知道她怎
么作呢。倘使再用点啥基因疗法，岂不要返老还童，做天山童

姥了？

　　本来打算留她住一天呢，也好等你回来见上一面。可她忙啊，天南海北找她卜卦看相测风水的已经排到2055年了。大师就是大师，那排场，比美国总统还讲究。就说来之前派的那两对童男童女吧，哦哟，拿着探测器旮旮旯旯探了个遍。

那可真够邪乎的，把自己当人物了！她不是开了家啥公司吗？

母亲保存好照片，接着说：

　　寰宇先知。

既然寰宇先知，还探测个啥？不是此地无银三百两吗？

　　这叫谨慎能捕千秋蝉，小心驶得万年船。哪像你，什么都不在乎！我说嘛，儿子是替国家养的，家里的事你就半夜吃甘蔗不知头尾喽。

我不明白母亲何故火急火燎召我回来。

　　啥事？你奶奶显灵了！自然是大师说的。她看见一个小脚老太太，绾着发髻，坐在院子里发呆，两眼直愣愣地望着远方。

　　当真看见了，不然她怎么知道你奶奶是个小脚老太太呢？有鼻子有眼的。

这还不容易吗？奶奶那个年龄的女人都裹脚，否则哪里嫁得出去？至于眼鼻嘛，看看父亲就知道啦。总之，瞎子占卦问着来，聋子探道看着走，她又不瞎不聋！

罪过，罪过，可不敢这么说！大师是顺风耳、千里眼，五洲四海都听得见、看得清，别以为她说有小仙庇护，你就有恃无恐。

我还没说完呢。大师说你奶奶坟头上长了不少青草，要你尽快去拔掉。你是长孙，老太太一定是惦记你了。

难不成她老人家故意催长些野草叫我去拔掉它们？

我知道你在想什么：假道士跳法场装神弄鬼！你也该去奶奶坟头拜谒一下了。上次上坟已经是几年前了。不孝啊！

还说什么……坟头对面的山顶上冒青烟了。要是你奶奶坟头上冒青烟就好了，那是大吉大利呀。可恰巧是在对面山顶，照理要修座宝塔镇一镇的，让青烟冒到你奶奶坟头上去，不过大师已经作过法、清过场了。你只要去坟头拜祭一下就可以了。

啥宝塔呀？几十年退耕还林了，眼下到处是参天大树！但我自知拗不过母亲，看在她这把年纪还想着法子召我回来祭奠祖宗，也算是一番好意。这年头，新庙旧观香火日旺，各色教堂也是善男信女多如赶集。怕只怕有人口吐莲花，心藏私欲。

想当初，母亲并不迷信，她颇有些文化，称得上知书达理。父亲出身卑微，是清风镇一户富有人家的长工，抗战时期追随游击队打过鬼子，但解放后回到了清风镇。母亲有位兄弟倒是从小背叛家庭、参加革命，她于是更加近朱者赤。我小时候听她说起舅舅领兵镇压一贯道暴乱，那叫一个有声有色。据传一贯道起源于清朝末年，光绪继位时它已在民间活跃。其教义杂糅儒释道三家经义，同时还掺入了些许基督教精神，宣扬"大劫将至，非此教不能消灾"，应了欧洲世纪末悲情。一众信徒虽几次举行武装暴动，但都功亏一篑。鉴于其疯狂言行，清政府曾下令"务获严办、务绝根株"。此后，一贯道转入地下。民国伊始，军阀混战，灾害连连，一贯道伺机复兴，乃至发展壮大，信众累达三百余万。日本人入侵并占领东三省后，蓄意扶植鹰犬爪牙，致使一贯道气焰益盛，信众迅捷遍布全国各地。后来，日本投降了，蒋家王朝覆灭了，他们就趁举国抗美援朝之际发动暴乱。中央政府当即下令弹压，舅舅参与了其中一场战斗。一贯道方面由一位"正宫娘娘"率麾下数千人负隅顽抗。"正宫娘娘"被击毙后，余部高喊"正宫娘娘上西天了，正宫娘娘上西天了"，疯魔般举枪挥刀肆意冲杀。结果可想而知，在强大的正规军面前无异于以卵击石。由于死伤过多，舅舅不仅未能立功受奖，反遭降级处分。个别逃逸的顽固分子，日后多次滋事报复。两年后，政府又开始大规模整肃会道门，难免有些不法分子狗急跳墙。为安全起见，母亲曾带我躲进山镇。那是外婆出生的地方，尚有祖宅近亲。它后来也是我作为知青插队落户的所在。

二

我正是在外婆家的祖宅见到翠花的。她红扑扑的脸上像是抹多了胭脂。当然，我知道那不是胭脂，而是光合作用的结果，俗称"乡村红"。

　　我管你外婆叫小姨，大你一个辈分呢。你不信？不信就问你妈。不过你妈很少来，肯定不知情。镇里的老人经常说起你外婆，说她当真是大家闺秀，是这一带最好看、最富有的千金小姐。

　　大我一辈？你想占我便宜啊？我才不吃这一套呢！小山姑眼睛大大的，嘴巴小小的，鼻梁挺挺的，按照后来的审美标准堪称绝顶美人，而且柔美中透着英气。她不住地偷着乐，我却忍不住将她打量了一番：苗条，但发育蓬勃，是故她还有意微弓着背；高挑，但身材匀称，修长的双腿刀削般挺直。她好似有所觉察，蔫花儿似的垂下了头，脸红得发紫。

　　后来，我长大了，发现她其实是个中等身材的小姑娘。

　　你们城里人细皮嫩肉的吃不了苦。这深山老林里有蛇有狼，你怕不怕？别担心，我保护你，谁叫我是你姨呢？呵呵呵……

　　她以攻为守，步步为营，三十六计学得不错。嗨，我高看她了，估计斗大的字不识一筐！虽然镇里有一所小学，出了公社向东十几里还有一所中学。据说那所中学出过十位翰林，故名十翰中学。至于那个镇子，明清时期是远近闻名的盐米和山珍海味集散地。盐和海产品来自海边，靠舟船由纤夫拖拽着溯河而上，再由镇上的商户马驮肩挑转卖至赣、浙、皖一带，甚至更远的地方；同时再将那里的大米和山货贩回来卖给盐商。这样一来一往，小镇日渐兴旺，加之山清水秀、风光旖旎，引得商贾世家纷纷来此安家落户。李太白"镜湖水如月，耶溪女似雪"也许说的就是那些大户人家的小姐，只不过两行诗中出现两个"如"字容易被认为过于随意和有煞风景，就像鲁迅先生刻意为之的"两棵树"："一棵是枣树，另一棵也是枣树。"

但我没能见证其辉煌。为了发展农业，国家大兴水利工程，赣浙两省河道上修建了若干水电站，导致下游水位降低，尤其是在秋冬季节。

唯有春夏雨季，上游水库不得不开闸泄洪，才会有訇然如雷的洪水奔腾而下。那一泻千里之势，在隆隆滚雷般巨大轰鸣声的伴随下滚滚而来，让人心颤，并由衷地感佩大自然万马奔腾、势如破竹的伟大力量。而我，居然在下乡的第二年春天连续救起了三个贫下中农。

你是不是害羞啊？放心吧，我把你当小弟弟。听说你十八岁了，怎么像个初中生呢？太小样儿了！要多吃点，回头我送你些山芋。

我才不稀罕呢！我自己用双手挣工分，保证够吃。问题是第二天就尴尬了。溪边稻田里有很多蚂蟥，它们在水里蛄蛹游荡。听说戴笠酷刑中最狠的一招就是将宁死不屈的间谍三井成子扔进蚂蟥池里，终于撬开了那个日本女人的嘴。

你害怕了吧？这些蚂蟥一点都不可怕。你瞧，我脚一动，它们就游过来了，然后……逮着了，拽住两头用力一拉，像不像牛皮筋？瞧，断了，这条蚂蟥就完蛋了。不过明天它就变成两条了。

这太可怕了吧？它岂不是杀不死的？我怔怔地站在田里一动不动，她咯咯地笑着。

　　其实它们都是些欺软怕硬的家伙。你越怕它们，它们就越欺负你。告诉你吧，我给你带了熟石灰，你抹在脚上，它们就不敢欺负你了。你不信？初中化学里有这个。

原来她读过初中，我小看她了。怪不得她有点儿与众不同。别的女孩子总是观西洋景似的远远看着我们这些下乡知青，独独她不仅落落大方，而且还敢于亲近我们，没有半点羞涩忸怩。也许她这是以主人翁自居，也许她就是这么光明磊落。石头一开始就取笑我，叫我小心被她俘虏。那小子表面上憨豆一颗，骨子里却鬼得很，不像木棒越大越厚道。

一想到木棒，我这心里就咯噔一下，好像被一股电流击中了心窝。想当初我和石头、木棒三个形影不离，干过许多偷鸡摸狗的恶作剧。你别笑！真是偷鸡摸狗！有一次我们好不容易摸黑去偷郊区一家农户的大公鸡，结果被一条看家狗追得落荒而逃。回到城里，我们照例在石头家聚首，没想到木棒背着双手姗姗来迟。"你们跑哪儿去了？鸡都不要了，啊？"说罢，他转过身来，那公鸡早就被他捏着脖子断了气儿。"你平时的牛劲哪儿去了？就这么怕一条狗？"他朝石头努着嘴，好生数落一番。石头气不过，说他明天就宰了那条狗。"好啊，你倒是去啊！弄不死那条狗，你就是小狗！"话音未落，木棒就开心地哈哈大笑，"这样吧，先罚你杀鸡煺毛！"

你怎么啦？别害怕，我帮你抹石灰。干吗呀？不好意思啊？

我本能地后退了一步，还下意识地朝石头瞟了一眼。石头会心地从田埂上跑过来，说给他一点石灰，嘴里嘟哝着："干吗不在田里多撒点石灰呢？"

你又不是我外甥，凭啥要石灰？好吧，看在你俩是哥们儿，也匀给你一些。这石灰是定量供应的，就像布票粮票，稀罕得很！

她说着又从衣袋里抓了一把给石头，并对他说，从今以后得管她叫姨。石头灵机一动说："他叫你啥我也叫你啥。问题是你有这么老吗？"

这是辈分，你懂不？

石头和翠花正扯着嗓门嚷嚷，有位大爷在水田的尽头乐呵呵地帮腔："是啊，别乱了辈分！"大伙儿于是哄笑了一阵，直笑得山坳里传来了回音。翠花索性唱起了山歌，那歌词我愣是没听懂，无非是花啊草啊的。浙江方言多，所谓"十里不同音，百里不同俗"说的大概就是这方水土。我非但听不懂东阳人说话，而且听不懂义乌方言。至于温州话嘛，那绝对比阿拉伯语还难懂。听说抗战时期，我们甚至直接用温州方言做过军事密码。

我一边认认真真地学插秧，一边让无数英雄豪杰的故事在意识里流淌，慢慢地也就不怕蛄蛹蛄蛹的蚂蟥了。可石头这家伙从小毛手毛脚，无论做什么都动静大、手脚重。结果，一条蚂蟆叮在了他的小腿上。他觉得腿上痒痒，随手去挠。不挠不要紧，一挠就挠掉了半条蚂蟆。这下可好，另半条就直接钻进了腿肚子，伤口渗出血来，吓得他嗷嗷直叫。

没事的，叫声小姨我就帮你取出来。

翠花边说边咯咯地笑着。石头一个劲儿管她叫小姨妈、大姨妈，逗得爬上田埂的一众女知青哈哈大笑。翠花三脚两步跑过来，一巴掌啪的一声拍在石头的腿肚子上。咋回事啊？蜇得慌！石头大叫起来。

有盐！瞧，半条蚂蟆自己爬出来了吧？来，姑娘们，都给你们的对子抹上石灰下田干活了！万一谁被蚂蟆叮上了，我这里有盐。

咦，太恶心了！石头悻悻地看着自己的小腿，立即毛发森竖。他也有今天？不是天不怕地不怕的吗？木棒后来听说了，就拿他作笑柄。因其父早逝，母亲有恙，木棒被分配到市机械厂当学徒。这自然还要归功于他家三代雇工的好成分。我知道木棒一直对石头那个宰狗的牛皮耿耿于怀。用他的话说，牛皮吹破了，玩儿完了！没想到却是一语成谶。

三

但是，也许恰恰是他脑瓜儿灵，而且能吹能干、敢吹敢干，后来居然成了大老板。当然，那是后话。先说我俩还有一干人等在那沟沟壑壑的穷乡僻壤当知青，连一个黄毛丫头都可以对我们呼来唤去。不过话又说回来，她小小年纪，十六七岁就当上了"铁姑娘队"队长，还小有权威，连那些年长她好几岁的姑娘都听她指挥。这不，现在叫她们一对一教我们学插秧呢。

当初的豪言壮语和欢天喜地立刻风吹云烟般消散殆尽。剩下的唯有日出而作、日落而息的单调生活，以及横祸般飞来的鸡鸣狗盗和一惊一乍。最初的惊诧倒也不算什么，因为那只是小打小闹，譬如石头之流忍不住偷老农家一只鸡或一只鸭，反正风高月黑逮着算数。反过来，田宇从城里带来的那串宝贝腊肠也被岳队长家的大黄狗纵身叼了去。结果田宇找石头动歪脑筋，居然用剩下的一小块腊肠把那条狗骗到了宿舍，并用麻绳套住狗脖子，将它生生地勒死了。田宇想把它埋了，可石头哪里舍得。他撸起袖子剥皮剖腹，将那黄狗大卸八块，连夜分两锅煮了。一窝子饥不择食的人大快朵颐，但后果很严重。大队长发动群众，来了个大搜查，顺便看看我们这些来接受再教育的年轻人都带了些啥。幸好田宇掘地三尺，早将狗皮、内脏和骨头给埋了。简而言之，第二年村里的鸡窝、狗窝基本空空如也，没几家敢养鸡养狗了。极少数顽固分子只能把鸡鸭猪狗圈到屋子里，与人共处。白天还好，光天化日，众目睽睽；到了夜里可就热闹了。而这又让石头有了活学活用《徐文长传奇》的机会。

这山区比不得你们城里，有路灯，街道溜平。这里太阳下山早，夜里除了月亮，没别的照明。走夜路一定要小心。瞧，那么多梯田，高高低低，田埂又窄，一不小心就会摔个大马趴，甚至一出溜掉进了粪坑里。哈哈哈……听见没？

我闷声答应着，心想，要你说？！这一路过来早看见了。到处坑坑洼洼，茅厕像敞篷车，粪坑里爬满了蛆。人粪、牛粪、猪粪、鸡粪啥的，全倾泄在一处。还有三五成群的鸭子在粪池边吃蛆，它们吃完虫子，扑扇着翅膀跳进河里。幸好生产队里优待知青，给我们盖了一排大瓦房，两边还加了小厕所，男知青、女知青不相杂厕。

说到女知青，却是我多年来最难以释怀的一大心病。我虽然发育晚，不谙风月，但保护女同学应该是责无旁贷的分内之事。她们才是最可怜的，除了需要面对又脏又累的农活，还有我不曾想见的诸多难言之隐、难却之情。就说厕所的窗棂上，女知青们第一时间挂上了薄薄的布帘子，但这反而引起了顽童们的注意。他们拿小竹竿戳破布帘子，趴在窗口朝里瞄，害得女知青一个个一惊一乍地叫唤着。眼看布帘子挡不住好奇顽童的窥探，夜幕降临后也许还有其他人等前来捣乱，她们索性用木板将小窗钉得死死的。但是，即或密不透风的窗子，也依旧挡不住人们的耳朵。有人禽夜守在女厕所窗外偷听她们如厕。是可忍，孰不可忍？女知青终于化零为整，一个如厕，多人放哨。

问题是我们男知青干啥去了？只管自己呼呼大睡，完全罔顾她们的明困与暗忧，以至于后来发生了一系列问题，大小麻烦一度不可收拾。

到了这种有伤风化的地步，你们也不管管？

有一天，翠花听说王小奕回城堕胎去了，顿时双目瞪圆，怒不可遏。一时间，各种传闻不翼而飞，就像当时关于北京的众多小道消息。我只知"自古小道出深宫"，可面对王小奕同学的处境却脑袋空空，一筹莫展。我们这一代，从小没接受过系统的生理学教育，完全不懂女人受孕的真实机理。有说她和哪个知青乱搞，是破鞋；也有传言谓她与哪位公社领导有染；更邪乎的是关于某眼山泉有蛇妖作怪，女孩子喝了它的水就会怀孕。诸如此类，不一而足。

你们别相信那些胡说八道！肯定是有人欺负小奕了！她这么一个善良、单纯的女孩儿，怎么会做那种事？！都怪你们没心没肺，连身边的女孩儿都保护不了！

石头嚷嚷道："这就怪了！她们挺能耐的呀，还需要我们保护吗？下乡之前，她们有的还是红卫兵，甚至是校造反派头头呢……"

当然喽，王小奕是内向和羸弱了一点，长得也比较清秀。用后来的网络语言说，她还有点"骨感"。问题是她还多少有些孤傲，也应了"理想很丰满，现实很骨感"那句箴言。至于她究竟有何理想，我却浑然不知。老实说，我仿佛仍处于童年向少年转化的懵懂之中，友谊高于一切。这正是我和石头、木棒厮混的主要原因。三个人常常如影随形，还学刘关张桃园结义，拜把子、做兄弟，不求同年同月同日生，但求同年同月同日死，就差歃血为盟了。所憾我不是刘备，木棒和石头亦非关云长和张翼德。要说文学这玩意儿就是厉害，它悠悠地潜入心扉，让你欲罢不能；尽管我后来阴差阳错地选择了心理学。石头不苟且，他回城后又很快下海了，再后来就满嘴"钱不是万能的，没有钱是万万不能的"。我只好回敬他"男人有钱就变坏，女人变坏就有钱"。这话石头听了只顾傻笑。"传到大师耳边可不得了，了不得！"他这么憨憨地说笑。当然，那也是后话。

你想啥呢？跟没事人似的！

我当初确实是一头雾水。石头在一旁替她帮腔，说得找出是哪个王八蛋干的好事，非宰了他不可。问题是他还欠木棒一条狗呢，这捉奸逮人谈何容易。

一点蛛丝马迹都没有，况且王小奕怀孕堕胎也只是传说，谁也说不出个子丑寅卯。

一个月后，王小奕回来了，人又瘦了一圈，满脸煞白，一点血色都没有。大队安排她到养猪场喂猪，这倒是个不错的活计。没想到刚过几个月，又传说她怀孕了。有人发现她一个劲儿地呕吐。真是作孽啊！翠花要求公社革委会查清真相，而且主动请缨担纲调查组组长。可首先得王小奕自己配合吧？她除了哗哗地落泪，却硬是一言不发，急得翠花像热锅上的蚂蚁。

翠花在小奕身边团团转，转了几天还是一无所获。她气馁了，但又心有不甘。就这么耗了一段时间，人们许是淡忘了，稍不留神，小奕居然不见了。起初，人们以为她又回城堕胎去了，可很快就有人在河中央发现了她的尸体。仲夏日，洪水已然消退，但村边水潭中的水位依然很高。小奕穿着单薄，白花花地漂在水里。

她投河自尽了！这下你们安心了！是哪个王八羔子作的孽？我咒他不得好死！祖宗八代都不得好死！

翠花哭着、骂着，她难过啊！一半为了咒那有胆无量的龟孙子，另一半却是为了宣泄没有完成调查使命的沮丧劲儿。王小奕的死震撼了知青部落，我们到大队部和公社讨说法，所憾既无线索，更无证据。公社革委会主任是位少壮派，一副疾恶如仇的样子。他扬言一定要查个水落石出，将肇事者、强奸犯、破坏知识青年上山下乡的"反革命分子"打倒在地，踏上一万只脚，让他永世不得翻身。

王小奕的死成了压在我们心里的一块大石头。事实上，这桩无头案让我们长大了不少。那时节小偷、鸡奸犯都会被绳之以法，甚至被枪毙，更甭说是强奸犯加"反革命"了！然而，谁是强奸犯？谁是"反革命"？我们无从知晓，就连机灵鬼翠花也徒叹奈何。

小奕可真傻呀！她怎么就这么走了呢？不是太便宜那个龟孙子了吗？她做了鬼也不会饶过他！呸！呸！呸！

我知道她是因为说漏了嘴而连吐了三个"呸"。学大寨一马当先的铁姑娘怎么能信鬼神呢？

小奕不明不白地走了。可怜她家庭成分不好，父母不是自顾不暇，就是自身难保，得到噩耗后大事化小、小事化了，草草替苦命的女儿办了后事。那墓地还是我们一众知青替她选的，就在后山岗上。

青山依旧由衷地苍绿，早稻快收割完了，晚稻的秧苗正茁壮生长。远处层峦叠翠，近处稻花飘香。可能是丰收的喜悦褪去了忧伤，抑或时间的风尘掩埋了苦恼，我们重新回到了忙碌的日子。同时，经一事，长一智，女知青们更加小心谨慎，再不敢独自出门，更不必说晚上起夜如厕了。她们有的买了痰盂或小脸盆权作起夜工具，有的请村里的木匠做两只柏木或杉木水盆用来方便和清洗。贫下中农家里"鸡初鸣、咸盥漱"时，她们一边如厕，一边悄悄倾倒夜液。而我们要么一夜回到厕筹时代，要么拿报纸、传单出恭。你懂的！

# 四

刚来时，我们总共十八个男知青、十个女知青。王小奕一走，我们的性别比恰好成了二比一。发育早、年龄稍大几岁的男知青开始青春勃发，耐不住寂寞了。有的居然深更半夜去女厕所偷例假纸，有的开始在知青内部搭对儿，有的甚至直接找贫下中农的女孩儿谈恋爱。这还是石头告诉我的。幸好我发育晚，还是个"清秀、单纯的小男孩"。这话也是石头转述的，据称典出铁姑娘翠花。

石头的话你也信？

有一次生产队里开大会，要斗地主，还要忆苦思甜、诉苦把冤申。翠花坐我旁边，冷不丁来了这么一句，吓得我秋老虎里打了个寒战。

"石头说啥了？"多亏我一激灵，把球踢了回去。

你就装吧！

她对我的反诘嗤之以鼻。问题是我装啥了？我自己也糊涂了。她看我一脸无辜样，就直奔主题说，她根本没看上谁，怎么可能谈恋爱呢？

你们这群人吧……叫我怎么说呢？一个个人模狗样儿，可能让人多瞧几眼的，还真没……

她看着我，停顿了一下，说："真没一两个。""啥意思？""没啥意思！"她咯咯地笑着，但忽然用手心抿住嘴。拿目光四处扫射了一番，见未曾引起别人的注意，复又窃笑一阵。我不了解女孩儿，当然更不了解翠花和小奕。这么一想，莫名的凄凉感油然而生。也许对小奕心存悲悯，也许对翠花有所亏欠。半年来我几乎淡忘了小奕这个同学，没跟她说过两句话。与此同时，翠花对我帮衬颇多，当然不仅仅是对我，但主要是对我。她自称是我的对子。"一帮一，一对红"是铁姑娘队的响亮口号。无论上山砍柴、伐木，还是下地播种、收割，她都手把手地教我。我也在内心深处把她当师父。俗话说，"男女搭配，干活不累"，我却不以为然。再说，翠花并没有让生产队里的小伙子和女知青配对呀？好在我学得快，也好在吃得苦、耐得劳，更好在年轻，一切都在不知不觉中成为自然。过了两年，我插秧比老农还快，割稻既麻利又整齐，上山更是小鹿一般不费劲儿，挑担、扛竹木也比旁人懂得用巧劲儿。哈哈，一下从头年的六分工，蹿到了十分壮劳力，尽管个子还是只有一米六几。后来也仅仅长了几厘米，勉强不算"残废"。这也是后话，且待后言。

　　天上布满星，月牙亮晶晶，生产队里开大会，诉

苦把冤申……

　　批斗会结束了，社员们齐声高唱忆苦思甜歌，还每人捏着一块观音土做的薄饼。据说这玩意儿吃一块三天不饿，五天不屙。石头听说后，直嚷嚷这玩意儿好。要不是被翠花的搭对儿表妹拦住，他准能咽下一块半块儿去。

　　毕竟城里来的，你们唱歌就是好听，像广播里的。

　　对了，等秋收一结束，我们一起排一场样板戏吧？

　　翠花这么说，但我却在心里偷着乐：你也学会放下吆三喝四，用商量口吻了！我说唱戏这种事情就别找我了，有时间还不如看书呢！我干脆得斩钉截铁、不留余地，她沉默了一会儿，转而用更加温存的语气对我说："你考虑考虑，排演记工分的。"记工分我也不稀罕！木棒刚托人从城里捎过来一堆书，那可是稀罕玩意儿。

　　啥稀罕玩意儿？能借我看看不？可别是"封资

修"哦！

　　"你不是说我像杨育才吗？怎么会有'封资修'呢？"

　　谁说你像杨育才了？你像洪常青！

　　这回我露馅儿了。石头明明告诉我，"翠花说你像洪常青"。我有那么老吗？那是我的第一反应。其实杨育才和洪常青是

我无意识中调了包。较之宋玉庆，我更喜欢王心刚。关键是翠花早过了豆蔻年华，而我却尚未春心萌动，满脑袋尽是《三国演义》《隋唐演义》，以及杨家将、岳飞等一干英雄豪杰，心里还没有异性的位置，尽管看到美丽的女孩儿也会心动、会感到愉悦。

可惜你这个洪常青需要娘子军帮衬。不过你要小心哦，苍蝇只叮有缝的鸡蛋……

还是别帮衬了吧！我心想，就这已经让李老拐眼红了。那天石头差点儿跟李老拐打起来，原因无非是李香莲给石头纳鞋底，准备请人绱了鞋帮再送给他。而李香莲管李老拐叫叔。至于他俩是五服之内的亲戚，还是八竿子打不着的关系，我就不得而知了，估计连他们自己也说不清楚。反正李老拐硬是夺走了那双鞋底。石头从小感情用事，对不顺眼的人和事睚眦必报、锱铢必较。你道他怎么报复李老拐来着？说出来笑掉你大牙！

事情过去没两天，大雪纷纷扬扬地堆白了远近山峦。用曹雪芹的话说，那叫一个白茫茫大地真干净。

石头愣说李老拐家的大公鸡在宿舍门槛上拉了两泡糖稀屎，故而捉住公鸡便说要就地正法。李老拐其实脚不瘸，却是有名的刺儿头、一根筋，而且脾气火爆，年轻时还嗜赌成性，经常跑到镇里去找不三不四的人搓麻将、打牌九，属于有名的四旧分子，比"地富反坏右"好不了多少。不过他愿赌服输也是出了名的，用时下的话说，赌品酒品还不错。如今麻将、牌九被禁了，他就天天喝自己酿的大麦酒，有时还请我来一盅，算是高看我一眼。那天许是喝多了，听说石头要宰他的鸡，他就放下打满了补丁的大海碗，裹着破被子跑来阻止。眼看公鸡在石头手里，他急得两眼直冒火星。"不就是拉泡屎吗？我替你扫干净不就得了？"可石头是个吃软不吃硬的主，这一点大伙儿都知道。"这样吧，你管我叫一声爷，我就放了你的鸡，不然你就把这屎给我吃了。"石头不说则已，既把话说到这份儿上了，他李老拐哪肯认尿？"你才吃屎呢！你要是把这屎吃了，公鸡就归你了！"石头说："那不行，你这老公鸡没那么稀罕。要不我俩打赌，谁输了，谁就吃鸡屎。"李老拐想了想，又探头看了看那两泡黏稠的糖稀屎，说："一人一泡，谁输谁先吃。"石头被逗乐了，指着李老拐的鼻子说："你这是啥逻辑？鸡是你家的，屎是你拉的，我凭嘛吃？"此话惹得大伙儿嘎嘎大笑。李老拐气不打一处来："那你是啥道理嘛？"石头说："我的道理很公平，如果你输了，就先吃一泡屎，然后拿着公鸡走人。"

总之，两个人一来二往，掰扯了好一阵子。正好这两天雪大停工，一闹腾引来了半村人观望起哄。最后，李老拐以老赌棍的娴熟手段将洗好的扑克牌交到我手里，然后让石头先抽一张，自己紧接着也抽了一张。我说一二三，两人同时摊牌，结果石头抽了一张红桃七，李老拐抽了一张草花十。石头输了，在众人的哄笑声中，他好一番咬牙切齿，然后愣是趴下去舔尽了事先说好的那一大泡鸡屎，末了捧起柴堆上的雪拼命擦洗嘴巴，还装出一副作呕状。接下来轮到李老拐吃屎了，他闭上眼睛，伸出舌头舔了一下，立刻翻江倒海般狂吐起来。

我知道，石头吃的是预先做好的红糖糊糊。你们真够坏的！李老拐那天吐完后整整躺了两天两夜，他算是服了石头，恨不能立马把香莲嫁给他。呵呵呵……是该有人整治他！

这是后来翠花总结的版本。

# 五

可不？这李老拐是生产队里最没人缘的，半百年纪了还是光棍儿一条。他之所以高看我一眼，是因为我会讲故事，经常在田间地头、劳动间隙讲鬼故事，尽管最后它们都会被我自行解构，以便保持政治正确。除了《聊斋志异》和《不怕鬼的故事》，我还自编了好多精彩的桥段。其中一个被翠花记下来当活教材，让铁姑娘们从此不许怕鬼。

后来我攻读心理学，才知道所谓的集体无意识，指的正是这一类天方夜谭。它们从远古走来，向未知奔去。由是，晚明西方传教士谓国人信鬼胜于信神，也就不足为奇了。

很久以前，在祖国东南方向的崇山峻岭中，有一个村庄。那里四面环山，民风淳朴；炊烟袅袅，鸡鸣不已。村民中盛传着一个故事：每当夜幕降临，星稀月暗或者风雨如晦之际，山坳里就会漾起哀怨的哭声，仿佛哭丧妇含糊其词的泣诉。曾有老人说，那是因为孤魂野鬼感到寂寞了，要找个人去陪伴。男鬼找女人，女鬼找男人，小鬼找小孩，老鬼找故交。如若这哭声越来越近，近到房前屋顶，那么家里就要出人命了。某日昏夜，一个唤作张三的老光棍翻来覆去睡不着，寻思着穷日子怎么过，忽然隐约听见如诉如泣的鬼哭，就不免毛发森竖；可转而一想，这样的穷日子不过也罢，还不如做鬼算了，日后也好找个女人作陪。于是他斗胆摸索着蹑手蹑脚走到窗前，犹豫良久后轻轻推开窗户，但见远远飘着一簇鬼火，蓝非蓝，白非白，悠悠荡荡，荡荡悠悠。张三不禁倒吸一口凉气，打了一个寒战。直觉告诉他，这女鬼是冲着他来的，可他还是下意识地摘下了挂在窗边的火铳。鬼哭声忽远忽近，他颤颤巍巍地提着火铳，忙手忙脚地灌入火药和铁砂，再把一枚火炮药放进击发塞。就在他哆哆嗦嗦拿右手食指扣动扳机时，火铳砰的一声，震耳欲聋，响彻整个山坳，激起一连串恐怖的回声。火铳炸膛，张三嘭的一声仰面倒在了楼板上。

"那后来呢？"姑娘们总爱刨根问底。翠花指指我说："你们问他，是他编的。"我笑而不答，翠花就替我解释说，那哭声是一种鸟叫，那鸟叫"秃头怪"，是一种猫头鹰。鬼火嘛，其实是一种磷火。白天大太阳照过骸骨啥的，晚上就会发出幽幽的磷光。眼下造大寨田，前山后山挖掉了许多坟茔……

"原来是死人骨头啊？那也挺可怕的！"姑娘们七嘴八舌，还免不了扯上李老拐，说他经常听到小奕的哭声。

别胡扯！明明是他编的故事。叫你们别信鬼，你们倒好，一点长进都没有！不记得那个夜行人鞋底粘上粽子叶被吓得半死的事了？都是自己吓自己，胆小鬼！

话虽如此，但小奕走后，翠花就不再让人叫姨了。无论小姨大姨，总是谐音。至于石头，总觉得小奕的死与李老拐脱不了干系。我问他何以见得，他说凭直觉，而且有一些老人的议论作凭证。据说他曾经养过一条断尾母狗，而后者就成了他的泄欲对象。当然，那条可怜的母狗后来被石头等人打了牙祭。

"夜路走多了，总会遇着鬼！"有人嗫嚅着，翠花直接掉回去说："坏事做多了，才会遇到鬼！""呸！呸！呸！"我替她圆话说，"这世上哪里有鬼？若真是有鬼，千万年下来，还有人待的地儿吗？"

是的，我们要扫除一切牛鬼蛇神，全无敌！

翠花毕竟有点文化，见识多些，而且祖辈和大队长岳富是姻亲。话说村里唯一的地主恰好姓秦。贫下中农就顺水推舟，说岳富是岳飞的后代，而地主秦大福就成了秦桧的后人。如此一来，每次开会斗地主，秦老头总是被五花大绑，头戴"大汉奸秦桧子孙"的高帽子游街示众。我粗略估算了一下，他秦家的田地约有十七八亩，划地主没问题，却没听说他有啥为富不仁、十恶不赦的大罪。倒是他城里的兄弟姐妹，有些确实恶贯满盈，只不过解放前都逃之夭夭了：不是去了台湾，就是到了香港，甚至美国。秦老头舍不得那几亩地，说爱居于兹，共产主义也得种地吃饭。结果这一句使他罪加一等，而且板上钉钉，证据确凿。

　　自打小奕走后，你就越发沉默寡言了。

　　翠花说得在理，我慢慢长大了，懂得思考了。我嗜书如命，什么都读；但每每读到动情处，就会莫名其妙地想起小奕来。这么活生生的一个人，说没就没了。是她真的遇人不淑，还是遭人欺负了呢？或者另有隐情，譬如患了不治之症？我要不要择时回城拜访一下小奕的父母？可是那样做会不会引起不必要的猜忌？如果换了翠花，她又会怎么处置呢？她还不是没头苍蝇似的闹腾一下不了了之！可翠花说了：

　　我早晚会查个水落石出！

　　每天清晨，山峦一片朦胧，到处云雾缭绕，仿佛鸿蒙初开，不可方物，不能名状。

　　翠花什么都知道，认识每一棵树、每一种草。

　　这是橡子树，结橡子。三年困难时期，我们拿它磨面当充饥的上品。这棵是野柿子，果实小，涩得很，吃了胀肚子。这是野草莓，我们也管它叫"蛇婊子"。其实它可以解蛇毒，而且只要有毒蛇出没的地方……

　　这样吧，我教你一种，你给我讲一个小故事，不许动辄吊人胃口、"且听下回分解"！

　　这倒不失为公平。我听岳队长说过，这山上蛇多，最毒的要数金环蛇、银环蛇、眼镜蛇和蝮蛇。后者也称"五步蛇"，据传被此蛇咬伤后人只能活着走五步。同时，他也说凡毒蛇出没的地方，必有野草莓。我查过词典，蝮蛇是毒蛇中的大类，品种繁多，有神秘的巨蝮属、诡异的响尾属、凶险的矛头属、优雅的竹叶青、妖娆的棕榈属、狰狞的铠甲属等等。翠花教我一个好招：像八路军那样在腿上系绑带，而且尽量扎得厚实些，这样就不怕被蛇咬了。前提是脚上得穿厚布鞋。因此，她根据我的脚印，悄悄替我做了一双，我穿上果然挺合脚。别看她平时大大咧咧，送鞋那天却偷偷摸摸的。她朝我的房门抛了一粒小石子，我一开门张望，她就闪了进来，脸红到了脖子根。

　　你试试，鞋子合不合适脚说了算。

　　那天刚下工，我还没来得及洗脚换鞋，哪好意思脱又脏又臭的破球鞋。于是，我转移话题，答应了翠花的交换条件，反正《天方夜谭》里有一千零一夜故事呢！加上有施耐庵、罗贯中、冯梦龙、吴承恩、吴敬梓、曹雪芹等一干人帮忙，我怕她？！

　　是啊，今天我教了你好几招了，先讲一个呗！

　　我心想，你够独的！今天砍柴，大家七零八落的，翠花就要吃独食？这会儿孤男寡女的，我实在觉得难为情，但我自知拗不过，只好拣一个简单的，于是讲了《渔夫与魔鬼》的故事。

第一章

由于是水泥浇筑的，奶奶的坟头上没几棵青草。那是经年累月在坟茔边缘细小的水泥裂缝中滋长的小草，其实拔不拔都无所谓。人说热闹的马路不长草，聪明的脑袋不长毛，水泥坟头上也是光秃秃的，估计连小鸟都无意流连。

我自幼不明白的是，缘何奶奶和爷爷没葬在一起。通常，故世的先人都成双成对埋在一处。外婆和外公即是如此，唯独我奶奶和爷爷天各一方。

大师说你爷爷奶奶生前是一对冤家夫妻，最好保持原样，不必迁到一起。

我记得这还是多年前母亲给我的一个解释。父亲也曾证实过这一说法。

当时远郊的这片丘陵十分荒芜，也许只有无人机才能俯瞰到弹珠般散落在丘陵中的各色坟茔。坡下的耕地也兀自热火朝天地长着各种灌木和野草，要想扫墓得临时披荆斩棘开出一条道来。城镇化伊始，情况发生了变化，这一带被纳入了综合开发中长期规划。短期工作是迁坟或缴纳相应费用，反正地方政府已然决定将这一带变成环境优美的墓地；不过我想这恐怕也是权宜之计，死人抢活人地盘的日子不会太久。当然，只有一种例外，那就是人口下降、移风易俗。

你都这个年纪了，也该懂得爱惜身体了。你看人家大师，保养得多好！看上去就像十八岁的小姑娘。

翠花如何我不得而知，为了逗她老人家开心，我给她讲了个笑话。话说有位记者到长寿村采访，见路边坐着一个耄耋老人，旁边还有一匹吃草的小马驹。她边抹眼泪，边唉声叹气。记者问她缘何不乐，她说一早起来无缘无故地被她娘骂了一顿，说她不如小时候乖。于是，记者乐不可支，提醒说，那您就"妈妈骂马"出出气吧！

一

母亲见我扫墓回来耷拉着脑袋，就张口一个大师、闭口一个大师。我想她一定是眼花得厉害，或者被翠花给洗脑了。

当然，此翠花早已不是彼翠花，她至少有十几个名讳，听说还有好几个替身，而且个个神出鬼没，根本无从知晓她们所来所往，更无人得知哪个是她的真身。过去人说"狡兔三窟"，她倒好，十窟八窟无可稽考。听说她的什么功法都传到国外去了。

再则，改身份证、不断整容是可以想见的，也是最合乎情理的。关键是除了我，已经没有人可以证明五十多年前那个山村姑娘的底细了。石头他们早就成了她的信徒，而且一个个对她敬若神明，崇拜得五体投地。

那年，我因病回城后不久，她就人间蒸发了似的消失得无影无踪。有人说她跑大寨去了，也有人说她远嫁他乡了，更有甚者说她跟我走了。

我因病回城后先在居委会帮工，后来高考一恢复就上大学读哲学了，再后来又负笈西洋，并转向了心理学。这石头是埝泥匠不拜佛心里清楚，我母亲自然也心知肚明。翠花压根儿没跟我在一起。至于各种传说，那就是传说而已。最夸张的说法是我把她带出国去了，这才使得她肚子里开飞机，长了一身本事，还有了什么绿卡。

一如《述异记》中的烂柯棋缘，时间像白驹过隙，一晃就是几十年。翠花成了大师，谣言不攻自破。我书呆子一个，凡事按部就班、循规蹈矩，过着最普通不过的日子。倒是石头爱折腾，用他的话说：性格使然，没法子。正所谓"槽里无食猪拱猪，分赃不均狗咬狗"，石头早就成了老板，一度声名远播，响当当的，生意做得风生水起；麻烦自然也不少，投机取巧、明争暗斗，不亦乐乎。用他的话说："商场如战场，不斗行吗？"我估摸着他一直在法律的准绳边走钢丝，玩儿擦边球。后来还被人举报，坐过两年牢。至于罪行嘛，一曰贿赂，二曰钱色交易，三曰偷税漏税。出狱后，他开始疏远商界，甚至把公司股票抛得一干二净。即或如此，也还有人盯着他不放，举报信、匿名信从未间断。女儿出事后，他更有些心灰意冷、不思进取了。也许正因为如此，石头笃信翠花那一套，也是张口一个大师、闭口一个大师。

你不信宗教也就罢了，可千万不敢亵渎大师。她是方圆千里最受人尊敬的，听说一堆明星想拜她为师，都被她拒之门外了。

这话出自石头之口曾使我颇感意外。他一个天不怕地不怕、桀骜不驯的愣头青，居然也能说出这样的话来，而且听上去像是发自肺腑的。问题是，拜她学啥呢？学易容术？还是长生不老术？或者阴阳八卦和五行六合？

母亲仿佛知道我在想什么，长叹了一口气。"不听老人言，吃苦在眼前。"我也知道她在想啥。然而，我也不年轻了呀！古稀之年，随时准备去见马克思，而且无怨无悔。尚能有此等想法，自己都觉得崇高。

兴许是洋墨水喝多了，该洗洗五脏六腑了。

我心想，这不是五脏六腑的问题，这是大脑的问题。想当初喝那么多洋墨水，我也没被天体会之类的七荤八素拽下染缸呀。此事说来话长，但石头很好奇，我以为他不明就里，就一五一十讲给他听。原来这家伙早就小葱拌豆腐一清二白了。

国内也有过，而且有过之而无不及。先问你听说过北京有"三傻"吗？不知道吧？告诉你，一是见了小姐留电话，二是王府饭店吃龙虾，三是逛街购物上燕莎。我就是其中一傻。哪一傻？见了小姐留电话呗！结果呢？一言难尽！应了时下的箴言："四十岁前拿命换钱，四十岁后拿钱买命。"往轻里说，便秘加前列腺炎够呛了吧？大一个一小时，那还得好几支开塞露帮忙，只怪地球引力太差；小一下半个钟头，跟穷人家为省一两毛水费拿脸盆接水龙头滴水似的，又嫌管道堵塞。往中里说，"三高"，可不是过去的"三名""三高"，而是血压高、血糖高、尿酸高。从吃不饱一晃就到了"三高"，哈哈，真是天大的玩笑！注意一点就行？你说得轻巧！哪有那么容易？领导得请吧？

客户得陪吧？一天五六顿算是少的，晚上同时四五桌也是常事，还不能往一块儿请。领导要私密，客户要排场，唉，简直乱了套！

说正题？那就得往大里说了。你知道我家那个小芳老实巴交的，我刚蹲了一年班房，她居然闷头跟别人跑了。也好！

石头停顿了一下。他是个直肠子，这一停顿我就知道后面有故事。首先，他说的小芳其实叫芳花，是翠花铁姑娘队里最老实的一个，逢人只会怯生生垂着头窃窃地抿嘴浅笑。若非石头太过分，她是不会离开他的。其次，这"往大里说"肯定不是指小芳的离开。他一定另有难言之隐。果然，他后面的故事印证了我的推断。

我不怪小芳，怪只怪自己运气不好。这你知道，要不是翠花她爹罗老师再三撺掇，她也不会嫁给我。毕竟她是翠花的表妹。要说罗老师这舅舅真不是白当的，翠花离开后，他就把小芳当亲生女儿疼着，自己还病个半死不活。

我知道翠花爹解放前是镇里的米行伙计，靠着勤勉和聪明，自学了不少文化，解放后在镇里当代课教师。木棒的那箱书就是托他捎回来的。木棒没忘记我们俩，继续干着窃书的勾当，可解了我们的渴！

山坳里太阳一走，那是真叫一个黑，伸手不见五指的夜十有八九。罗老师用黑板比附夜的黑。后来朦胧派崛起，"黑夜给了我黑色的眼睛，我却用它寻找光明"之类的诗句流行起来。我喜欢把黑夜看作梦境，因为我的梦里总是一片漆黑。后来我用弗洛伊德的释梦法也无法觅得准确的答案。倒是木棒的一些想法旁逸斜出，提醒了我。

> 我喜欢黑夜。风高放火天，月黑杀人夜。要不是有黑夜作掩护，我们早饿死几回了；不饿死也得残废，至少没的书偷，张姨和老师们挨斗那会儿也不能用弹弓打造反派的脑壳儿。哈哈！

石头用力，木棒使脑。这是工人阶级出身的牛犊和小雇员家庭出身的孱头之间的差别。石头常这么讥嘲木棒。两个人打打闹闹十多年，岂料时光倏忽，转眼就各奔东西了。

恢复高考后，木棒考取了师范大学，但毕业后没多少年就罹患胰腺癌英年早逝了；石头考了两次没考好，就径直南下当"二道贩子"去了。木棒笑他没出息，但石头是天生的"江湖坯子"，满嘴"撑死胆大的，饿死胆小的"。不过他足够善良，在木棒去世后，义无反顾地承担起了养育婷婷的任务。婷婷是木棒的遗腹女，和石头的女儿楚楚几乎同时出生，加上我的孩子，她们仨从小形同姊妹。

## 二

我留学期间节衣缩食，靠着周末在唐人街刷盘子攒了点书费和盘缠。有一次经香港入境回国探亲，石头大摆宴席，我跟木棒还有一干同学风卷残云一般，吃个满饱，拿个精光。石头见我只取了一份藕片，就指着木棒说："你傻呀，瞧瞧他，尽挑鲍翅龙虾打包。再说'男吃韭，女吃藕'，你要藕片干吗？"我说稀罕的就是这些东西，洋人那儿没有，再说穷学生吃不惯那些鲍翅龙虾。石头又说："那你就没去蹭点好吃的大餐？咱这儿蹭吃蹭喝的人多了去了。瞧，那个西装革履、油光满面的家伙，还有那个廉价西装加军帽和布鞋的家伙，一准儿冒充娘家人大摇大摆蹭喜宴呢。给红包？那还不简单？塞几张假钞不就得了？能到这饭店来的都是土豪。哈哈，就像我，要是现在结婚，准是这种五星酒店的干活。"

我信口说："咱回到国外试试去。"

好吧，说完微观说宏观。过去有个姓钱的书生写了一部叫作《围城》的小说，现在拍成电视正热播呢。他说洋人送来了两样东西，一是鸦片，二是梅毒。你怎么知道？的确是方鸿渐说的。但是你不知道，现如今我们又从洋人那里拿来了两样东西，一是资本，二是艾滋。

石头说罢又停顿了一下。这话有点耸人听闻，我们还拿来了马克思主义和德先生、赛先生啊！

艾滋病这东西太恶心！早期会出现皮肤损伤，甚至局部溃烂。如果不小心哪里出血，就很难止住，这与白血病相仿。治疗费用极其昂贵，目前只有那个华裔科学家何大一发明的鸡尾酒疗法比较有效。它是一种抗病毒混合针剂……

石头话已至此，我便猜个八九不离十了。难不成他如此心灰意冷是因为感染了艾滋病？我脑袋嗡的一声，已经不晓得这个残酷的故事是否应该继续听下去。

> 其实我自己也不知道是怎么一回事，而且从来没跟人说起，除了如是大师。她实在太厉害了，居然通过心灵感应了解到我得了绝症。如果木棒生前早点认识她，他也就不至于如此短命了。你听我说嘛，她几乎第一时间派人告诉我，并给我开了药方。我拿到药后，才知道那是治疗艾滋病的。于是，晴天霹雳也好，生不如死也罢，反正没活头了。可如是大师从容坦然地告诉我，只要按时用药，再活几十年没问题。你说神不神？

从心理学的角度看，神经机能对特殊的磁场和电波的确会有反应，即所谓的"第六感"。这是由人的本体感所决定的，即除了视觉、听觉、嗅觉、味觉和触觉之外，还有存在感，但很多反应恰是在出事之后。那些神乎其神、玄之又玄的把戏却是用来唬人的，反正人们大抵会宁可信其有，不可信其无。至于某些巧合，譬如某时某刻任何细微的感官印象，甚至似是而非的梦境，都会被特殊事件放大，继而成为感应，甚至通灵的铁证。譬如忽然觉得当时有过一阵心悸或者莫名的、异样的感觉，这是因为人每天都会有出其不意的感觉和精神射电，也会受到自然和宇宙的某种磁场或电波的影响，譬如某种同频共振。日有所思，夜有所梦，更是再正常不过的事情。具体说来，当忽然听到一个噩耗，并回想某个与之契合的时间；或者忽然看见一个似曾相识的地方，而理智却告诉你未曾到过这个地方，那么你一定会怦然心跳。这在心理学中被称为即思感或即视感。人类知觉和记忆相互作用，产生作用力，其中就包括即思感和即视感。通俗地说，记忆通过我们对事物的知觉进行分辨、筛选，甚至处理，再反馈或反射给知觉。反之，大脑皮层的反射弧一旦被触动，就会调动大脑皮层的大量反射信号，并把"需要的"信号传递给记忆，使之展现相同的旨归情景。当然，这都是在"不知不觉"中瞬间完成的，犹如神来之笔。这就是所谓的感应或"似曾相识"。

我知道你不信鬼神信科学，但你说说冒用尊名发表的那部小说吧，对，《风醉月迷》又是怎么一回事？戳到你的软肋了吧？我知道你这个名字未曾注册商标，你奈她何？你说肯定不是她写的？她富甲江南，信徒又何止万千，找个枪手戏谑你一番有何难哉？问题是其中的穿越和玄奥也太超前了点，简直堪比当今网络小说，或者可以说是穿越和玄幻这类网络小说的鼻祖。

我知道自己百口莫辩。当初应了出版之谊，拿她虚晃一枪而已，况且我这个名字意在传众人之议、播众人之论。蹊跷的是小说尚未出版，仨丫头就从人间蒸发了，或者真的穿越了也未可知。可惜当时刚有摩托罗拉和诺基亚，手机、网络远未施行实名制。石头找到楚楚丢弃的手机时，所有电话号码都无从稽查。

　　换了是你写的，我倒会觉得奇怪，尽管你爱编故事。可她是谁啊？不鸣则已，一鸣惊人！她脑洞大开便可汲取自然之精妙。写作对她来说不是小菜一碟吗？

　好吧，就算是她写的，那又如何？我这么一想，忽然有一种类似于顿悟的开窍。有信徒称之为"天门大开"，尽管我知道哪有什么天门，想入非非，幻觉使然罢了！但我有一种直觉，认为大仙大师就是这么练成的，即或一部不起眼的小说也可能用来装点她的法力，成为她"不鸣则已，一鸣惊人"的佐证。至于财富，不说别的，光他这枚粪坑里的石头，就捐赠了两个亿。整整两个亿啊！正是"周瑜打黄盖，一个愿打，一个愿挨"。

　但凡对石头有所了解的人，都知道除了死到临头，没有什么能让他如此心灰意冷、忐忑不安的。过去，无论遇到什么困难，他总是张口闭口"人生除死无大事"，其余都是"世上本无事，庸人自扰之"。

　　都说人之将死，其言亦善，你就听我一句。

　我说："你不是活得好好的吗，何以如此悲观？况且你还有大师护着！"他知道我话里有话，就开始变得神神叨叨，而且满脸绯红，可能是药物激素所致。好吧，我真的不忍心做杠精，但也委实不想再听他说下去了。但是，石头话匣子打开了，何况在他心目中我是唯一可以倾听心扉的人。

　　我最放心不下的就是咱那三个丫头。你说这日子好不容易过得像个人样了，她们倒好，一出溜冬瓜下山，不知道滚哪儿去了。

　　他不提三个丫头倒也罢了，一提三个丫头我就满心沮丧。一家人骨肉分离，这辈子我都会心有戚戚焉。但石头的话题提醒了我，让我隐约觉得她们的失踪或许与翠花不无关系。

## 三

　　我说到哪儿了？噢，对了，TMD天体会！你说我只不过是看上了一个歌厅的丫头，觉得她长得顺溜，人也聪敏，而且似曾相识，就给她留了电话，以至于一发而不可收拾，最终将她带回公司当了秘书。怜香惜玉也好，心术不正也罢，反正事情就从此一屁股坐在臭鸡蛋上，那真叫一塌糊涂。你道那丫头片子怎么着？她确实殷勤，而且小鸟依人；我叫她干吗就干吗，从不含糊。问题是她居然跟天体会有瓜葛。如果她藏着掖着、鬼鬼祟祟，或者心怀叵测、图谋不轨，我早就将她轰走了。你知道我这人心软，经不起耳鬓厮磨。自然也有好奇心作祟，结果就跟着去了。这一去不要紧，居然被她带到了一个游泳馆。我开始还以为她这是为了叫我好好洗个澡，沐浴斋戒，然后再去洗礼。我哪里相信什么宗教，只不过是觉得好玩罢了。

那游泳馆灯光黯淡，水汽氤氲；泳池里更是人头攒动，而且没等我埋进水里，她就拽掉了泳衣。我正着急呢，灯光嗖地没了。一片漆黑……我感到一阵寒冷，就丧失了自己，接下来就不用我多说了。我也记不清了，一切恍然如梦……

我想象得出那淫乱得不堪想象的场面，也想象得出石头后来不堪回首的窘境和难以启齿的疾患。

大师提醒过我，说真正的信仰靠灵魂和觉悟，不靠蛊惑和缛礼。我要是早听她的就不会落到今天这步田地了。

屈指算来，我跟翠花已经有五十多年没见过面了。石头经常拿"既有今日，何必当初"来叹惋我俩的关系。其实他不明白，那时节我跟翠花之间充满了诚挚的革命友谊，哪有放翁唐婉的一怀愁绪和锦书难托？反正我没错，她无过，分道扬镳后，两不相欠。

明明可以锦衣玉食，非要苦哈哈做学问。要是跟了大师，你也就羽化登天、得道成仙喽。我知道你自得其乐，还有拳拳情怀。可这世上有许多事情是科学无法解决和解释的。听说当时有位领导问喜饶嘉措大师："您怎么证明有来世呢？"大师回答说："就像您知道有明天一样。"心诚则灵，自然而然！

这是经验、常识与鬼神、未知之间的差别，岂能同日而语？石头之所以变得如此笃信鬼神，除了本身病急乱投医、逢庙就烧香，也多少应了客观环境的变迁。听说那年我离开生产队回城后，村里就乱了套。山上的树林被大片砍伐，雨季一来就发生泥石流，导致一些社员和耕牛被活活掩埋。李老拐就在一次放牛回家途中被泥石流冲走了。在田埂上放水的岳队长也受了重伤。那可不是周公解梦，而是祸不单行。田宇兼着赤脚医生，嘴对嘴替大队长做人工呼吸，才好不容易将他吹出一口气来。而那一招还是我教会他的。那年，上游两座水库决堤，导致洪水泛滥，社员们拿着铁耙在河边打捞死牛羊和烂木材。有几个社员被滚滚洪水卷走，我和石头、田宇跳进湍急的洪水救下了其中三个。公社为了嘉奖我们仨，用"奋不顾身抢救社员"为题拿蜡纸刻印了小传单到处张贴。翠花在村里办了个学习班，让我和石头、田宇现身说法，介绍革命经验。石头闷声不响，田宇不善辞令，而我也只用了八个字"本能使然，啥也没想"，心里却一直为不知所终的小乐子深感不安。我跳下滔滔江水之前，还看到他伸出一只胳膊呼救呢，可须臾之间他就被洪水淹没了。那河道足有百余米宽，在山坳里急速地拐着弯，形成无数漩涡，发出滚雷般震耳欲聋的轰隆声。

小乐子大名蒋福乐，与翠花是小学同学；只因为蒋介石也姓蒋，他硬是拒绝这个姓氏，直接叫福乐或小乐。小伙子比我小一岁，长得虎头虎脑，是个干农活的好手。他见我们初来乍到，而且一个个细皮嫩肉的，建议生产队把沤粪池围起来，免得熏煞我们。单凭这一点，我就对他颇有些好感，救他那更是义不容辞。当然，久入鲍鱼之肆不知其臭，大队长直接掸了他一句："没有臭，哪来的香？"这话也对，贫下中农天天面朝黄土背朝天，早就闻臭不臭了。"农民的扁担两头轻，中间才是最重的。年中双抢的时候，你们就知道臭算个屁！"我们听了未免捧腹大笑，而他直接抓起一把牛粪塞进了稻田。直到时过境迁，我们才真的明白，队长的话有多形象、多深刻！这就是生活的真理！

然而，我确实怕臭，以至于从小不碰臭豆腐之类的玩意儿。我曾经不止一次在人前表示"饿死事小，食臭事大"。这还是可恶的鳖狗给我留下的坏印象。好在三年困难时期咱连臭豆腐的余臭都闻不着喽！

很长一段时间，我一直闷闷不乐。小乐子被洪水冲走就像小奕投河自尽，让我这个自诩"浪里白条"的人抱憾终生。石头很快没事人似的在翠花面前说我欲盖弥彰。

你最近怎么总是躲着翠花呢？是不是恋爱了？老实交代！

后来每次看见石头，我就会想起他几十年前的话。的确，干柴烈火、青春勃发的知青之间，及其和村里的姑娘、小伙儿播下了不少情缘孽债。而我之所以有意与翠花渐行渐远，甚至各奔东西，多少也是因为看到了问题的苗头。回城十多年后，上海知青叶辛的《孽债》说出了个中后果，却忽略了至关重要的前因。我一直想把其中的因由写出来，让一代人对自己和后人有个交代。作为当事人，同时又是入乎其内的"局外人"和出乎其外的"局内人"，我有足够的理由写好这个故事。

我听说大师最近去过你家。谁告诉我的？自然是伯母啦！我也有几十年没见过大师了……听说她已经常住国外了，不过偶尔回来转转，神龙见首不见尾。

对了，我一直想问你，当初是不是犯了小山羊的错？

石头总爱胡说八道。过去我嘲讽他做生意没定性，一会儿服装，一会儿电器，后来又做房地产，就像一只山羊去吃草，这山望着那山好，到了南山望北山，到了北山望南山……可他不拘牵，振振有词地说："经商不是检验本事的唯一标准，挣到钱才是！"

鉴于翠花确实对我一往情深，而我却停留在柏拉图式的似是而非，个中滋味实在很难跟石头说清楚道明白。况且她翠花声名鹊起，在信徒眼里像一颗冉冉升起的太阳，我说什么都是多余。说我俩不曾恋爱，别人不信；说我俩曾经坠入爱河，我自个儿不信。

长久以来，我研究西方星相学和塔罗牌，并由此得出一个结论：替人看星象、算命占卦的都不是富人。既然他们如此能耐，缘何自己不得好命？他们自然会给出许多道理，譬如三十年一遇的三星连一如何可遇而不可求；又譬如塔罗系古埃及"天道"表音，意同天授，并非人力可违，如此等等，神乎其神。过去，对于卜卦师和风水先生，我等同视之。所谓名医终于疾，又所谓名医六不治。因此，风水先生无论多么诡谲灵异，终究万律归一：合乎自然，近乎情理。建房坐北朝南，后高前宽，依山傍水，仿佛太师椅；至于紫气东来、日东月西、日月明媚等可谓顺理成章；立业明堂开阔敞亮，方可财源广进，至于貔貅、金蟾、关公、聚宝盆那都是象征性的彩头。总之，无论如何云山雾罩、天花乱坠，终不免风土人情、自然规律。就拿最简单的手相，从生命线、聚财线、感情线、智慧线到手型、厚度、色泽，再到金木水火土五行、乾坤震离兑巽坎艮八卦宫位，杂糅了相、易、性、位，不论说事说人，还是正说、反转，就看对方反应何如。用翠花曾经的话说，命好命坏全在于己。说你命好，你就可以不劳而获吗？说你命坏，你就一头撞死吗？

但翠花后来的经历颠覆了我的认知，也多少改变了我的结论。

## 四

令我大惑不解的当然不是翠花的能耐，而是人心如故。几十年的无神论教育，居然分崩离析、一夜坍塌了。何也？这是我准备用毕生精力去破解的迷局，尽管环顾周遭，碎梦已经撒了一地，仿佛全世界都甩掉理性、回到了中世纪。

就说老家隔壁小娃娃晚上啼哭，邻居就满大街张贴"天惶惶，地惶惶，我家有个夜叫郎；过路君子读一遍，一觉睡到天光光"之类的布告。其实无非是孩子缺钙积食或者肠痉挛所致。大师听说了，命弟子送来一服神药。我仔细一看，哪是什么神药，消食散加少许芦灰和鱼骨粉而已。

作为心理学教授，虽不能说桃李满天下，但我的确颇有些情深义重的弟子。每当他们提起翠花，不，如是现象，我就嘱咐他们别打她的主意，仿佛瓜田李下，避之唯恐不及。石头一语中的，他曾不无讥嘲地称我为庄先生，而他自己则是谐小子。他一个人既捧哏，又逗哏。每次我讲鬼故事，他就拿荤笑话逗人。我记得小奕刚去世不久，他见我心情沉重、整天闷闷不乐，更是恨不得拿荤笑话引我笑出眼泪，甚至趁机泣不成声。我记得除了《笑林广记》中的桥段，最令人难忘的是《新兵》与《小和尚》那两个荤段子。

　　　从前，在一个遥远的边塞，戍边的新兵都会偷偷询问老兵："那事儿怎么解决？"老兵问："啥事儿嘛？"新兵说："就是那事儿嘛！"老兵说："哦，那事儿！不是有骆驼吗？"

　　第二天，新兵又问："这骆驼咋弄嘛？不听话嘛！"

　　老兵讪笑着说："谁叫你弄骆驼了？"

　　新兵更是丈二和尚摸不着头脑。

　　老兵摇摇头，乐不可支："骆驼是让你骑的。你就不能走远点儿？"

　　新兵总算明白了："噢，我知道了，去城里！"

田宇当时笑得直不起腰来，直接趴地上了。而我苦笑着流下了眼泪，却在余光中看到了贫下中农也有笑得前仰后合的。唯有翠花等铁姑娘不明就里，或者佯装矜持，咧着嘴你看看我、我看看你，大眼瞪小眼。

　　为了逗她们笑，石头于是接着讲了老掉牙的《小和尚》。

　　话说很久以前，山上有座庙，庙里有个老和尚，老和尚给小和尚讲故事，老和尚说，从前有座庙……

　　小和尚听腻了车轱辘转的劳什子，斗胆打断师父："师父，我看您今天心情好，想问您一个事儿。"

　　师父那天的确心情不错："说，啥事儿？"

　　小和尚壮壮胆说："师父，我是说假如，假如有个如花似玉的美女来找您，而且钟情于您，您会怎样？"

　　师父回说："阿弥陀佛，善哉，善哉！哪有那种事？"

　　小和尚坚持说："我是说假如，倘使，万一……"

　　师父叹口气，说："哪有这种好事哦！"

　　这下可把翠花她们给逗乐了！那时候，菩萨被砸了，寺庙道观空空如也。村里的土地庙权作仓库，祠堂也成了大队部。外婆家镇里的祖宅分给了十几家贫下中农，只有堂屋空着，算是公用地带，堆着不少杂物。至于镇上的那座大禹庙，却一直空着，因为庙大井深，人称大庙。可惜长期荒废，以至于蝙蝠成群，还衍生出许多闹鬼的故事。我们几个知青趁着到镇上卖毛竹、木材和山货，偶尔浅尝辄止顺道去过几回。确实瘆得慌。因此，少有女知青敢进入大庙的。

　　而后，为了到大庙探个究竟，我和石头带着十几个人打着手电筒、举着火把将大庙看了个遍。那儿除了正殿，还有一座两层戏台和若干偏殿、众多厢房。据说正殿上曾铸有一尊大禹像，供人瞻仰祭拜。偏殿中供奉的是儒释道等一干先贤，可见这大庙曾经是个大杂烩。由于那一带尚未通电，而大庙荒废后又不再有烛光普照，我们每次进入只能靠微弱的手电光和油松枝火把照明探路。石头有经济头脑，总寻思着可以觅到什么宝贝。于是他让人用麻绳系住腰身，下到一口井底。那井很深，口窄底宽，且已干涸。石头先朝井底掷一块石头，然后慢慢地被吊到下面。他壮着胆子用火把在井底探着了一个洞口，可能是地道。于是，他叫我赶紧下去。

我如法炮制，被同伴们拽着绳子一点点放到井下，却发现井壁上其实有一梯子，只不过早就散了架，故而石头并未注意到。待我下到井底，石头已经爬进了地道，他的声音一阵阵荡出洞口。地道有半人多高，一米来宽，我正准备往里爬，却听到了翠花的声音。她叫我们别往地道里爬，说里面有几条大蟒蛇。我赶紧叫石头回头，可他哪里肯听。以为里面别有洞天，甚至宝藏也未可知。我说你不停我就上去了，遇到大蛇啥的别后悔！正这么说着，石头"啊"地大叫一声，说那是个死胡同，里面有一具干尸。

"以前当真看见过大蟒蛇在枯井里盘桓，"翠花喃喃地说，"有人扔下去瘟鸡啥的，很快就没了踪影。"石头悻悻然，但仍不失幽默，说也许它们成了那具干尸的美食喽。

翠花替我拍掉身上的尘土，我想躲开她，却下意识碰到了她的身体。她顿时垂下了头。幸好庙里黑，彼此看不清表情。

虽然我们一无所获，但总算对大庙有了大致的了解。雕梁画栋、飞檐翘角居然落得如此萧条。听村里的老人说，过去每逢大集，大庙必灯火辉煌，香火缭绕；每逢小集，那也是摩肩接踵、人头攒动，一派熙熙攘攘的景象。平时，大庙还是算命先生和小歌班、杂耍班歇脚卖艺的好地方。虽然正殿不许随意使用，以免打扰了神明的清净，但戏台和大大小小十几个天井和那些厢房却是他们可资利用的好场所。

你们不知道，我小时候还见过集市呢。从河滩到大庙，到处披红挂彩，人声喧嚷。除了卖艺的、唱戏的，还有一些算命的、测卦的、看风水的，可热闹了。不过都是些"封资修"！你们来之前，镇上的红卫兵把那些人统统修理了。我就想，那些大师若真有本事，能未卜先知，咋不早点改行做个正经的营生，也不至于落到这般下场。

话音萦绕，记忆犹新，不知翠花大师自己尚存此心否。想当初算命先生需要一看、二问、三打听，即使算错了，也总有法子自圆其说，譬如某人该有一劫，却因五行逆转、祖宗积德，得以化解；即或暂时有难，也总有解法。这时，当事人破点小财，先生施点法术，心理暗示就可以产生效应了。有病祛病，无病安然，实在遇到过不去的坎儿，那也是命该如此。

现如今大数据，互联网比比皆是，要打探别人的祸福遇际，更加易如反掌。反之，问卜听卦的人，大抵都有心事。我有一个朋友，为了让孩子回心转意，什么神都拜，什么仙都求了，未果，就来找我诉苦。他孩子二十多岁，竟毅然决然地放弃学业和工作，全身心投入某大师的怀抱，跟着师父云游四方，直至没完没了的重复和周而复始的疲惫使好奇心和未知感逐渐消蚀殆尽，才又回到日常，重新开始生活。"浪子回头金不换"，在这个过程中，我没少开导朋友一家。古人所谓的"但愿人长久，千里共婵娟"正是在相见时难别也难的两难境地中抒发的千年慨叹。这时，尊重孩子的选择远胜于强拉硬拽。如果他走的是阳关道，自然会幸福地走下去；倘使前面是南墙，也由不得他不回头。只可怜天下父母心，哪舍得眼看着孩子去撞南墙或跟着什么大仙大师误入歧途？！

迷信从远古走来，本已潜入人们内心深处，时机一旦成熟，它必再度泛而滥之。至于宗教，则复杂得多。虽然随着理性文化和科学技术的发展，它们逐渐丧失了赖以存在的基础，但作为人类文明发展过程中不可或缺的历史遗产，依然具有无可限量的作用。用爱因斯坦的话说，它们发自内心恐惧，后为心理慰藉，终于宇宙奥妙，不可简单视之。从心理学的角度看，宗教信仰是一种精神需要，在人们的意识、潜意识和集体无意识中往往关联着神秘、敬畏、庄严、崇高，甚至善感、美感、存在感和超越感等等。当然，这不包括那些骗财骗色、乱律违法、神乎其神、玄之又玄的邪教伪道。

我的问题是不知道该如何界定翠花。说她敛财吧，她却从不张口向任何人索要钱财，哪怕是委婉的暗示；说她四大皆空吧，却分明沾染了浓浓的世俗气息，背信弃义、忘本逐利、爱慕虚荣、敛财无数。然而，她竭力保持神秘感，遥控众弟子替她施护，是谓行善积德，故而信众日增，且仰之弥高。

迷信就这么历久弥坚，且大有变本加厉之势，岂不怪哉？

# 五

多年以前，田宇说过一句话，让人过耳不忘。他说，"时间最公平，让穷人觉得它更加漫长一些"。既然天堂虽好，晚去为妙，那么穷人的日子和生命在相对论中也就比富人拉长了许多。但是，我真不晓得这是时间这位公平哥对穷人的弥补还是惩罚呢。

你就是太忙，不然可以见见大师。

母亲什么都知道，唯一猜不透的就是我为何对翠花避之犹恐不及。我也常常自问，过去不见她是因为学习忙、工作忙，而现在她是否有意让我高攀不起呢？我不得而知。但是有一点我十分清楚，那便是此翠花已非彼翠花。在这个表面上一切向钱看、以财富为价值标准的时代，我一个穷教授的身份也许早就难以望其项背。关键在于，我并不羡慕她，倒是多少对她有了一丝莫名的怜惜。一个普通的山村姑娘，一个满腔热情的健康女娃，一个曾经有志于将革命进行到底的铁姑娘，一俟华丽转身竟成了万人拥戴的大师。而我却成了母亲嘴里的蠹书虫，每次说到大师就狐狸钻罐子躲躲闪闪。

唉，远古的回声如此恢弘响亮，令多少书生意气困顿、心志萎靡！

风水轮流转，世道变了，但还会变回来。

木棒生前经常这么说，他那是在为我等鼓呼，同时也在为自己打气。但是在他弥留之际，生命的本能使他终于说出了相反的观点。

> 如果前面没有身体这个1，后面有再多的0也是枉然。我说的0当然不仅仅是钱，还有更为重要的事业、家庭、友情等等。

此话自洽他的心情，也与近年的民间智慧契合。不过说到"等等"，他苦涩地笑了笑。我和石头知道个中缘由，也会心地苦笑着。他生平第一次在人前流下眼泪，他那是在托孤呢。我们三个人早有约定，每逢相聚，尽量不谈家庭，以免陷入鸡毛蒜皮的琐碎。然而，人生在世，又哪里绕得开家庭这个基本的社会细胞呢？

且说"等等"是木棒曾经说过的一个逗笑故事。他说遥远的古代有个钦差大臣，他所经之地官员士绅迎迓，民众夹道恭候。府衙县衙知其不好伺候，因此层层布置、早早绸缪。有一次，开封知府得到钦差将至的消息，便吩咐各县衙好生准备。知府除了告知必须街道清洁、窗明几净之外，还加了个"等等"。这个"等等"令众知县百思不得其解。有说"等等"就是候着；又有说"等等"即称一称，表示要配备足够银两；也有说"等等"指音律等韵，需要若干歌妓伺候。于是，梁山伯十八里相送变成了官员人等十八里迎候。县衙则银两、名妓一应俱全，没承想来的竟是个两袖清风、女扮男装的女驸马。

木棒不同于石头，他讲笑话时自己从不傻笑。石头恰好相反，还没开讲，总是自己前仰后合先笑个不停。当初木棒讲这

个笑话适值我和石头准备上山下乡，木棒为我们饯行，表示他
会经常去看望我们，顺便支农。他后来果真去看过我们，但最
重要的是他没忘记为我们搜罗各种书籍。

　　我记得当时石头也讲了一个笑话，他兀自大笑一场，然后
边笑边说。

　　　　有个日本女人女扮男装，准备混在鬼子中间四处
　　烧杀掳掠，不想第一次出征她就遇到经期"挂花了"。
　　旁边的军曹见这小兵裤子上满是鲜血，以为是伤兵：
　　"怎么样？伤在哪儿了？还挺得住吗？"那女人若无其
　　事地回答道："没问题！""还说没问题，血都流到脚脖
　　子上了，赶紧脱裤子，我帮你包扎一下！"那女人拗不
　　过，褪下裤子说："真没问题，瞧，少了个把而已！"军
　　曹十分感动，连连夸奖："哟西哟西，好样的！"

　　木棒嫌石头的笑话太庸俗、太下流，简直无耻之尤！石头
则反唇相讥，说木棒的笑话一点也不幽默、不好笑。他们总是
这样针尖对麦芒，互不相让。我在心里发出讥嘲，谓他们是"狗

咬狗，满嘴毛"。

可怜木棒做人安分守己，做事恪尽职守，末了天不假年，能不让人唏嘘？

转眼到了必须阴阳两隔的地步。木棒躺在石头替他安排的单人病房里，我不禁浮想联翩。石头更是感慨万千，他说从前总觉得书信很慢，世界很远，一生只能娶一个女人、有一个家，现在倒好，有了电脑、手机、高铁、飞机、美女等等，等等，可我啥都没了，还不如从前。

话虽这么说，但石头是自作孽不可活，也正因为如此，他有意在"等等"上做文章、埋伏笔，尽管当时我并不完全理解他这个"等等"有多么凶险、多么残酷。我总以为他石头少不了吃吃喝喝，有点花花肠子，但太出格的事不会去做。怎知造化弄人，他竟落得如此不堪！用他自己的话说，人生的最大奢侈并非拥有财富，也不是美酒佳肴和绝色女子，而是生命觉悟、灵魂自由、身体健康和对自然、人类的基本关爱。这倒像是真的悟道了，但总觉得他有点儿哀莫大于心死。

第二章

　　且说西方从文艺复兴到启蒙运动，用了几百年尚且未能遏制迷信和诸多谶纬之术，何况我们仅有几十年的无神论教育？因此，一切皆在情理之中，尤其是随着信息技术、人工智能和基因工程的发展，大仙大师们的法术也是一日千里地向前奔腾，一切怀疑和反诘倒有洗地之嫌。用石头的话说，这年头坏名声也是名声。他那是在替自个儿吆喝呢。这种自我鼓呼既是倒霉之人必不可少的安慰剂，也是大仙大师们俯拾即是的作料和大显身手的机遇。

　　　　你还真别不信。那年有个教育代表团赴美考察，

其中一个关键时刻得遇大师指点，最终逃过一劫。

　　这个故事我听说过，那是翠花的手笔。当一干人在美国遭遇车祸时，那位本该一同出访的教授却因她的点化安然无恙。我不知道她是通过所谓的法术，还是脑电波之类的超新科技使对方在出发前忽然酣睡不醒的。对方因此延误航班、取消行程，从而规避了那场飞来横祸。从科学的角度看，人的确可以通过脑电波指挥机器人，也确实可能通过脑电波对特殊目的人产生影响，尽管迄今为止后者的功用微乎其微。至于那些叫魂、冲喜、续命、阴婚、厌胜或巫蛊之类，更是装神弄鬼、哗众取宠的无稽之谈。

　　也许翠花率先掌握，甚至垄断了某种先进技术呢？这并非完全不可能。石头见我陷入沉思，总会插科打诨。

　　　　从前有个小和尚问老和尚："人怎样才能不吃苦

呢？"老和尚回答说："吃苦！"哈哈哈……

他见我没笑，就又来一段。

从前有位仁兄问大夫："您看我怎么才能长命百岁呢？"

大夫照例望闻问切："您哪儿不舒服吗？"

那仁兄说："没哪儿不舒服，不过又好像哪儿哪儿都不舒服！"

大夫问道："您吸烟吗？"对方摇摇头。

大夫又问："您喝酒吗？"对方还是摇头。

大夫稍稍迟疑了一会儿："那您是纵欲过度吗？"对方还是摇头，并且回说："俺不近女色。"

大夫怒了，说："那你干吗活着，还不如死了算了！"

笑话的另一个版本是有人问如何才能保持健康长寿，大夫说"一不抽烟喝酒，二不纵欲好色，三不大鱼大肉"。那人回说他压根儿没有这些嗜好。于是大夫急了："那你要健康长寿干吗？"

那时石头还是个生龙活虎的企业家，而我刚刚"学成归国"。他就像一位仁慈严明的家长，对员工的生老病死退、吃喝拉撒睡都关怀备至、当管得管、当断得断。但他对自己却放纵得很：吃喝嫖赌抽，五毒俱全。我曾用"苦海无边，回头是岸"劝之。可他却说："我佛普度众生，既然连作恶多端的魔道鬼道都可以放下屠刀，立地成佛，你就让俺先坏一坏呗。"

坊间都说"男人有钱就变坏，女人变坏就有钱"，看来他石头是小儿吃甘蔗两头咬。想想人非圣贤，孰能无过，哪天他若知错能改，则善莫大焉。记得《了凡四训》中有改过之法，或曰"三心"，即耻心、畏心和勇心。石头固非十恶不赦，然既无耻心，更无畏心，我奈他何？也罢，凡事终有因果，天网恢恢，疏而不漏，古今中外，概莫能外，等他撞了南墙也就回头了。果不其然，他忽然获罪入狱，锒铛两年，出狱后像是变了个人。我心情复杂，既心疼，又多少有点窃喜；心想，反正他早就是亿万富翁，钱多得花不完，财大气粗、挥霍惯了，拾点教训、收收性子也好。然而，见他有些消沉，甚至颓唐得像斗败的铩羽公鸡，也就免不了咸吃萝卜淡操心。

正是在那个时候，他开始抛售公司股票，同时又招募了一大批花枝招展的美少女。我以为他要回归服装业，开模特公司呢；那个叫燕子的天体会姑娘便是其中之一，但她的工作是助理兼秘书。

一

且说石头大发慈悲，延揽或者说是拯救了几十个如花似玉的姑娘，据称是为了救人于水火。我出于好意，千叮咛万嘱咐，叫他千万别再借救人之名行钱色交易之实。石头说我过去是个不食人间烟火的书生，现在是歪嘴和尚念经啥都不正；换了在古代，肯定是赶考途中被花鬼狐仙诱拐或者遭剪径大盗吊打的主儿。

这家伙总是你体制内、我体制外地把人往另一股道上挤对。可本人早就一箩筐一箩筐地跟他讲过道理，华夏大地莫非国土，没那梧桐树，何来金凤凰？！没有好政策，你石头就算是三头六臂，又安能致富？！

说话间，他请了各色专家给姑娘们讲课，教她们学经济、做微商。果然，不到一年，这些孩子都自立门户，成了"小老板"。石头还发给数额不等的无息贷款，帮她们起步。我问过其中两个女孩儿，她们过去的确或多或少受雇于石头，在陪酒营生中被呼来唤去。后来他作奸犯科吃了官司，她们便作鸟兽散了。

唯独那个燕子姑娘过去不曾与他有过瓜葛。要说这姑娘也是神了。她初中文化程度，却凭乖巧伶俐和三寸不烂之舌让石头一步步进了圈套。她像《一千零一夜》中的山鲁佐德，几乎天天给石头讲故事，其中一个尤其令石头茅塞顿开、大彻大悟。

从前有一个花花道人，他法术精湛，但心术不正。有一次，他看到一位天仙般的女子，便起了歹念。他吸一口气将女子吞入嘴里，从此每日到僻静处吐出她来寻欢作乐。可是久而久之，那女子也学会了法术。于是待花花道人折腾累了回道观酣睡之际，也悄悄吐出一名男子来寻欢作乐。

石头知道，这个故事的另一版本来自《一千零一夜》，谓魔鬼在某婚礼上抢走了漂亮的新娘，并将她衔在口中，时时吐出来嬉戏，怎知那新娘以其人之道还治其人之身，每每趁魔鬼疲惫或酣睡之际找男人嬉戏。日复一日，她的报复数以百计。

所谓言者无心，闻者有意，石头被其中的因果报应触动，也给燕子讲了一个故事。

　　某日，有个方士开坛讲佛，说色即是空，空即是色，就像《红楼梦》里的风月宝鉴，正面是美女，反面是骷髅；空空色色，色色空空。

　　台下有信徒举手："请问大师，空心桃子和怀孕妇女的共同点是什么？"

　　大师摇摇头说："善哉，善哉！"

　　这时，另一个信徒回答说："都是虫子惹的祸！"

　　石头边说边笑。咸湿五荤故事原是他的拿手好戏，却很快成了他的痛楚。他当然知道方士在以己昏昏使人昭昭。按大乘宗义，色指一切精神和事物，而空却是前者的本质属性，譬如《老子》的无生有，有生一，一生二……是谓无中生有，有自无来，再回到无。由此衍生的"四谛"为苦集灭道：苦指生老病死，集指因缘际会，灭指万物始终，道指轮回解脱、涅槃重生。因此，他嗤笑方士的同时，也哂笑自己。多年来孜孜汲汲、心心念念打造的金钱帝国，到头来无非惊梦一场。除了钱，他已经一无所有。但他甚是不甘，决定铤而走险，去色空之外寻找归宿。

　　燕子直将天体会说得天花乱坠：会中男女个个是兄弟姐妹，相濡以沫，恩爱有加，有福同享，有难同当。尤其是在精神层面，他们把一切交给自然，一切也便自然而然，无始无终，无适无莫。他们没有繁文缛节，也无须诵经拜神。神由心生，心即是神，神即是心；身心化合，述行归一，没有烦恼，不分彼此。听上去的确诱人，恰似伊甸园一般。加之石头生来好奇心重，又逢人生低谷，也便稀里糊涂地随她去了。

兹事体大。我的问题是，既然翠花有未卜先知、化灾为福之法，为何不事先阻止石头往火坑里跳呢？

亏你想得出来！没听说过"我不入地狱，谁入地狱"？大师说了，万劫不复而复，那才是最高境界。

人到了这个地步那才叫令人啼笑皆非！耶稣为所有基督教殉道者之榜样，难道他石头也要做殉道者？记得我曾经给他讲过一个西方殉道者的故事，那是在罗马皇帝承认基督教之前。

话说公元1世纪有一希腊城邦，城邦主夫妇向神祈求子女多年而不得，一位基督教医生劝他们改信基督。一年后，他们终于有了一个女儿，起名菲洛美娜（意为光明使者）。当时罗马皇帝正攻打希腊。城邦主带着一家老小向皇帝祈求和平，罗马皇帝一眼看上了娉娉袅袅的菲洛美娜。而她却说早已将自己献给了主。皇帝勃然大怒，将她投入监狱。她在狱中忍受了四十天折磨，皇帝问她有没有改变心意，结果再次遭到拒绝。皇帝把一个巨大的铁锚系在她脖子上，将她扔到河里，但系锚的绳索断了。皇帝暴怒，下令乱箭将她射死，却箭箭射歪。最后，她被斩首示众。她受难多年后，罗马教廷为她封圣，从此她承担了类似于送子观音那样的角色。

这是个美丽的基督教传说。然而，在现实生活中，有名有姓的殉道者也不罕见。1998年以降，英国西敏寺（威斯敏斯特大教堂）西侧门楣上就相继安置了多尊殉道者塑像。他们来自世界各地，从左到右分别是：一、圣国柏（1894－1941），波兰方济各教士，1941年在奥斯维辛集中营代人受死；二、梅思默拉（1913—1928），南非原住民少女，1928年因信奉基督教被亲生父母戕害；三、鲁温（1922—1977），乌干达圣公会大主教，1977年遭当局处决；四、圣伊丽莎白（1864—1918），东正教徒，俄国皇族后裔，1918年遭处决；五、马丁·路德·金（1929—1968），牧师，美国黑人民权运动领袖，1968年4月4日遇刺身亡；六、若梅若（1917—1980），天主教圣萨尔瓦多主教，因同情革命，于1980年遇刺身亡；七、潘霍华（1906—1945），德国信义宗神学家，1945年被纳粹处以绞刑；八、以斯帖·约翰（1929—1960），巴基斯坦籍女信徒，因传播基督教于1960年遭人谋杀；九、塔皮迪（1921—1942），巴布亚新几内亚原住民，因帮助传教士传播教义，遭日军追杀，后于1942年殉难，等等。这其中充满了理想与现实、普世与国族之间的诸多复杂关系。英国教会的遴选标准姑且不说，但信仰这东西确实厉害，浙江先贤李叔同（法号弘一）便是明证。他博学多才，琴棋书画无不精通，但因生在佛缘世家，据传降世时就有喜鹊衔松枝飞抵床前。这本可视为虚构的彩头，却被用来说明菩萨显灵，以至于他出家前写下"一花一叶，孤芳致洁；昏波不染，成就慧业"这样的誓言。

　　哲人福柯说，话语即人。人生在世，所思所想皆有赖话语，所作所为皆有赖思想。二者二而一，一而二，难分难解。不仅如此，个人无意识和集体无意识还无时无刻不在发挥作用。后者恰恰来自人的所有社会关系。古往今来，莫不如此。由是，马克思说"人是一切社会关系的总和"。

但石头不信这些。他俨然以殉道者自居,且言必称大仙大师。

你说说,这世上有多少不解之谜?远的古埃及、古玛雅不说,单说近年英国几何形麦田怪圈、白令海峡的海底灯光秀、阿肯色的成千上万只坠鸟、哥斯达黎加凌晨响彻天际的嗡嗡声等等,你说得清楚吗?宇宙之大无奇不有!

# 二

阿弥陀佛!也许我只能念阿弥陀佛了。的确,怪事接连发生。先是楚楚她们仨带着几个孩子出现在城市公园附近的停车场,摄像头记录了一切。她们模样古怪,神情淡然,还与停车场的管理员老解攀谈了几句,然后放下车钥匙扬长而去。

她们从哪里来?又要到哪里去?那些婴儿是怎么回事?仿佛天外来客,她们除了依然年轻靓丽,已经少有当今城市女孩儿的气息。莫非她们真的穿越了?

你瞧瞧,傻眼了吧?我请公安局的兄弟调取了所有相关监控,结果只有停车场这一段录像。难道她们会遁形术?怎么周围的监控没有捕捉到半点踪迹呢?我不得不承认,此事确实有点奇怪,有些蹊跷。

曾几何时,孩子拉着我的食指或小拇指,在城市公园散步。

当时尚未有停车场，家家户户都骑自行车或坐公交车到公园散步、小憩。她用小手指指戳戳："爸爸，爸爸，那是谁呀？""那是岳飞呀，民族英雄，前一阵子刚塑的。""哦，我们课文里有他的《满江红》。岳飞为什么那么好，秦桧为什么那么坏呀？""这就说来话长了，三言两语道不明。你瞧啊，我们有许多民族英雄，也有许多汉奸坏蛋。这就好比咱这些个手指头，有长有短；人呢，也分好人坏人。不过只要一心向善，你就会成为好人。""我知道，善就是对别人好。孔子说，己所不欲，勿施于人……""己所欲也未必能施于人，因为自己喜欢的不一定也是别人喜欢的。还有'不独亲其亲，不独子其子'，这就是说不能只对自己的亲人和孩子好，要博爱。"

虽然有时候善恶是非爱憎有辩证的一面，不能二元对立、笼而统之、一概而论，还要看从什么立场、方法等等；但我只能删繁就简，教她要有起码的标准。"对，不能做东郭先生！"女儿应声说。"是啊，等你长大了也就明白了。"

就这么说着，天色便泛起红晕，晚霞像泼墨似的先将西边染成紫红色或者绛紫色。残云更是五颜六色，变幻着形状，一会儿像天狗，一会儿像驼队、鱼鳞……然后，初夜再将整个苍穹染成灰黑色。但西边的天际线上总有一抹流连的光影，仿佛远行的亲人在跂足回望。渐渐地，东边又会升起一轮明月，它是那么皎洁，一如豆蔻年华的处子。也许欣雨浇溽暑，晌晚出彩虹；也许城市上空还可以看到无数星星。晚上八点，公园的大钟会准时敲响。华灯初上，但灯光幽暗，而且彼此间隔很远，勉强给城市蒙上一帘薄薄的橙色。不像现在，路灯、车灯、霓虹灯交相辉映，淹没了星辰的光芒。

　　翠花也曾那样拉着我的手从镇上看完露天电影往回走。好在不是天色清明的夜晚，而是伸手不见五指的团墨。我大概是缺乏维生素A族，在月黑星稀之夜通常两眼一抹黑——夜盲，完全看不清道，必须拽着翠花的衣角才能高一脚低一脚蹒跚前行。她不扭捏，总是直接握住我的手，并嗔嚷着"快把人家的衣服撕破了"。那是一双粗糙的劳动妇女的手，有老茧，有力量，但握法中透着柔情。她总会调皮地用手指肚轻轻抚摩我的手心手背，其所传输的是毋庸置疑的温存与信任，或许还有调皮和挑逗。我享受这一过程，期盼着路远一点，再远一点。那是我从少年向青年过渡时期最惬意的感受，好比读书读到欢愉时的血脉偾张、汗毛倒竖，浑身都在被挠痒痒。"你不是总说心里有阳光，世界就明亮吗？"她没话找话，我说那是指精神。

　　　　精神也在瞬息万变。在这个信息时代，世界日新
　　月异，一切都是昙花一现，唯有大师长盛不衰。我们
　　只能求助于大师、寄希望于大师，别无他法。

　　在石头五体投地的虔信中，我萌生出更大的忧虑。既然翠花法力无边，为啥不把孩子们找回来呢？

　　　　她说时机未到。凡事皆有定数，孩子们终不免有
　　此一劫，须得度尽劫波，才能澈云而还。

　　这等于什么也没有说。我多次向石头索要翠花的联系方式。但他总能找出各种理由予以搪塞推诿。

所谓心诚则灵，你又不信，要大师联系方式做甚？再说了，你以为她老人家是你想见就见，想找就找的？

　　有啥了不得？哎，我跟你说了，就是了不得、不得了！她不仅能看到自己的今生来世，还能看到别人的前因后果。

　　我猜她再也不会见我们这些熟人、故旧了，因为保持神秘的最佳方式，除了欲擒故纵，便是退避三舍，也即所谓的闭关或者云游。古来修仙者皆如此，会根据一定的仪轨进行修行。也只有这样才能拒人于千里之外，同时或可规避天下熙熙皆为利来、天下攘攘皆为利往的世俗市井生活。石头其实后来也从未与他心心念念的大师有过再面之缘。他们之间的所有联系都是通过翠花的助理，甚至助理的助理。我想母亲见到的大师极有可能也是翠花的徒子徒孙。

　　听说翠花时常闭关双修，而那些被她选中的处男乃万里挑一的"厚生"。他们不是官二代，就是富二代，可谓非富即贵。个中奥妙可想而知，翠花要效仿武则天营造她的今曌帝国呢，同时还有所谓延年益寿的取阳补阴；而那些男子，则一心一意要借助她的无边法术和无量功德永保地位显赫、财富不竭。简直是天大的笑话！问题是，连变性术都屡见不鲜的年代，哪有什么处男？况且男人发育过程漫长，所谓的初夜早在未成年时便自个儿消受了，哪轮得到她？除非她目无王法，从小包养那些男孩儿。即或如此，也难免一朝醒来，人家已经画了地图，譬如郁达夫所说的被窝里的罪过。这又是男人天生比女人自私的一个铁证。

信则有，不信则无。你学了那么多啥哲学啊、心理学啊，咋不学学神学呢？

谁说我没学过神学？那是哲学的一部分。诚所谓对牛弹琴，我跟你石头这弹牛说不清楚。

反正轮不到咱喽！大师何许人也？她观音转世。算了，我也是对牛弹琴、瞎子点灯、脱裤子放屁……给你讲个笑话吧，哈哈！

话说有个老外到中国来访学，顺便进修中文。国人好客，请她到五星饭店用餐，算是接风。各就各位后，有位中国老师起身说去方便一下。老外没明白，问方便是啥意思。有人解释说，方便就是上厕所。老外听懂了，可紧接着又有中国朋友对她说，我下次去贵国，还想请您提供些方便呢。老外蒙了，心想，你到我们国家去，难道要我提供些厕所不成？席间，老外一直闷闷不乐。主人见老外有心事，就宽慰她说，今天人多嘈杂，菜肴也不一定合您口味，下次我方便时单独请您。老外愣住了，涨红了脸，一个劲儿地摇头；于是主人说，别客气，等您方便的时候，或者最好我俩都方便的时候！哈哈哈……

石头从小脾气倔，但心地善良。在商圈殚精竭虑、跌打滚爬了好些年后，他更增添了些许自负。这样的人一旦遭遇挫折，则最容易上当受骗。但他自信满满，总觉得是我杞人忧天。

<h1 style="text-align:center">三</h1>

"随便给你讲两个时新段子，你就知道咱五千年文明不是吹出来的。咱老祖宗炼字那会儿，人家还茹毛饮血呢！听好了，先给你讲个文雅的。"

有个洋学生，在北京读了四年书，临近毕业，老师给她出一道题，立刻让她蒙圈了：

老师说，有个职员给领导送礼，领导说："你这是什么意思？"职员说："没什么意思，小意思而已。"领导说："这就不好意思了！"职员说："先意思意思，请领导笑纳，来日方长嘛。"领导说："你这人真有意思！"职员说："我也没啥特别意思。"

问："这其中的意思都是什么意思？"哈哈，那洋妞立马晕了。

紧接着，老师又出题考她，叫她分别说出下列句子中相同表述的不同涵义：

一、老人对远行的孩子说：冬天能穿多少是多少，夏天能穿多少是多少；

二、男人单身的原因是：原来喜欢一个人，现在喜欢一个人；

三、女孩儿剩下的原因是：过去谁都看不上，现在谁都看不上；

四、霸女给男友打电话说：如果你先到，你就等着吧；如果我先到，你就等着吧！

洋妞听后大惊失色："老师，我总算明白您的教诲了：这中文太难了，一辈子都学不完！"

石头兴高采烈地仰天大笑，暂时忘却了烦恼和忧愁。他继续说笑着，仿佛聚光灯下名噪一时的脱口秀。

有个老师教外国人学中文，说"乳"还有小的涵义，比如乳儿、乳鸽、乳猪等等。说罢，老师请外国学生用"乳"字造句。有个叫安娜的学生绞尽脑汁，终于计上心来，说北京房子太贵，"我只能租一间十几平米的乳房"。这让老师哭笑不得，说这句不好，重新造一句。那学生眨了眨眼睛，说出了让老师更加难为情的经典句子："我没法子，就在乳房外面搭建了临时乳厨和乳厕。"老师冒着冷汗直摇头，说重来重来。于是，她皱着眉头、憋足劲儿怯生生地说："我家乳房边有一条乳沟，我每天上学放学都要从上面跳过来、跳过去。"

他强颜欢笑着，我若有所思地倾听着。倘使不是那荼毒天下的恶疾使他终于心灰意懒，也许他还是个一流的业余段子手呢，可以时不时地在抖音上露一手。而我此时此刻唯有打破砂锅问到底。我想知道翠花究竟给他灌了什么迷魂药，使他这般心无旁骛、死心塌地地言听计从。可他硬是嘴巴上锁不吐蛛丝马迹。

为早日查清翠花的底细，我决定放弃石头，不在他那儿浪费工夫了。我把目标转向母亲，即使她的信奉程度不亚于石头，却终究是我的母亲。看在孙女杳无音信和我无意加害翠花的分儿上，她老人家也该助我一臂之力。

啊呀，这觐见大师是可遇而不可求的事儿。我一没她的电话，二没她的住址。她神来神往的，谁知道啥时候再光临寒舍哟？

这么好的一个闺女，打着灯笼都没处找，你一扔就是几十年，叫人家情何以堪？

这又从何说起呢？一定是石头他们没少在母亲耳边嚼舌头，难道他们不懂得逢人只说三分话的道理吗？何况我与翠花的关系并不像他们想象的那样不可告人。翠花对我好，这我心知肚明，别人自然也看在眼里，可那是几十年前的事儿。我无数次从专业的角度追忆她的言行，却并未发现任何可疑之处。她善良、淳朴，既有一般山村女孩儿的坚忍，也有大部分女性的柔情。她聪明，但不炫耀；漂亮，但不娇纵。为了和我们打成一片，她第一时间剪掉了长辫子，换成干净利落的两把刷。在我亲历的三四年时间里，她始终如一。除了发型，衣服似乎也不带花色。夏天月白或浅蓝色粗布衬衫加长裤加绑腿和一双自己缝制的布鞋，冬天是看得见道道针脚的一套草绿色军棉衣和自己编织的殷红色半高领毛衣。据说那套军棉衣是罗老师从一名参军的学生那里要来的。罗老师曾经很想把女儿嫁给那个学生，但翠花嫌他不干净：小时候挂着鼻涕的样子始终萦绕在她的脑海里，让她想起来就觉得很不舒服。做父亲的就不同了，他着眼于将来，万一那孩子晋升当了军官，女儿不就可以随军离开山窝窝了吗？大概是在我们刚到生产队之后，罗老师得知女儿和我们走得很近，就着急了。他觍着脸给那个叫郭建国的男生写信，说翠花很想要一套军装，旧的也行。他估摸着两人的个子差不多，哪晓得郭建国回信说军装不能随便买，发下来几套只够换洗的，倒是两套棉衣可以匀出一套来，反正广东那边天气热。就这样，郭建国把一套棉袄寄给了罗老师。

罗老师瞒着翠花，只道是郭建国主动赠送的。但翠花并不领情，好在棉袄是新的，她也便将就着穿了。那时节时兴穿军装，有一件军衣，哪怕旧得发白了也令人羡慕啊！郭建国原名郭钱库，参军前临时改了名字。而我等城市适龄青年连这个机会也没有，除了个别有门路的，大抵一概被发配到农村或建设兵团插队落户，并且准备扎根农村一辈子。用我们后来的话说，修地球者也。

较之于本地人，我等知青毫无优势可言，何况人家还是现役军人。幸亏我对此一无所知，所有诸如此类的信息还是石头后来告知的。我也曾无数次假设，倘使我知道，并看到翠花穿着郭建国的军装，又当作何感想？我会不舒服，甚至产生醋意吗？时过境迁，我无法想象可能的感受。当得知这件事情的时候，我已经初为人父。石头指着我的一件羽绒服说，这衣服很像翠花穿过的军棉袄。可不？经他这么一提醒，我也就想起来了。

你敢说你们没谈过恋爱？

这是石头常用的开场白，尤其是在他信奉大师之前。在我看来，没有山盟海誓、卿卿我我、缠绵悱恻、一日不见如隔三秋，就不算谈恋爱。但是，石头不以为然，他认为谈恋爱很简单、很实际，没我说的那么复杂、那么多弯弯绕。在他看来，拉拉手、亲个脸，就算谈恋爱。我说那西方人天天都在谈恋爱，他们男女见面不仅握手、行吻手礼，还一个劲儿地贴面、亲脸。

那不一样，他们这是虚浮礼仪，不带感情色彩。

翠花当初拉我的手带感情色彩吗？是的。我知其然，并且知其所以然。她说过，第一次在我外婆家的老宅"偶遇"时，她就觉得我身上散发着磁性，用现在的话说是让她过电了。她也曾悄悄做鞋、送鞋给我，尽管今人复又按谐音避讳送鞋、送钟之类的物事了。为此，我曾有意对石头说起送鞋这档子事。可他却毫无反应，还说："就是嘛，她对你多好！"足见他石头也不是那种逢八就喜、遇四便躲的人。

## 四

白云苍狗，时间就这么匆匆滑过。至于它从过去走向未来，还是从未来走向过去，则无人说得清、道得明。按庄子悖论"一尺之棰，日取其半，万世不竭"或芝诺悖论"飞矢不动"而论，时间也许并没有动，动的只是地球，是我们的身体、我们的感觉。这是翠花灌输给石头的谬论之一。幻由心生，时随身移，如此一来，人也就唯心而在了。这不是回到笛卡尔的"我思故我在"去了吗？其他的一切就如风过耳，了无踪影了吗？

　　一花一世界，一叶一菩提。勿以物喜，勿以己悲。智慧明净，心神安宁。智慧必入汝心，汝须以知为美……

好家伙！如今他石头一张口即是释儒道加基督教真言。他不是要出家吧？可石头说了，向大师看齐，大隐隐于朝，中隐隐于市。这倒启发了我，母亲不也是满嘴小隐隐于野、中隐隐于市吗？我何不将计就计，来他个打虎上山？

古人云："不入虎穴，焉得虎子？"我横下一条心，让母亲和石头分别向翠花大师通风报信，说我终于开窍悟道了，但他们同时提醒我千万别心怀不轨或心存侥幸。"你翘个腚子，大师就知道你要放啥子屁！不敬，不敬；罪过，罪过！"石头曾不停地吹嘘大师功法了得，而且其秘诀只可意会，不可言传。

我心想，这不像犹太密宗卡巴拉吗？好吧，我姑且信她一回。正这么信誓旦旦着，翠花派弟子转来一条微信，却是出乎意料地俏皮：

**欢迎，欢迎，热烈欢迎！**

华文琥珀字体让人顿觉亲切，因为当初在生产队写黑板报时我最喜欢用这种字体做通栏标题。先用尺子和粉笔描框，再拿毛笔和捣烂的粉笔糊糊填充每一个字符：喜悦用赤橙黄绿青蓝紫缤纷色彩，悲伤则用白框映衬黑的黢黢幽幽深深沉沉。

这就对咯。早听我的该有多好！想你一介书生，怎经得白茫茫陆地来阔，碧悠悠青天来厚……

是"白茫茫陆地来厚，碧悠悠青天来阔"！

又来了，咬文嚼字！有什么区别嘛？阔即是厚，厚即是阔；色即是空，空即是色，色色空空，空空色色。再说了，大师咋说就咋说。唯此为准，唯此为大！

是她教你这么说的？还是你记错了？石头不置可否。他挠挠头，在手机上拨拉起来。

我明明记得是她说的……瞧，在这儿呢！

果不其然。看来翠花大师并没有好好记住王实甫。当初她背《西厢记》可谓下了功夫，不能说倒背如流，至少也是烂熟于心。书还是我借给她的。为了迟些、再迟些归还，她索性偷偷背诵。那默诵的样子忽然让我觉得她似曾相识。

我想起在外婆家老宅的第一次见面，我首先觉察到的是一股淡淡的馨香。那不是茶园的芬芳，也不是竹林的气息，而是新切西瓜的味道。起初，我以为是什么擦脸油的香味，但后来才知道那是翠花与生俱来的体味。它与沤粪池那可以熏死十头大象的恶臭形成了强烈的反差。她那天张口说话时，距我不足一米，着实吓我一大跳。毕竟老宅幽暗，而且我并没有听到她的脚步声。可能是我太专注，也可能是翠花有意为之：悄无声息。

大师读《西厢记》那会儿，我是真有心当你们的小红娘来着。只可惜在婚恋问题上，你和木棒一样，太按部就班、没有创意！

我心想，你有创意，当初还不是乖乖听从罗老师的？不过我知道，他所谓的创意多半指婚后的寻花问柳。他振振有词地拿毫无科学依据的坊间秘诀或谓歪理邪说自我鼓呼："要想健康又长寿，抽烟喝酒吃肥肉；晚睡晚起不锻炼，多与异性交朋友！"木棒不信邪，他的口头禅是"善恶有报，屡试不爽"。是啊，"善有善报，恶有恶报；不是不报，时辰未到；时辰一到，统统要报"。话虽如此，但我始终有一种隐忧，这些道理劝人从善固可，却未必就是真理。大千世界，林林总总，岂有那么简单？想他木棒英年早逝，想他石头苟延残喘，皆非一个简单的善恶可以廓清。

　　我曾多次自问并问过石头，王小奕出事那会儿，有没有感到沮丧和后悔。他说当然既沮丧又后悔，恨不能早点娶了她。石头是由衷的。我也是，后悔没能伸手拉她一把。但石头自从攀上了大师，就改变了想法。他说大师用通灵法术还原了当时的真相，"看见"小奕患了绝症。当时生产队里还没有赤脚医生，田宇也未曾到公社卫生所实习。当天中午，小奕在去卫生所的路上偶遇罗老师。罗老师出于关心，恰好又是星期天，就亲自把小奕领到了卫生所。卫生所只有一位姓朱的值班医生。他三十开外，单身，戴一副宽边近视眼镜，也是文质彬彬的书生模样。罗老师和他寒暄几句，旋即离开了。

　　朱医生仔仔细细询问了小奕，小奕照实回答。说到隐秘处，两人都有些尴尬。朱医生想替小奕听听心肺功能。小奕遵从了，她脱掉了棉衣。朱医生用听筒隔着衬衫听了听小奕的心肺，他皱着眉头，若有所思，然后放下听筒，轻轻地按了按她的腹部。他摇摇头，长叹一口气，说："你可能是水土不服引起的囊肿，也可能……不好说。你还是回城查一查吧！我给你开张转院证明，你到生产队请个假。"

> 遂古之初，谁传道之？
>
> 上下未形，何由考之？
>
> 冥昭瞢暗，谁能极之？
>
> 冯翼惟象，何以识之？
>
> ……

小奕前脚离开卫生所，罗老师后脚就进去了。他和朱医生嘀咕了几句，随即哼着屈老夫子的《天问》，三脚两步赶上小奕。

> 小奕！你叫小奕吧？我听翠花说起过你，她说你
>
> 是所有知青中长得最漂亮的。

小奕摇摇头，显得有些六神无主。她没有心情听别人谈论自己。罗老师看出来了，对她说："别担心，这山上瘴气重，很多人初来乍到都水土不服，容易染病，甚至内分泌紊乱。我这里有一个偏方，是镇里的一个中医世家留下来的。上千年来，这里都是盐米集散地，东西南北的商贾穿梭往来，都靠这家中医急人之难。可惜他们解放前就举家搬走了。过去呢，我在隔壁米行做伙计，东家的客商难免有感冒发热和水土不服的，就会支使我去抓药。中医世家也会时不时到米行籴米，年底两家一并结算。一来二往，我和世家的伙计都熟了，现在这个偏方就是他们偷偷留给我的，没想到还真派上用场了。"

他边说边从棉袄衬里的一个口袋掏出一张发黄的方子递给小奕。小奕接过一看，上面像方士画符一样，完全看不明白。罗老师又伸手要回了底方，对她说："你看不懂没关系，老中医的方子只有他药房的伙计看得懂。再说秘方嘛，总还是要保密的。"他转而又对小奕说："你别怕，我估计你来到这寒湿烟瘴之地，是水土不服引起的腹胀，而且我看得懂这秘方，回头替你找齐草药就可以了。"小奕自然感激涕零。她担心的不仅仅是自己的身体，而且还有例假的紊乱和不断鼓胀的肚子与那天公社革委会主任李卫东的鸿门宴。

## 五

那个李卫东原名李田宝，是清风镇上的一个小混混，靠着一本语录和一身蛮劲竖起了造反大旗，让公社的一拨领导统统靠边。我们刚到镇上时，几乎所有临街墙上都贴满了大字报。它们大多出自罗老师之手，因为李卫东蟹爬似的糗字实在拿不出手、上不得台面。罗老师开始并不情愿，但很快尝到了甜头，成了清风公社一人之下、万人之上的权力人物。用他的话说，闲散让人蜕化，何况停课闹革命正使他无所事事。与其百无聊赖，不如参加革命，也许还可以顺便做点好事，譬如暗中帮帮那些被打倒在地、"踏上一万只脚、永世不得翻身"的老领导、老革命。

然而，他终究是一个道行稍欠、志向不高的代课教师，而且伙计出身，小押司般行些方便，再顺道占点便宜可以理解，让人万万不能原谅的是他居然打小奕的主意。也许是因为小奕太单纯，单纯得不谙世事？

大师说当初小奕根本没有回城，也不好意思回城。

她一直和罗老师待在一起，孤男寡女不出事才怪！

这个故事实实地震撼了石头，自然也震撼了我。它无论如何都出乎我的想象。首先是大师何以如此这般自毁家底？俗话说"家丑不可外扬"，翠花这绝对不是一般二般的勇气，除非是有意人设。其次是罗老师国学底蕴深厚，曾使我等老三届自惭形秽，却何以如此晚节不保，干出这等令人不齿的勾当？

我听说此事后，曾悄悄回到清风镇。古镇物是人非，游客络绎不绝，商铺鳞次栉比，商品琳琅满目，一派繁荣景象。山上树木繁茂，莺歌燕舞自不待言；古庙也是锣鼓喧天，但仔细一听像古老的傩戏。河道上有供观光的竹排和小船，鸬鹚在船头上栖息。远处还可以看到朱鹮和各色候鸟。公社变成了乡镇，八九十年代的社办企业已经改旗易帜，新兴产业如雨后春笋。用如今的话说，我花了洪荒之力才好不容易找到那位姓朱的医生。他比我大了十几岁，其时正含饴弄孙、颐养天年，但说到小奕他还是颇有些印象的。他说小奕的确肚子肿胀，以他的经验应该是水土不服所致；也有可能是罹患疝气，甚至肿瘤，尽管后者概率较低。但奇怪的是她又明显有妊娠反应，而且听得见微弱的胎音。由此可见，不排除小奕怀孕的可能。至于第一次怀孕的经过，石头说大师"看见"是李卫东作孽。他曾经分批次请知青到公社革委会开会聚餐，这我们都记得。其中一次就有小奕。李卫东一定是在那天的啤酒中动了手脚，以至于所有知青都喝醉了。等他们清醒的时候，已经是第二天晌午了。至于那天夜里发生了什么，没有人说得清楚。

　　大师说李卫东下了蒙汗药，或者迷醉药，而且那些药还是罗老师奉命提供的。大师还说，她爹并非她爹；他和罗师母只不过被选中作为她寄生的产床，仅此而已。

　　这也太玄乎了，让我不禁想起了中世纪基督教神学的选择主义：为了让信众便于理解基督教真谛，选择主义派认为不如用选择主义取代"三位一体"。这样一来，约瑟和玛丽亚就成了正常夫妻，只不过他们是被选中的，就像耶稣被选中一样。作为中间环节的圣灵可就此被省却，约瑟的尴尬也就烟消云散了。但是，选择主义好景不长，那么大师呢？难道她没有亵渎一干正教的嫌疑吗？

　　令我无法释怀的是罗老师他究竟是出于怜悯还是欲望，以至于最终酿成大错。我记得小奕投河后不到一年，他就一病不起。我随翠花去探望过他，但见他大夏天捂着被子，也曾心生同情。然而，他既非病入膏肓，更未寿终正寝，翠花居然绝情地离他而去。多年以后，我还跟石头嘀咕了几回，说她好像并不关心罗老师的死活。石头摇头否定，只道是清官难断家务事，家家都有难念的经，外人很难揣测。现在看来，大师和他父亲也许早有嫌隙，而这些嫌隙恰好成了她后来痛斥其父的坚实情由。此外，无论理智还是情感，终非一成不变的铁板一块。

　　　　我坚持要把小奕送回城里做解剖，可你们都不
同意。

　　并非我们不同意，而是适逢双抢，加之生产队距离最近的
县城也有数百公里，又没有铁路公路，怎么送尸体？况且公社
革委会鉴于小奕的出身并考虑到影响，要求就地从速从简处理
后事。

　　我曾经异想天开，表示亡羊补牢犹未为晚：我们可以择机
回去一趟，万一小奕成了木乃伊，或许还能探个究竟。石头听
说此言，脑袋摇得像拨浪鼓。

　　　　那怎么行？你难道不相信大师的法眼？再说了，
小奕好不容易留了个全尸，你就忍心把她肢解了？再
者说，你我又不是法医，咋整？

　　是啊，或许荒冢一堆早没了。几十年弹指一挥间，留下的
只是有关王小奕悲惨人生的点滴记忆。没有跌宕起伏，更没了
音容笑貌。

　　　　你还是多想想自己吧！一把年纪，奔八的人了，
都挣了个啥？

　　论物质财富，我不能跟石头比，更不能跟大师比。要说石
头还可以用数字计算，那大师却是一骑绝尘、富可敌国，没人
能望其项背。但凡企业、公司，都要做年报、算利润，唯有她大
师是例外，一个无边无际的寰宇先知，天马行空，五洲为家，仿
佛几亿光年之外的天体，既是存在又像空无。

第三章

我无数次和石头探寻仨丫头的行踪。他小子是上春的天气、孩子的脸，开始骂骂咧咧，只怨时世不好，"丫头们一定是被人绑架了"。可过去了好些时日，也未见任何敲诈勒索的迹象，他又改口说年轻人叛逆，去寻找自己的乐趣了，"不是追星吗？"。后来他虔信大师，而且虔信得一塌糊涂，简直是误吞秤砣铁了心。

我有过各种假设，假设她们遭人拐骗，或者像大师那样躲在哪里修行，又或许被大师邀去做了帮手，再或许她们就在附近也未可知。

不可能！大师不缺她们几个。何况你也看见了，停车场的摄像头证明她们已经不是当初的她们。

探头不能说明什么。她们可能是被人蓄意送到摄像头面前的，不然周围的探头怎么没有捕捉到任何踪迹；或者借此给我们传递一个信息，表示她们还活着，也好叫我们放心；又或者她们的确遭人绑架、被人拐卖，甚至遭人蛊惑，成了可怜的人偶或试验品。

我也想象过很多种可能，但既然大师说她们穿越了，那就是穿越了，以后一定还会回来。也许到那个时候，你我已经是耄耋老人喽，而她们依然年轻如故，该改口管我们叫爷爷喽。哈哈……

他这是应了心理学自我归因之说，也即人在遭遇重大精神或身体变故时，只要扛过头三年，一般到了第四年就基本可以产生抗体、得到自愈了。无论失去亲人，还是身体致残或突然失业、破产、潦倒等等，大概率如此。对此，心理学定量定性分析多多，可谓屡试不爽。遗憾的是我有些例外。我不止一次对他说起，穿越是文学想象，而且那部小说确实是我的手笔。可石头哪肯相信。他毫不犹豫地反诘说："你拉倒吧！编几个鬼故事还凑合，那穿越也是你想得出来的？那可是世纪之交！现如今满世界的网络写手还没出生呢！"我说，好吧，退一万步说，就算是大师让她们穿越了，那她总该有本事让她们早点回来吧？

　　那可不成。大师说了，天机不可泄露，况且时机未到。再说了，我觉得挺好玩的，既然她们穿越到了一个民风淳厚、与世隔绝的小镇，而且可能是民国或者清朝或者明朝，多待一段时间又何妨？

　　如果，倘使，万一，我是说万一她们被心术不正、招摇撞骗的什么大仙大师蛊惑了该怎么办？石头说没有那个万一，一切皆在大师的掌控之中。"她就像你常说的上帝粒子或者什么希格斯玻色子，是万物之源，时间始终。哈哈，没什么逃得出她的法眼。"石头越说越邪乎，越来越癫狂。他心里除了大师，已经再无旁骛了。


一


　　喂，大才子，你明天到杭州保俶塔正东第二层檐台上取一个锦囊。

这倒像翠花大师的口吻。它是我"改信"大师后收到的第二条微信。根据微信的注册号，我凭借公安局签署的人口失踪证明找到了腾讯、移动公司等后台服务部门，请他们查清了微信和手机号码拥有者的基本信息。那是一位名叫关小露的女孩儿，出生于2001年9月11日，这日子恰巧同"9·11"撞车；户籍所在地是上海市徐家汇。紧接着，我带着有关信息取道上海，并在徐家汇有关方面的帮助下看到了关小露的身份登记和一张萌萌的无冠证件照。根据派出所的介绍，我得知她是个无父无母的孤儿，从小被弃于老上海育婴堂门口。当时她还在襁褓之中，两岁时被一个叫关飞阳的男子领养。待她有了户口、过上正常生活后不久，那个关飞阳就带着她四处迁徙，直至她好不容易高中毕业。可怜的孩子眼看着就要上大学了，养父却不翼而飞，消失得无影无踪。

　　小露凭借靓丽的容貌，开始自个儿打拼。她做过封面女郎，开过小店，当过微商，现在应被大师收为弟子了吧！也许她曾是石头帮助过的众多女郎中的一个。有了这些信息，我反而是一头雾水，因为我知道此小露未必就是彼小露。为免小露的锦囊被观光闲人取走，我立即赶往杭州，并且毫不费力地在几近荒凉的保俶塔正东二层窗台上取下了锦囊。保俶塔被铁栅栏围着，早就禁止攀登了。因此，把锦囊安放在一人多高的檐台上可谓既隐蔽又保险。锦囊很小，小得像女孩儿胸前的饰物挂件。

　　我攥着锦囊顺道看了一眼葛岭，揣摩着锦囊的内容，同时琢磨着何时打开它。这时，我接到了小露的电话。

先生您好！我是小露，锦囊是如是师尊命我交给
您的，请您暂时不要打开。至于何时可以打开，请您
静候师尊旨意。

没等我开口，电话断了。我想回拨过去，却被告知对方已
关机。

我记不得在哪部关于修仙的古籍中看到过如下描述，谓
修仙的重要诀窍是保持神秘。秘术的行使权力决定了仙道的品
级。权力越大，品级越高，其所掌控的咒语、灵符、法术也就越
多，能量也就越广。个中等级类似于官场，而且是模仿王权按
图索骥形成的一整套仪轨和律令。大师应该是这个神秘世界的
至高无上者，小露只不过是她的婢女或答应或常在。

我将这个情况告知石头。石头喜形于色，说这下好了，你
有救了。

不过你千万别擅自打开锦囊。一定要遵循大师的
旨意。我知道你好奇心重，但大师的指令不是你我等
闲之辈可以简单参悟的。有很多暗示和隐喻是需要慢
慢领会的，事非经过，你很难参透其中奥妙。

有这么玄乎吗？难不成她是琐罗亚斯德？没听说过？查拉
图斯特拉你总该知道吧？我说的就是他！

他只是个哲学家，没什么了不起！比起袁天罡、
诺查丹玛斯和狄克逊，他什么都不是！而这三位大师
加在一起都很难媲美如是大师。大师既不是占星家，

也不是算命先生，更不是妖言惑众的预言家。她是大师中的大师、大师们的大师！她不会犯诺查丹玛斯那样的错误，也不会像狄克逊那样举着玻璃球故弄玄虚，更不会像袁天罡那样信口雌黄、满嘴跑火车。她洞悉所有过去、现时和未来。

我心想，你就睁一只眼胡说八道，闭一只眼尽情做梦吧！那时代还没有火车呢！但是，石头言之凿凿，说大师曾经托梦于他。

我不排除梦的有效性。古人谓鬼神托梦或周公解梦，今人说弗氏释梦。但梦终究是梦，所谓"日有所思，夜有所梦"，又曰"幻由心生"，无论力比多冲动还是受压逆袭，也无论是所喜所乐、受惊受诧，梦终非现实。因此，庄子说"至人无梦"并非没有道理，那是因为他们并不把梦当一回事。反之，也便有了痴人说梦之谓。

那是因为你没有福分，尚未领略大师托梦的妙处。

我自然不会遵循大师的什么旨意，到家就打开了锦囊。结果当然不妙，锦囊果然只是一个逗你玩儿的绣花球球，里面除了一张小白纸，什么也没有。我不免有一种被戏弄的感觉，可转而一想，也许白纸就是内容：无可奉告！

类似的嘲弄接二连三，我姑且不赘，否则读者你必生厌倦。既然她大师剑走偏锋，我索性来个单刀直入。我要求或者说是恳求早日拜见大师。我把这个要求用微信发给了小露，请她务必尽快转呈大师。小露几乎即时回复说"知道了"，朱批般简洁。

之后是默默的等待。当然我也没有闲着。我请电脑高手定位小露的行踪。可她譬如朝露，恍若皂泡，非但行踪诡谲，而且难以锁定。

　　对酒当歌，

　　人生几何！

　　譬如朝露，

　　去日苦多。

　　……

石头再见到我时，就用曹操的《短歌行》讥嘲、挖苦了一番。我不在乎，却装出一副懊恼相，表示自己真的很后悔。

　　知道后悔就好！赶紧向大师道歉！

我不至于吧？我只不过是问道心切，并非有意冒犯。石头说，这已经构成了冒犯，"是大不敬！你以为是咱哥们，打个哈哈就没事了？难啦，大师可能再也不信任你喽！耸人听闻？有那么严重？当然啦！大师很生气，后果很严重！"。

我猜那是石头信口雌黄，他又不是翠花肚子里的蛔虫。提起蛔虫，我忽然觉得小腹隐隐作痛。我问石头记不记得我们一干知青曾无一例外遭受蛔虫折磨。它们从河水里的细菌，发育、生长、繁衍出一条条长得像手擀面似的虫子在肠道里形成集团军，向人体发起进攻。肚子疼事小，蛔虫如鲫般涌入胃里，一条条满口连呕带吐被抠出来，那才真叫可怕，简直不是令人毛骨悚然可以形容的！幸好姑娘们声嘶力竭的叫唤声和呼救声惊动了广大社员群众，他们说卫生所有宝塔糖，那东东一粒下去，一肚子的蛔虫就哗啦啦泄个干净。

怎么想起来说蛔虫了呢？

我说没事儿，忽然走神了。他很快就猜到了我的心思，说："等着吧！大师不到二十是你恋人，不到三十是你妹妹，不到四十是你闺女……如今足可做你孙女或者曾孙女了。哈哈哈……罪过，罪过！"

好吧，大师逆龄，我们长辈分了！


# 二


你想得美！姨还是你姨！大师叫你三更死，谁敢留你到五更！呸、呸、呸，罪过，罪过！

说错了吧？大师高高在上，听见了噢！石头早被自己吓得打个寒战，一个劲儿地掌掴起来。我忙不迭上前阻止："你咋真打自己的脸呢？不至于吧？有什么灾祸，我来承担。她大师难不成既是上帝又做阎王？那我们干脆别要法律了，甚至连世界都交给她掌控算了！"

别，别，别！你千万别再往下说一个字！不知天高地厚的家伙，竟敢亵渎大师！

"好，好，好！我闭嘴行了吧！她是你们的大师，但还不是我的大师，她还没有显灵给我看呢！我倒要看看她能把我怎么样？"我和石头就这样你一言、我一语，以牙还牙、以眼还眼，谁也不能说服谁。

沉默少顷，我建议换个话题，比如说说女孩子。"你见多识广，你先说。"石头这才按捺住火气，摇摇头说："俱往矣！老了，好汉不提当年勇喽！想当初确实见识过不少美女，后来发现一多半是出口转内销。为什么？半人造……到韩国填硅胶啦，你懂的！"

老实说，我早就不喜欢丰乳肥臀了。维纳斯那样的浑圆多脂姑娘也不怎么样！啊什么啊？我说的是真话，大气球似的酥胸其实并不见得柔美。排骨女人嘛，也硌得慌。现在这把年纪，反而对女人的胴体更挑剔了，想象力也更丰富了。用想象剥光衣服？是啊，那是鲁迅讽刺的下作。如今不需要了，钱可以买到一切。你不信？给你一个班要不要？或者一个排，一个加强排！哈哈哈，害怕了吧？

我说我无福消受，况且我一直是个柏拉图主义者，精神愉悦和感情元素超过一切。

石头恢复了常态，我要的就是这个效果。我看他笑逐颜开，以为他解颐释怀了，怎知他笑着笑着就流下了酸楚的泪。

我们复又沉默良久。

为了打破沉默的尴尬和尴尬的沉默，我说古来神学和教义固然博大精深，但也有过度阐释的问题。后人各取所需，把老祖宗的思想引向极致。这既是八卦和六十四卦的差别，也是五大行星方位变换常态与非常态之间的差别。至于那些伪信众，我送其一副对联：

上联：贪财好色肆无忌惮

下联：狐唱枭和求神拜佛

横批：财帽双全

石头忘却了烦恼，直呼"怎一个好字了得！"。

　　我记得你外婆家老宅有一副对联，上联是"世上数百年旧家无非积德"，下联是"天下第一件好事还是读书"。横批我记不得了，是什么来着？哦，对了，"世书传家"？还是"诗书传家"？啊呀，那时候真好！那天空，蓝是蓝来白是白；那空气，香是香来臭是臭……还有那人，好是好来坏是坏。一切清清楚楚，明明白白！我接着说，都是因为我们还年轻、单纯，少不更事。

　　你还记得那个李卫东吗？对，那个小混混、抠门精、王八蛋！我要早知道是他作孽害死了王小奕，不做了他才怪呢！不过后来他下场也不怎么样，你回城那年他就被打倒了。为首的造反派头头是老公社书记马俊杰的外甥。那是个狠角色，上来就是棍棒交加，打得李卫东满地找牙。最解气的是这拨造反派里有一个神记手，他过目不忘，却硬逼着胸无点墨的李卫东朗读语录，每读错一个字就罪加一等，挨一顿棍棒。那后来呢？我也小孩看戏似的先问结果。

　　后来跑了，也不知流落到哪里去了。直至有一次公司招聘保安，我无意间经过，却一眼认出了他。我说："你是李卫东吧？"他说："我不是李卫东，我叫李天保，是天生的保安。"我说："那你保天去吧，这地就不用你保了！"他说："我保天，保地，什么都保！"我说："那好吧，你去保厕所！"哈哈，后来他就在公司打扫厕所，直到大师托梦，叫我立刻将他开除，否则后患无穷。

"后来呢？"石头说，后来他就被举报了，举报的证据是一盒录音带。"内容是我跟一个客户如厕时的一次谈话。唉，那会儿我便秘，每次宴请客户或领导吃饭前都要蹲半天厕所，而那盒录音带一定是李卫东寄给检察厅的，养虎为患啊！"他唏嘘着。

你说怪不怪？我平时很少在公司顶层的宴会厅如厕，不雅啊！那天恰好客户来得早，我就不好意思把他晾在一边、自个儿去蹲办公室的厕所了。关键是时间长啊！不承想他也说想上厕所，而且支支吾吾说自己有点便秘。我说，那好，我们去顶层旋转餐厅的厕所，边便边聊。

不承想被李卫东钻了空子！也许他早就处心积虑要报复我。本来是想羞辱对方一下，为小奕报仇，同时也多少怀有那么一丝恻隐之心，结果做了毒蛇口中的农夫。待检察机关正式立案侦查时，李卫东可能还亲自到检察厅作了实名举报、录了证词。

我感兴趣的是梦的细节，比如作为大师的翠花变成什么模样了。石头说梦里只听到大师的声音，却并未得见尊容。

我也想一睹尊容啊！可惜她离我很远，缥缈如仙。

"再后来呢？"

后来就没有后来了。听说李天保回老家了，也有人说他因车祸横尸街头了。反正没得善终！

后者更像是石头所为。

你想到哪里去了？以为是我设计把他弄死的？大师吗？那就更扯了！告诉你，你是好莱坞看多了，咱China没那个thing!

三

关小露的第二个电话是端午节打来的。那天母亲给我快递了一筐杨梅。我正专心致志地吃杨梅呢，手机响了，而且是关小露打来的。我照例寒暄了几句，问大师别来无恙。她卖了个关子，而后问我想不想见她。我说，好啊，既然暂时见不到师尊，见见她身边的人也是荣幸之至。

我们约好在一家咖啡馆见面，时间是下午四点。我早早地吃过中饭，还梳洗打扮了一番，仿佛要去参见大师本尊。我挨过了难熬的等待，终于到了该出发的时间，但结果还是提前了半个小时。我要了一杯纯咖，找了个较为僻静的座位，却可以窥见每一个进门的顾客。时间分分秒秒地过去，人们进进出出，络绎不绝。但凡看到年轻靓丽、风姿绰约的姑娘，我都会定睛看去，直到有个似曾相识的女孩儿径直走了过来，来到我的面前，并且带来了所有人的目光。我不经意拿余光扫去，那些目光中有惊讶，更有艳羡。

　　您好！让您久等了。路上有点堵，我晚到了一
　　分半钟，十分抱歉！以后见到师尊可千万别告我的
　　状啊！

　　我说放心吧，我见的是您，而非大师。我请她坐下，并替她叫了一杯摩卡。她温文尔雅，穿一身黑色套装，脖颈上系着一条鹅黄色羊绒围巾，一派大家闺秀风范。举手投足恰到好处，谈吐也十分得体，更显出训练有素。

　　我半开玩笑地问她有何指示。她嫣然一笑，说师尊命我当面致歉，因为让您久等了，而锦囊只不过是个玩笑。师尊说您饱读诗书，而且向来幽默风趣，大概不会介意这样的玩笑吧？我说当然不会介意，能得到大师的眷顾我已经倍感荣幸，哪里会介意呢？！

　　没等她传达大师旨意，我便迫不及待地道出了似曾相识的感觉。她又温婉地笑了笑，却并未否认。这使我感到了意外。虽然那本是一些男人向美女示好的俗套，但我却是由衷的。一如早春茶园之绿，孟夏库水之蓝。想到茶园，我也便闻到了女孩儿身上的馨香。那是一种新切西瓜的淡淡清香，有一丝甜，有一点脆。

　　女孩儿没带任何物件，干净利落得连一个手提包都免了。她微笑着从口袋里取出一个锦囊来，把它塞到我的手里。用"塞"字非常贴切，我这么想，后来也是这么跟石头说的。我多

想跟她好好聊聊，聊聊她，聊聊大师，但她看了看腕上的表若有所思地说："我该走了，很高兴见到您，下次再见！"

就这么让她走了？

难不成拉住她不放？你石头做得出来，我可不会，因为那样做有失绅士风度，况且人家留下了再见的伏笔。

啊哟喂，你真是书呆子一个！机不可失，时不再来，可惜了！你是不是觉得自己老了？俗话说"好马不在鞍辔，有志不在年高"，你既已投入大师门下，就该抓住一切机会靠近她，哪怕沾染一丝光辉也胜过你多读十年。

有这么严重吗？我实在不明白他石头缘何如此替我惋惜。又不是生离死别，只要活着，别说是关小露，即便大师也总有见面的机会。

差矣，差矣，非常差矣！你忘了孔老夫子的话了？"朝闻道，夕可死"；朝见仙，夕可亡！

"那你见仙干吗？你不是说好死不如赖活着吗？自相矛盾！"

我这是比喻。比喻，你懂吗？

比喻归比喻，但石头对大师的虔诚度于此可见一斑。我的问题是：缘何与关小露似曾相识？她身上的馨香又是怎么回事？她笑吟吟的样子为什么总是让我联想到翠花？我百思不得其解。这其中必定有什么关联。关小露……她使我想起了极光、赤潮、冰圈、太阳风、乳状云等自然现象。在20世纪之前，它们都是未解之谜，那是因为我们不识庐山真面目，只缘身在此山中。当我们有了卫星和航天飞船后,这一切也就迎刃而解了。因此,我选择与石头截然不同的取法:适当拉开距离,以免被急切蒙住了眼睛。

我决定以静制动,以守为攻。于是,我对石头说,的确太可惜了,下次无论如何不能轻易放过这样的机会。

好吃了没了,知道了晚了!

"没关系,要有信心。你不是信奉大师吗?怎么能动摇呢?既然大师永恒,那我们就不怕见不到她。想当初我们饿得前胸贴后背,嗔怪高玉宝不懂得偷鸡摸狗,否则半夜早没鸡叫喽。怕就怕地主家还有鸡,而且地主就是只假公鸡。明白不?"

你又亵渎大师!罪过,罪过!

## 四

等待是一种煎熬,越有目标的等待就越煎熬,就像一个百无聊赖的人在壁炉前独自烤火。不,爱因斯坦还是没有经历过真正的等待,他老人家不知道真正的慢镜头、延时性等待是对一个男人,尤其是一个等待心仪姑娘的老男人的折磨,譬如他等待翠花大师,以及等待他爱屋及乌的关小露。

说到等待,我记忆犹新的是母鸡下蛋。我们知青尝试过养鸡,并眼巴巴地等着母鸡们每天下蛋。我还曾煞费苦心地研究母鸡下蛋的原理,却始终搞不清它们何以每天都能让一个蛋黄变成一个硬邦邦的内柔外刚的蛋。至于翠花,其实在我心里早就模糊得犹如一团云烟，直至我看到关小露。后者是一个活生生的女孩儿，那么美丽，那么温婉，那么笑容可掬，那么楚楚动人……别以为我这是滥情，不是的，我这是移情，却并非别恋。这是一种由甲感官挪移至乙感官的纯粹游移，具体说来是将过去生活中某种或某些重要情感由甲目的物向乙目的物迁移的过程。既然大师高高在上、遥不可及，那么沾染其气息、怀揣其旨意的关小露便成了理所当然的目的物。这既是心理学概念，也是量子纠缠，更是人之常情；虽不得与大师耦合，但仍可借小露与其保持着某种神秘的关联。

　　当然，我有一丝悔意。那是因为我没能和关小露握手，无论是她走到我的面前，还是转身离去，原因都是她没有主动伸出手来，而我所接受的些许教育使我不能首先向女性伸出手去。假如石头知道了，又该说我傻，简直傻透了！我带着这种悔意或遗憾等待与她再见，期待和她重逢。到那时，我会不揣冒昧地先伸出手去吗？我不得而知。五十年前，我就没有主动握过翠花的手，每次都是她主动握住我的手，并且若无其事地说东道西。可能是有意转移我的注意力，也可能是为了掩饰她的羞赧。二者没啥区别。

　　我想象着关小露像阳光一样毫不吝啬，但同时又像露珠一般吹弹得破。

　　你看锦囊了吗？怎么说？

　　"你不是说不能随便打开的吗？"我卖了个关子，急得石头抓耳挠腮的。我于是说，不过这次她没说什么时候可以打开，因此我就打开了。可惜没啥特别的，她祝福我们，让我们保重，还说"后会有期"。

　　还提到我了？你不是在蒙我吧？拿来我看看。

　　天机不可泄露，她令我阅后即焚。其实锦囊的原话是："多年不见，甚念！后会有期，保重！"我怕石头失落，只能用善意的谎言来打发他。

　　太好啦！太好啦！我终于可以见到大师啦！不对，是我们。这可是千载难逢的幸事！

　　我说你石头迄今才苟活了七十几岁，何来千载难逢之谓？他的回答实在可笑："见了大师，我们不就可以长生了吗？"还长生不老呢，你做梦吧！我心想，莫非你真的相信返老还童那一套鬼话？除非……我忽然想到一种可怕的结果。

　　关小露的体味令我寝食难安。在接下来的若干漫漫长夜，我辗转反侧，像是应了《关雎》的情景。但我明白，此情此景终究是出于对翠花的好奇和思念。

　　我问石头，大师派谁联系你呢？他说是一位叫小朝的女孩儿。至于姓什么，她却没有说。小朝，小露，合在一起是朝露。这不对啊？

　　没啥不对的，你若长生不老，可能也会稀罕短暂的事物。再说了，她们又不是大师，因此在大师眼里，她们只能是朝露。

　　是啊！人无千日好，花无百日红。我正这么想着，"青青园中葵，朝露待日晞""人生若朝露，舍醉当何归"之类的古诗行就在脑际泛滥了。可石头却满心喜欢地捡起了他的老本行，尽管这次不是荤笑话。

　　从前，一家精神病院里有两个疯子。某晚，他们觉得实在太无聊了，决定"越狱"逃跑。很快，他们爬到了屋顶。望着远方灯火阑珊的花花世界，他们产生了无限的憧憬。于是，其中一个虎跃龙腾，跳到了围墙上。但他的朋友却认为距离太远，怕摔下去，迟疑再三不敢起跳。这时，围墙上的那位想出了一个好主意："嗨！我有手电筒，给你搭一座灯光桥，你踩着它就能走过来了！"

　　"你当我是傻子啊？我要是走到一半，你把手电筒关了咋办？"

我故作憨笑状，知道他的这些笑话都是从各色《笑林》或者百度、知乎、抖音之类的网站上捡来的。不过我钦佩石头的记性，别人过目不忘，他是过耳不丢。但我素来更喜欢《幽明录》《述异记》《列异传》之类。也许正因为那些古书看多了，我反而从小不信鬼神矣。

　　石头掰着手指头数日子；而我则"窈窕淑女，寤寐求之"。为了尽快再见关小露，我突发奇想，给她发了个微信，邀请她周末赴宴，而且是和石头一起。小露第一时间回了微信，说她不能擅自做主，待她报告师尊后再复。这使我多少有些尴尬，好在她很快又来电说师尊同意了。

　　石头听说后大喜过望。他说想不到可以请吃请喝，不如一并叫上小朝吧，因为多年以来他尚未得见芳容呢。当然，石头的提议也得到了大师的首肯。于是，我俩眼巴巴地等着周末的到来。

周日，我和石头早早地在约定地点恭候小朝和小露。但赴约的只有小露。她依然笑容可掬，而且主动解释说："小朝就是小露，小露就是小朝，姑且叫我朝露吧！"石头心想，你说话的声音可不像小朝，小朝明明有四川口音，但他并没有说出口来，只是一味地盯住朝露呆呆地看着，认为用沉鱼落雁、闭月羞花之类远不足以描述她的美貌。不过正因为太美，倒忽然让我觉得她更像人造美女，集了中外美女的诸多优点：从轮廓到眼眉到嘴鼻到耳朵和天庭，都是那么完美无瑕；而且长发耀金，眸子泛蓝，尽管这些可以靠漂染和美瞳。

席间，为了博取朝露的欢心，石头一个劲儿地讲高雅笑话。小朝露咯咯地笑着，却大抵是出于礼貌，带着一丝不经意的讥嘲味儿。这一点我最清楚，因为石头只有讲大荤笑话时才绘声绘色、声情并茂，而且也会自嘲地带着讪笑。同时，因为虔信大师，他在朝露面前都显得有点拘谨，我姑且代为转述：

雅谑一：

从前有个老学究，教孩子们读《毛诗》，读到"委蛇委蛇"时，总要强调这里的"蛇"音同"姨"，切不能念错了。一天，有个孩子因为路遇杂耍弄蛇，就逗留了一会儿，结果上学迟到了。老师问他缘何迟到，他回答说："我看见有人在弄姨，弄完大姨弄小姨，因此迟到了。"

雅谑二：

从前有个老和尚遭秀才戏弄，秀才问："秃驴的秃

字怎么写？"

老和尚答曰："哦，你转过身去，让贫僧把秀才的

尾巴踢回去就是了！"说罢，他一脚踹了过去，惹得众

看客忍俊不禁。

这些固然取自明代《雅谑》，却依然带着一丝荤腥味儿。倒

是雅谑三比较中性，因为它是马三立先生的《逗你玩》。那也是

石头代马先生保留的节目。

一番雅谑之后是杯觥交错。石头带来了陈年茅台，还不惜

买椟还珠，招呼店家把所有用过的餐具包括剩菜剩饭全部留

下，他如数买单，以便将那些残羹剩饭作防腐处理后供奉起来。

朝露有些不明就里，我朝她使了个眼色。


# 五


第一次聚餐结束了，石头兴奋不已，好像大清早出门捡个

金元宝，或者《雅谑》里的迂先生遇到了贼赃。总之对他是大喜

事一桩，仿佛年轻了十岁，病去了一半。

看着石头欣喜若狂取悦朝露的样子，我不禁心有戚戚焉。

但是，毕竟目的不同，我不得不调整姿态，收敛心绪。何况我对

太过唯美的物事向来有所保留，否则容易暴殄天物、触犯天律。

这就是古人所说的"以铜为镜，可以正衣冠；以古为镜，可以知兴替；以人为镜，可以明得失"。石头是我最好的镜鉴。

然而，人都有七情六欲，我无论如何都不能说对朝露毫无兴趣。她集古典美与现代美于一体，浑身散发着诱人的气韵、气质和气息，尽管她的确很像年轻时的翠花。这是我和石头共同的感觉。

> 我们年轻时真是瞎了眼，尽喜欢莫言笔下的那种丰乳肥臀了。后来才知道去掉一半赘肉才叫漂亮，就像大师年轻时那样，还三眼皮呢！

"这不有朝露吗？"我安慰他说。同时又好奇地追问燕子的模样。他摇摇头说别提了，要说长相也有好几分像朝露呢！

> 是啊，说来也怪！仔细想想，燕子还真是活脱脱朝露的过去版。那年代刚开始时兴复古穿旗袍，国学和二次元几乎同时粉墨登场。倘使，假如，我是说假如给朝露换上一身旗袍……罪过，罪过！燕子怎么能跟朝露相提并论？

我不是说朝露就是燕子。都过去二十年了，就连相互比附都是不可能的。但我想，万一二者之间有某种因缘呢？

> 不可能！那燕子是个疯子，早不知死哪儿去了！她充其量也就是个高中水平，可朝露呢？朝露的谈吐，那不是一般大学生甚至研究生可以比肩的。

这我相信。凡事都得与时俱进，她师尊都冻龄，甚至逆龄了，我想弟子们也得怵惕跟进，不然一定会被淘汰，譬如眼下的基础教育，从幼儿园到大学，可谓处处揠苗、层层掐尖，弄得孩子们苦不堪言，家长们言不堪苦。稍不留神，不进则退，就会落伍。

啊呀，你这么一说，我忽然想起冯梦龙的憨笑话了。啊呀呀，看见朝露咋忘了呢？我狗嘴里吐不出象牙！那可是冯梦龙留下来的上品：

话说有个既吝啬又虚荣的老财主。一天夜里，老财主出门在外，家丁提着灯笼去接。老财主屈指算来，已经是五更天了，就吩咐家丁吹灭灯笼赶紧回家，第二天一早再来接他，反正权且歇一会儿天就亮了。第二天，家丁又来了，却并未带灯笼。老财主又是一通抱怨，说你傻呀，一大早回家也不提个灯笼来，叫我面子往哪里搁？

哈哈！

"这个的确算得上是雅谑，可惜你石头当时太虔敬、太拘谨，连这么好的段子都忘到脑后去了。"

哪里是脑后啊？简直是九霄云外！也怪你不提醒我一下！

"问题是我并非你肚子里的蛔虫，哪里知道你要逗什么哏。再说你表现不错，没拉着朝露的手不放。"

我哪敢拉她的手哦！对了，我们好像都没跟她握手。唉，真是瞎子点灯白费蜡，空热乎一场，连根指头都没碰着！

"知足吧！你不是说见到她就三生有幸了吗？饭也吃了，酒也喝了……还要怎样？对了，她喝茅台跟喝白开水似的，好像千杯不醉呢！你没发现吗？据我所知，新新智人一怕感情，二怕酒精，看来她充其量是个克隆人。只可惜我并不了解翠花的酒量。"

是哦，三瓶茅台，你我加起来顶多一瓶。那她喝了两瓶？这也太厉害了吧？

我想请石头帮我查一查燕子的下落。他问我查她干吗，我说不干吗，只是好奇。"你应该有她的联系方式或身份证复印件啥的，或者户籍情况。"

过去有，现在不好找了。我变卖公司那会儿，连同人员资料一起交给买方了。至于那个坏女孩儿，她早就不在移交人员之列了。

我请他务必找找看，也许会捋出个头绪来。我只想知道她是否见过仨丫头。

你想到哪里去了？仨丫头穿越了！

"好吧，就算穿越了，多一条线索没坏处。何况你说他们人多势众，又是个秘密社团，也许本身就是从哪里穿越过来的呢！"

真有你的！脑洞大开啊！好吧，我去打听一下，应该是海底捞月白辛苦。

石头嘴里这么说，但真做起事情来还是颇有行动力的。他找到当时的人事部主任，并通过后者联系了一批认识燕子的老部下；他们又在朋友和朋友的朋友中追踪了一番，结果发现燕子早在2010年就罹患艾滋病去世了。奇怪的是她居然一直孑然一身，既没有家人，也没有亲戚，后事则是教友替她操办的，尽管天体会已被明令禁止。

这个信息对我十分重要，因为它使我对关小露的身世有了新的认识。但出乎意料的是那个小露或者朝露再未露面。手机关闭，微信也不回复了。

# 第四章

由此了解大师的线头终于断了，这更加引起了我的警觉。石头懊悔不已，说我害他失去了接近大师的唯一希望。无论我怎么劝慰他，也是肚痛滴眼药无济于事。

如是大师苦心经营数十年，耳目众多。难道是我太草率、太鲁莽，导致大师心生疑窦了吗？但这反过来说明我的猜想并非毫无道理。假使燕子与朝露或者小朝、小露有某种关联，那么发生在我们周围的一切也就有了答案。

我再三再四请求石头原谅。也许是我的好奇心使大师产生了误会或芥蒂。要消除这些误会和芥蒂，必须保持足够的耐心和虔诚。为此，我主动在自家住处安放了敬奉大师的神龛，天天膜拜，日日焚香。

石头原是发酵的面团，见我虔诚如此，也就慢慢消气了。我俩分头给小朝和小露发微信、打电话，表示不安与惶恐。与此同时，我又跑回老家探望母亲。她一副宠辱不惊的样子。

我以为你见到大师了呢！自从两个月前叫你回来拜谒祖宗，我再也没有看见过大师。她八仙过海自有法度，哪里需要打电话哦？反正我这把年纪了，是泥菩萨蹲庙挪不了窝。她想来看我，就来了；不想来看我，我也不好烦劳大驾。

我请母亲详细描述大师，同时还有那些使者、侍从的情况。她说就跟戏里的光景一样，帝王两旁文武矗立。至于长相嘛，差不多，都是童男童女，像孪生兄妹。

噢哟，往那里一站，既威风又好看，跟演戏拍电影似的。

我问她有没有觉得大师哪里不对。她立刻叫我打住。她说大师就是大师，永远都是对的。"说你奶奶坟头长草了，不果真如此吗？"

我说我并不怀疑她的法力，只想知道她是怎么做到冻龄的。这下母亲来劲儿了。到这个岁数还耳聪目明、手脚灵便，我想她也是把翠花当保护神了。从心理学的角度看，心诚则灵并非毫无道理。心理因素确实可以对人产生作用。据对有关医疗机构的调查显示，有三分之一的癌症患者是被吓死的，另有三分之一因过度治疗死亡，再有三分之一是疗效加心情或生性开朗不治而愈的。这固是大约概率，然多少说明心理对人的影响。我猜母亲和石头一样，都对大师产生了巨大的心理依赖。

但是，乱坠天花反过来会对我等产生反作用力，尽管这种反作用力偶尔也会让人感到硌硬，甚至莫名的恐惧。尤其是在风高月黑、夜深人静时，每当我闭上眼睛，朝露的容貌就会发生类似于窑变的幻化。或面容惨白，或颜红如血，但她万变不离其宗：越来越像年轻的翠花！

一

我的一个生日是在医院度过的。那是一所有名的精神病院。都说七十三、八十四是人生的坎儿，我想自己抢先有此一劫也是意料中事。至于我在医院的遭遇就不提了，反正早有卓见先存。唯一值得一提的是先我在此的有好几位同道。他们是精神分析学家齐某、神经病理学家余某和宗教学家白某。我们物以类聚，很快成了牌友，每天上午一次、下午一次自由活动都在阳光下或雨声中打牌聊天。

为了掩人耳目，我们尽量用不着调的心理学和神学术语交流思想，或者在静谧的角落安静地打牌。由于齐某和余某是同行，我们早就熟识，因此我打趣时也管他们叫齐精和余神。至于白某，我虽有耳闻，但此前惜未谋面。据齐余二位说，白某为人耿直，性情很好，却不知缘何落到这步田地。我也深感好奇，心想你俩何尝不是如此？后来我才明白，齐神患了狂躁性老年痴呆症，而余精是作为志愿者到医院来协助工作的。

齐神有一次问白某，是否因为走火入魔被送进来了，怎知白某面有愠色，说自己是彻底的唯物主义者，只不过得罪了邪教中人。

想当初各种巫不巫、傩不傩的邪教泛滥成灾，俺白某挺身而出，收集了大量不法淫乱罪证，结果反被倒打一耙，说我是花痴，骚扰多名女性，其中还有一名艾滋患者！是可忍，孰不可忍？！

也许是因为我初来乍到，他白某人自然要夸耀一番，说最令他愤懑的是有人从中渔利，做人肉生意；受害者中有不少还是未成年人，而且明码标价，童叟无欺。我并不关心这些。我关心的是他是否认识一名叫燕子的姑娘。他若有所思，而后翻着白眼摇了摇头。我很失望，他看出来了，问道："燕子跟你什么关系?"我说是亲戚。

时间一天天过去,我和白某混熟了。除了照例打百分、斗地主,我们还彼此抖搂些八卦。某日,白某跟我咬耳朵,说他认识燕子。

那个叫燕子的女孩儿才貌出众,是有口皆碑的好货色,但是我关注她不是因为她漂亮,而是因为她神秘。她看上去十七八岁,也可能更小,却少年老成,很有思想。对,很有思想!她寡言少语,也没有什么朋友,独来独往、神出鬼没的。

我哂笑他老白也会用"好货色"这样的词语形容一个女孩儿。他哈哈大笑,以此宣泄胸中块垒。待他畅快淋漓地长吁一声"快哉",我便趁机刨根问底。他说燕子后来当了人家的小三,直到被人抛弃才重新回到他的视域。

再后来?再后来她传染了艾滋病,变得自怨自艾。可怜啊!肯定是被哪个糟男人给害的!你瞧瞧那些年满世界的发廊、浴室、夜总会,哪个不是土豪的天堂、女娃的地狱?!尤其是像燕子那样的美女,一不小心就会被人利用,当作牟取暴利的摇钱树。我听说她原是一家大公司的坐台小姐,被另一个公司老板钦点去当交际花,真是被人卖了还替人数钱呢!

我问他是否知道那家大公司的名称。他反问是买家还是卖家。我说当然是卖家。他觉得我的问题有点不可思议。

你问卖家干吗?再说我也不知道啊。听说那家公

司很神秘，怪不得燕子也神秘兮兮的，难不成是专做
小鲜肉生意的皮条公司？我去过买家的公司，装点得
流光溢彩；那老板更是飞扬跋扈、放浪形骸，结果进
去了，但出狱后仍然尾大不掉。

"我怎么听说那老板是坐牢在前，认识燕子在后呢？"老白
瞪大了眼睛："你怎么知道的？"我胡诌说："她舅姨的公公是我
舅。"他蒙圈了，问这是啥关系。我说反正她管我叫表舅，"而
且我还知道你是因为她才进来的"。

没听说她有你这么一个亲戚啊？老实说，我一直
以为她是个孤儿。后来……

"那是因为她很小就被人拐卖了。"我信口开河，他信以为
真。齐余两位以为我们攀亲戚呢，就凑过来捣乱。老齐说：

我有个同事经常带儿子去单位晃悠。那鸡娃鸡贼
得很，小小年纪就知道追女娃了。同事就经常趁机拿
别人开玩笑，一会儿指腹为婚，一会儿又说结娃娃亲。
鸡娃记在心里。有一次同事请客，邀约了一群朋友，
给儿子过五周岁。待客人陆续到来，鸡娃就挨个儿紧
着喊岳父岳母。

老余接着说：

我有个同事那才叫逗。他经常蹭吃蹭喝蹭交通，
而且总能与素不相识的人攀上亲戚。一次，他看见有
人在酒店办喜宴，就大摇大摆地走了进去。门口收红
包的姑娘拦住了他："请问您是新郎新娘的亲戚吗？"

他说:"是啊!我是新郎岳丈干女婿他爹。"那姑娘一头雾水,就让他进去了。又有一次,他回家晚了,就愣是在马路上拦下了一辆宝马。开宝马的是个小伙子,问他干吗。他说:"我正要去找你父亲算账呢!你父亲闯祸了,既是我太太的情人,又成了她闺蜜的姘头。这不是乱搞吗?"小伙子听闻后大惊失色,急忙央求说:"大叔啊,这样吧,我爹老糊涂了,您看这事儿我们能不能私了?我先把您送家去,事情咱慢慢商量,总有解决的办法。"我同事得陇望蜀,说这样太便宜那老东西了。"好吧,看在你的分上,把我送到三环路立交桥附近,再押上两万块钱。"那小伙子遍索所有,只凑齐了一万多。我同事骂骂咧咧,点着钞票下了车。没等他扬长而去,那宝马嗖地一溜烟跑远了。

他们这么插科打诨,老白的另一只靴子就迟迟没有掉下来。我急着问他后来怎么样。他说:"什么后来?小伙子不是开着宝马一溜烟走了吗?"

"我是说燕子。"

噢,你说燕子啊!燕子被殡仪馆的灵车接走了!

## 二

我真不知道是自己疯了还是在梦中游走,也不知道老白的话是否可信。令我动容的是老白居然说他当初应该把病中的燕子接回家去，"咱生都不怕，还怕那个死吗？可惜这世上唯一没有的就是后悔药！"。

这个话我听不少人说过，但说来容易做时难啊！瞧那些患者，每天打针吃药都跟杀猪似的嗷嗷叫。他老白也差不多，得亲自验证药片和针剂的说明，以免被过度治疗。只有我无所谓，反正都是些镇静剂，正好用来催眠睡觉。

我得知老齐是被家人送进来的。据说他患有阿尔茨海默病，也即老年痴呆症。经过一段时间的治疗，他基本恢复正常了，尽管还有些健忘，每次见面必先问："你是谁啊？"于是，我们分别自我介绍一番。"啊呀，美人迟暮，残阳如血！想当年我也是生龙活虎的好汉一条，怎么一转眼就老当益壮了呢？"他感慨万千，我们就点头称是。为了尽快回到牌局，老余总是耐心地安慰老齐："知足吧，您都八十挂零了，三十几个你就回到先秦了！八九十个你咱就可以直接进入河姆渡了！"

此话不假，我这七十年不也是一眨眼的工夫？刚刚还在挨饿就上山下乡了，刚刚回城不久就重返学校了，刚刚回国工作没几年就退休了。正这么感慨着，老白总是性急："你们这都是些废话！人活一生，草活一春，哪来的那么多里格楞？打牌，打牌！"

每次打牌，我总是跟老白搭对儿。老余玩品欠佳，他不是抱怨，就是作弊。我佯装视力不好、双耳失聪，可老白较真啊，他眼睛里容不得沙子、耳朵里容不得蚊子。于是，老白和老余免不了争吵几句。我为了转移老白的注意力，总是见缝插针，打听燕子的消息。我想知道燕子是否还有朋友。

每次打牌，总是这样，他耍赖，你俩犯神经！这牌没法打！

我说可不，否则就不来这里了。我知道这种自嘲只会惹老白生气。于是，我和老余互相推诿嗔怪，以便老白拾个台阶下早点儿消气。老白天性善良，就拨弄一下旧手机，顺势示意我们打住。

罢了，罢了！要说燕子嘛，的确是个难得一见的漂亮女孩儿，而且冰雪聪明。我关注她足足两年。那时我五十出头，她不到二十。有一天我在他们聚会的地方蹲守，不想被她察觉了。她心如发细，用食指嘘了我一下，然后回眸莞尔一笑。我识趣地走开了。望着她的背影，我心里五味杂陈。你想啊，这么好的姑娘，居然以身相许，把自个儿交给了会道门。后来我悄悄地跟踪她，发现她是一家夜总会的坐台小姐。但她从不接客，只负责迎来送往。

我正听得入迷，老白突然卖起了关子，说下次再说吧，"继续打牌"！他可真会吊人胃口！就这样，说书人刹板是为了要钱，而他分明是诸葛亮放孟获欲擒故纵，仿佛是有意让时间过得慢些、再慢些。

有一次，他突然问我是怎么进来的。我那时鉴于申请担任精神病医师手续繁杂，因此不如简单冒一次险，但我对他说是因为不耐烦了，想换个活法：为达目的，我三番五次去派出所报案。第一次说我看到有人偷公家的东西，警察问我偷的啥、小偷是谁，我说偷井盖，人不认得。第二次我说看到有人谋财害命，警察问罪犯是谁、被害人是哪个，我又说都不认识。第三次我说有人要害我，还放火把我的人民币给烧了，警察问那人在哪里，我说不知道。我在不同派出所报案，结果他们联网并案，发现我报的案子实属子虚乌有，于是我被传唤了。我老实交代说那都是梦，结果就进来了。

疯了，你是真疯了！

我说本来只是想着警察同志挺辛苦，编个故事逗他们玩儿，让他们放松一下，谁知道做梦开玩笑也犯法。

你这叫妨碍公务、扰乱社会，知不知道？

在我们四个人当中，老白自诩最聪明，而且是被冤枉成了男版窦娥。他一不高兴就骂娘，一高兴就会继续讲燕子。

说到哪儿了？对，坐台小姐！不过她跟其他小姐不一样。她冰清玉洁，纤尘不染。老余你给我闭嘴，别再以小人之心度君子之腹！

我的确有帮她之意，她也十分领情。可就在这当儿，半路杀出个程咬金，直接把她带走了。他一个不法商人，何德何能？有点臭钱就了不起？什么刑满释放，他是粪桶变水桶臭味犹在！

"话不能这么说，人都会犯错。知错能改，善莫大焉。"老白不以为然，他又气哼哼地骂了一通，但欲知后事如何，他却三缄其口。后来我终于在他真假难辨的叙述中捋清了线索。原来他老白对石头恨之入骨，也曾三天两头往纪检部门寄匿名信。石头一气之下抛掉了股票，变卖了公司。

老白的戏份或贡献在于他说出了几个与燕子交好的女孩儿，并说她们都是别人的棋子。

虽然她们不见得是燕子的知心好友，但找到她们至少胜过守株待兔。于是，我对不住老白他们三个，凭借既无前科，又学有所长的优势，辅助精神病院治疗狂躁症患者，把催眠疗法、松弛疗法、森田疗法等十八般武艺都施展了出来，博得院方一致好评。作为奖赏，院方聘我做了兼职医师。我非但尽心尽职，而且分文不取。如此，前后不到两个月，医院就开具证明，将我释放了。

临行，我给齐余白三位讲了个毕再遇金蝉脱壳的故事。

# 三

我进精神病院，完全是冲着老白去的。出来后要做的第一件事却并非找他的冤家对头。自从朝露雪人投河般不见了踪影，石头就开始与我渐行渐远。我不会自讨没趣，任何事情都只能独自面对，再不能就商于他。

我的第一个目标是夏琴。她是一名琴师，过去在夜总会工作，现在自个儿开了一家培训机构。她除了自己任教，还邀请了语数英、理化生各科老师若干名。为保险起见，我冒充学生家长，询问各科教学内容、时段和学费情况。夏琴有问必答，而且满腔热情。她浑身上下的恰到好处中似乎又透着一丝多一点点或少一点点的过犹不及，活像个大号的芭比娃娃。对，芭比娃娃，谁见了都会多看几眼！用时下年轻人的话说，她显然是专赚回头率的那种魔鬼身材加人见人爱的洋娃娃脸；性格方面却是活脱脱一个当代阿庆嫂，八面玲珑，逢人就熟。

先生您高寿啊？是给孙子报班吧？

我点了点头。莫非她注意到我一直在打量她，才调转话锋询问起我来？我回说是孙女。

她喜欢器乐吗？也让她报个古琴班呗！女孩子学古琴或者古筝是最好的，这是咱自家老祖宗留下来的宝贝啊，陶冶情操。琴棋书画，琴居首位。孩子一定很聪明吧？不学可惜了。

我说回去问问，看她是否愿意学琴。

十年琵琶，一年古筝。古筝我亲自教呢，包学包会！

我问她多大开始学琴的，她回说六岁。为了表示诚意，我留下了一千元押金，并说问过孙女后再来找她。她欣然应允，说自己的公司"麻雀虽小，五脏俱全"，什么课都排得出来。

且遭新冠疫情蔓延，培训课改成线上了。我一连好些日子没见到夏琴，但心里一直念念不忘，甚至时常想起她的音容笑貌和完美得有点夸张的身材。所幸疫情得到了控制，培训重新回归线下。我第二次见到夏琴已经是两三个月之后的事了。她还是那么风姿绰约、谈笑风生，看来疫情对她毫无影响。我没话找话，问她生意如何。她说还好，比起娱乐业、餐饮业、旅游业等，已经算是很好的了。

　　孩子们一直在线上听课，可惜您没替您家孩子报名。

　　我说孩子有幼儿园线上课，视力都下降了，不敢再给她额外报班了。她说现在可以了，都开始线下了。我说很好，但想一年后幼升小之前再报不迟，用几个月时间突击一下足矣。她说那就晚了，好学校早就掐尖儿招完了，如果不早点报班就只能就近入学碰运气了。"有那么严重吗？"她说当然啦，您可能不知道，我们得提前去抢早培班和早早培的名额。我说那也太残酷了，孩子们岂不是从小就被拽上了人生马拉松，而且一开始就得以百米冲刺的速度。她说是啊，这就是竞争，可不能输在起跑线上。

　　别看满大街家长刷手机、孩子玩游戏，到处说内卷和躺平，可大多数父母和孩子连做梦都在数三角，那一百零八个交叉共有的大小三角形可不是一般人能数出来的。现如今考大学得从幼儿园抓起，口号是"天王盖地虎，瞄准985；宝塔镇河妖，垫底211"。

　　我心想数这些个三角形干啥呢，还不如知道水浒一百单八将来得有意义，可嘴里却敷衍说，得好好请教一下，还顺势约她方便时一起喝个茶。培训机构附近就有一间体面的茶馆，她答应了，说今天有点忙，明天清早就可以，咱一起喝早茶。这正合我意。

第二天一清早，我准备了一份礼物。那是一盒陈年普洱，在茶馆得卖三五千元。夏琴没有爽约，她七点半就到了，仅比我晚了半小时而已。

> 您太客气了！您是我的顾客，是上帝，该我送您礼物才对。您瞧，我却空手来了，可见修养不够，得好好向您学习！

她客套了一番。我正好直奔主题，问她是否认识一个叫燕子的姑娘。她愣怔了一下，然后点点头。我说："我是她舅。这孩子命苦，从小没了爹娘，后来又很少与我来往。也怪我当时不在国内。再后来在她的遗物中看到了您的名字。过去都不好意思来找您。这不，趁着给孩子报班，顺便问问燕子的情况。"

> 她挺好的一个女孩儿，善良、美丽，还冰雪聪明。就是比较内向，很少聊自己。我和另外一个女孩儿跟她走得比较近，经常在一起玩儿。她学历不高，但书读得很多，连《琴史》之类都有涉猎，更不必说普通的经史子集。遗憾的是后来她去了另一家公司，而且很快得了一种怪病。她生病的时候，我们去看过几次，但再后来她就谢绝一切探视了。可能是心情不好，也可能有别的隐情……

我请夏琴说说她们曾经一起工作的那家公司。

> 那是一家神秘的公司。我们都不知道老板是谁，经理也时常换人。公司生意很红火，去的也都是达官

贵人。姑娘们一个个让你看了惊为天人，像我这样算是丑的，只能抚琴助兴，还得头戴纱巾。燕子是最漂亮的，但她只负责迎来送往。因此，难免招惹那些非富即贵的公子哥儿。好在公司保安是直接从退役武警中遴选的，一个个功夫了得；也好在老板神通广大，久而久之也就没人敢在那儿撒野生事了。

听说老板把燕子卖给了别人，我对此事一直耿耿于怀，但夏琴说她们根本不知道老板是谁、长啥模样。

有传闻说老板是个大官，也有人说老板是个巨富……对了，每次说到这个话题，燕子总是哂然一笑，好像她认识老板似的。记得有一次我还有意问过，问她是否认识老板，或者和他沾亲带故。她神秘地笑了笑，说："哪有这回事？！"

可我看得出来，她跟老板关系非同寻常。首先，所有顾客进进出出，都得过她耳目；其次，她这么漂亮，可以说是人见人爱、花见花开，却能保持洁身自好。我们曾经玩笑说，兴许她就是老板，或者准老板。

夏琴的话提醒了我，我该去工商管理部门查一查，看看那家曾经风光无限的公司是谁投资的。我很抱歉地告诉夏琴，其实醉翁之意不在酒，我关心的是燕子。她说："方才您一张口，我就知道您的来意了。既然您是燕子的亲戚，我们也算有缘。"

临别，她说最后一次见燕子，"她给我留下一枚胸针，您要不要随我去办公室取一下？"。我说求之不得。于是，我付了茶钱,跟她去了对面的培训机构。她从保险柜里取出一枚胸针。它的造型有点像蝴蝶兰,很罕见,质地上乘,可能是有色钛合金,而且花心中嵌了红珊瑚。

四

我回家后用放大镜仔细观察那枚胸针,发现珊瑚上镌刻着一个花体希腊字母阿尔法。如果我没有猜错,那燕子应该是大师的一号选手。为了尽快查清夜总会的老板,我拜访了有关工商管理部门。一位负责人告诉我,自从那家夜总会被定性为涉黄涉毒,所有相关资料均已按司法程序移交给检察院了。我询问老板姓甚名谁,得到的回复是关飞阳,但据称他早在公安机关锁定夜总会之前便已溜之大吉。

他不就是关小露的养父吗?怎么会是他呢?但想来也不奇怪,既然关小露是大师的人,那么关飞阳也完全可能是大师的麾下。

我固然查到了一丝线索,却在关飞阳身上断了头绪。接下来只能继续查访老白提供的另一个"线人"(这是老白的原话)。她叫才女,姓少见,据说人也稀罕。由于一直单身,她依然像个妙龄少女。当然,也许她也冻龄了。

我找她并不容易,就连夏琴都不知道她的下落。好在我有老白这个"线人"。为了让他提供才女的去处,我专程到精神病院探访他们老哥儿仨。过去一看,我的位置被一个姓袁的中年人顶替了，老齐已然认不得我，好在老白和老余见到我很开心。久别重逢使得老哥儿俩潸然泪下，我也触景生情，忍不住热泪盈眶。老白并没有再卖关子，他一五一十地道出才女的情况，并嘱咐我带上他的飞吻。这听起来有点肉麻，但对于一口一个"爹妈生我那会儿在散步或者做梦该有多好"的老头儿，我何止是理解，简直可以说感同身受！

根据老白的提示，我找到了才女所在的猫吧。为招徕顾客，她在酒吧兼茶吧的一栋二层小楼里豢养了数十只猫，从波斯猫、褴褛猫到梵猫、家猫，一应俱全。客人们各取所需，一边品茗喝酒，一边抚摸宠物，可谓其乐无穷。最重要的是这里的所有器皿和杯盏、装潢和摆设都是量身定制的，而且所有地方都有天窗，以便晚上看星月云霓，白天观阴晴雨雪，以及那些在楼顶上悠闲踱步的调皮小猫。据说小楼的后院是一个神秘的花园，其中的帐篷为灵修者和冥想者提供了场所，有关人等只从后门进出。

我要了一杯朗姆酒加可乐，人们管它叫"自由古巴"。这种鸡尾酒源自古巴独立革命时期，为了摆脱西班牙的殖民统治，古巴人民进行了艰苦卓绝的斗争。可是前驱狼，后进虎，赶走了西班牙人，却来了美国鬼子。我正这么想着，才女现身了。因是初春，乍暖还寒，她披着一件黑貂皮短款大衣，穿一条黑色丝绒长裙，黑狸猫似的翩翩而至。员工们用"喵喵"的猫叫声欢迎她的驾临。她婀娜地摇着臀部，朝麾下和一众顾客摆摆手，旋即进了经理室。经理室有一扇镜子般的窗户。

我迫不及待地跟了进去，在关门的时候瞥见或者发现了镜子的秘密。原来才女在玻璃后面加了一帘隐形纱窗，因此可以清晰洞见外面的一切。她微笑着示意我坐下，然后慢条斯理地问我有何贵干。我说自己不揣冒昧，要耽误她几分钟，向她打听一个人。

谁呀？燕子吗？

事出反常必有妖，她的反应使我猝不及防。我似笑非笑，颤颤地点了点头。她于是按下了电钮，吩咐伙计送两杯咖啡进来。

是白老师让您来的吧？我知道，他一直不死心。可我是茶壶有嘴无口奉告。白老师自己就找过我好几回，他说的那些情况我压根儿不知道。

我见状顺坡下驴，说今天是应老白所托来看看她，没有其他目的。她于是问起老白的境况，我说他还好，每天自得其乐，不是斤斤计较地打牌，就是嘻嘻哈哈地吹牛。

我知道他没病，他是被人坑了。可话又说回来，谁叫他蔗田里撒盐多管闲事呢？

我趁机恭维几句，说想不到她小小年纪出口成章、字字珠玑。她苦笑着说："哪有啊？都是生活用语！我清心寡欲，独来独往，孤陋寡闻得很！"

我说不尽然，很多人并不关心生活用语了，对民谚俗话、方言俚语更是知之甚少，反倒数典忘祖，十二分地钟情英语了。

也是生活需要吧！谁叫爹妈给我起了这个名字

呢？害得我压力山大！您从事什么行业？我猜是大学教授。

我说就算是吧，滥竽充数而已，想来真叫误人子弟。她睁大了眼睛，态度也温存了许多。恰好伙计端了两杯咖啡和一碟小吃敲门进来。我们稍事停顿，待伙计出门后，重新接续话茬。

您跟白老师不一样。当然啦，人如其面，各不相同。为了燕子的事，他可没少吃苦头。一边是官，一边是盗，他一介书生，夹在中间，怎么玩儿得起？可他那性子，就是一条道走到黑的主儿，我看着都心疼。要说燕子的事，我和夏琴都有劲使不上，他白老师更是张飞扔鸡毛！

我连连点头称是，不过我说白老师也是怜香惜玉，"他也很惦记你和夏琴。这不，叫我务必来看看你们，替他道一声金安万福"。同时，我表示自己并非毫无私心。作为燕子的舅舅，我不能对她漠不关心，只可惜我当时一直身处异国他乡，对她的情况一无所知。但我说完就后悔了。

原来如此。怪不得从来没听燕子说起过您。她好像从不谈论家事，我们都以为她跟家人闹翻了，才孑然一身呢……不过她其实蛮喜欢交朋友的，而且都是些忘年交。除了我和夏琴，没听说还有其他年龄相仿的知交。虽然我和夏琴也算不上她的知交……自从她离开夜总会，我们见面的机会就越来越少，直至她生病住院。

我问燕子有没有给她留下什么话或者日记之类。她想了想说："好像没啥特别的。"说罢，她拉开一个抽屉，取出一个小本本，翻到其中一页，然后轻声念了起来。

日往感年衰

思忧远劳情

慕岁殊叹时

世异浮奇倾

这是燕子经常念颂的一首璇玑诗，它是从苏蕙璇玑图抽取的，我记下来了，觉得它很贴合我们的心情，也多少说出了世道炎凉、人情冷暖，以及莫名的孤独。我说其实现在大家生活都不错，问题就出在精神上。

是啊！您看我这爿小店，三百六十五天，天天开张，为的就是孤独的人儿有一个安神之处。他们可以借酒浇愁，也可以对猫倾诉不得已的人事，大年三十都少不得有人来呢。

我问燕子还说过些什么。才女说："她不像我们，从小无父无母、孤身一人，免不了感时伤神。过年过节，我和夏琴多次邀请她去家里坐坐，可她就是不肯。加之除了看书，没有其他怡情悦性的爱好，弄得我俩一筹莫展。我记得有一次夏琴弹琴，我唱歌，为她开了个专场，也终究没能调动起她的热情来。她就像……怎么说呢？就像一个可人的机器人，有天人之姿，却心如止水、宠辱不惊，那定力也真叫人叹为观止。"她边说边下意识看了看办公桌上的座钟。

我见她没有更多的信息或者不想继续说下去了，也便出于礼数递上一个精心包装的普洱茶盒，然后知趣地起身谢别了。她把我送到饮吧门口，我回头朝她挥手时终于看清了低调奢华的黄杨木雕"璇玑饮吧"四个字，两旁还有褪色做旧的一副对联。上联"琴韻聲清松竇滴露依蟲響"，下联"書帷夜永蘿壁含風動月華"，与故宫乾隆手笔只差一个字。

# 五

　　读者你总是最聪明的。我写到这里，你一定已经猜到结局了，可我并不知道后来将会发生什么。故事尚在过程之中，就像我今天的生活，满心唯有借这些蛛丝马迹找到接近大师及其真相的好奇和执念。

　　好奇也好，执念也罢，我想要证明的也许仅仅是自己的一点小聪明。而这成了我晚年的魔咒，距离我的初衷越来越远。

　　都说退休是人生的第二春，可以第二次叛逆；换句话说是在不逾矩的前提下从心所欲、为所欲为，将所有曾经的难违之约、难却之情抛诸脑后。但事实并非如此。正所谓"事非经过不知难"，等你老了，也就知道这从心所欲有多害人！

　　我反复思量才女的话，却后悔不曾偷偷带支录音笔将她的话全部录下来。想我上了年纪难免健忘，犹如里面的老齐，刚放下筷子就抱怨咋还不开饭呢；或者反之，到了晚饭时间又说咋又吃饭了呢！老余的情况好多了，我看他多半是不想待在家里，故意弄出些幺蛾子来，以便冠冕堂皇到那里做志愿者。总之，家家都有一本难念的经，人人皆有一颗孤独的心。我想才女和夏琴也一样。她们一定还有一些不可告人的秘密。但我自知无法撬开她们的嘴巴，除非……

诚所谓"无巧不成书"，我正这么琢磨着，忽然接到了朝露的电话。她满怀歉意地对我说，前些日子不小心丢了手机，却一时想不起我的电话号码，试了无数次才好不容易蒙对了。我激动不已，管她真假，断线的风筝又回来了，岂不是奇迹一桩？

她提醒我先别打扰石头，因为有话要单独对我说。

我们相约在"璇玑饮吧"见面。这当然是我的动议。我想一箭双雕，既给才女一个惊喜，又可以单独和朝露聊聊。根据才女的介绍，饮吧上层是酒吧，白天不营业，但设有若干隐秘的包间，可供需要者预订。我随即给饮吧打了个电话，预订了一个上等包间，同时询问老板届时可否拨冗一见。接电话的伙计照例记下了，并且很快回复说包间OK了，老板届时也会亲临问候。

一切安排妥当后，我又像热锅上的蚂蚁似的等待时间快些过去。终于是晴日，朝露鲜艳如初，应约来到"璇玑饮吧"。我早早地在大门口等候。

不好意思，您又先我一步了。

我说是自己有意在这儿恭候的，"这样会使见面变得更加神圣"。她莞尔一笑，说"您真幽默"。我窃喜，但希望她还会有下句，比如您真好，或者怪不得招女孩子喜欢，再比如要是总能见到您就好了……

我将她让到预订的包间，有个女生正在那里专心致志地泡茶洗盏。我斜睨着发现所用之茶正是日前送给才女的。我请朝露坐下后，询问老板何时驾临。女生说一会儿就来，老板已经在办公室工作了。她说着稍稍抬起眼来看到了朝露，竟差点儿打掉手里的杯盏。

没等我和朝露寒暄几句，才女就咯咯地欢笑着来到了包间门口。门开着，女生见老板驾到，就躬身出去了。热茶已经沏好。我正待介绍，才女已经向朝露伸出手去。

哦哟，真是吉星高照啊！哪儿来的仙女，让小店蓬荜生辉！

朝露照例莞尔一笑，说对方过奖了。才女上下左右仔细打量着朝露，说对方面善得很，就像久别重逢的妹妹。这让朝露貌似有些意外，连说对方真会夸人，"怪不得我一早起来，门外喜鹊叫个不停，原来是要误闯仙境呢"。

她们正彼此恭维，而我却期待着才女可以从中看出一点门道。这自然是我的一厢情愿。寒暄既毕，才女笑盈盈地告退，临走飘给我一个眼神，却让我蒙在鼓里。莫非她猜到了我的心思？我听见才女的高跟鞋咯噔咯噔下了楼。

先生，我今天来这里的目的是传达师尊的旨意，正好顺便探望姐姐。如果您迫切想见到师尊，她会择时安排，请先生少安毋躁。

朝露一字一顿，仿佛钦差宣读圣旨。所不同的是她始终面带笑容，好像这是她与生俱来的标配。

我说那敢情好。同时，我又有些心虚，"如果你们觉得我做错了什么，请随时指正。我只想早日见到大师，聊慰契阔之情，聊表久违之歉"。朝露呷了一口茶，而后轻轻地放下茶盅。我几乎没注意到她是什么时候端起茶盅的。

先生请喝茶。俗话说，拿起茶杯，放下心事。师尊对您可是……

也许是朝露没有找到贴切的词汇，也许她故意欲言又止。我本能地伸手去拿茶盅，结果茶水晃悠出来，又使我本能地放了回去。我说前一阵子睡眠不好，与其每周去开安眠药，不如直接到精神病院住上一段时间。效果真是不错，现在不仅睡眠好了，而且吃嘛嘛香。

那就好。师尊很不放心，吩咐我一定要亲眼看见您健康如故，亲耳听见您说安然无恙。

我对大师的关心表示万分感谢，也请朝露转达我对她由衷的问候和虔诚的敬意。朝露恭敬地点了点头，临别还一再请我留步、祈我保重。我将她一直送出大门，然后反身欲回包间，想用备好的宣纸拓下朝露的指纹和唇印，岂知才女已经等在办公室门口。她用食指示意我去办公室。我遵从了。

您知道吗？她跟燕子长得一模一样，简直像同卵的双胞胎。

没等我张口，她就劈头盖脸嚷嚷起来。显然，她很惊讶，也很兴奋，仿佛成了我的同谋。我问她除了外表相像，还有什么地方让她想起了燕子。她略微停顿后说："要说像，哪儿都像，甚至连说话的声音都如出一辙。唯一稍有不同的是她们的口音。"

　　最重要的是她的笑容，或者说她们的笑容，就像是与生俱来的。那燕子，您外甥女，就算是躺在病床上，照样笑得灿烂，简直怪了！跟刚才这个女孩儿一模一样！

才女连说了几个"一模一样"。她的眼神告诉我，这一惊有点晴天霹雳的味道，让她顿觉毛发森竖。看来我的猜测没有错，朝露和燕子即或有时差，但她们一定与翠花大师脱不了干系。她们甚至有可能是她的亲生女儿，或者是从小被她调教、易容的答应与常在。这么一想，我也忽然觉得血脉偾张，就像注射了大剂量肾上腺素。

## 六

　　自打从饮吧出来，我就陷入了前所未有的迷惘。这是一种类似于噩梦初醒的似是而非或似非而是。明明我想查核朝露和燕子的关系，而今她们的相似度一俟锤实，我反而惶惶然不可终日。何也？也许是事情来得太突然，太契合我的预想？也许是朝露话里有话，使我有了顾忌？我自问自答，自答自问，一时乱了方寸。

我记得过去跟孩子说过，只要天塌不下来，无论有什么烦恼，睡一觉就都过去了。于是，我匆匆洗毕，早早上床，然后用微型音响倾听瓦格纳的《尼伯龙根的指环》。我曾经十分怀疑人们关于瓦格纳女主角双性同体的说法，但事实胜于雄辩，整容术和基因工程正在用技术颠覆伦理和认知，使一切不可能成为可能。时移世易，仿佛古代王朝更迭，总能催生令人纠结的狂欢效果，其中既会有重重疑窦，也少不了让人捧腹的笑料，譬如坊间有关朱元璋坐龙椅和作母鸡诗的种种传说。

我的心结在于一切都那么扑朔迷离，却又顺理成章得超乎想象。尤其是面对朝露，山穷水尽与柳暗花明的界线模糊了。我不知道接下来该如何自处。想当初女儿和楚楚、婷婷一起穿越时，我有过这种感觉。之前木棒离世，我太太因为女儿失踪患疾离世，我也有过这种感觉。古人管这种感觉叫灵魂出窍，心理学称之为角脑回紊乱。比如有一天你睡着了，却忽然觉得口渴，想坐起来喝口水，但怎么也坐不起来，费了好大的劲儿才欠起身来拿到水杯，却发现自己依然躺在床上，于是忽然有一种灵魂出窍的惊诧，以为这一切只是个梦。

终于有一天，我忍不住想要把发生的部分内容告诉石头。我在石头家门口来回游走，逗留了约莫一个时辰，正准备反身离开，石头推门出来了。

是太阳打西边出来了？怎么是您老啊！来来来，进屋坐坐。

我说正巧路过，"没想到你这么老实宅在家里"。

嗨，人老了，就图个清净。

他边沏茶，边嘟哝着。看得出来，他早就发现我来了，只不过没想到我会如此犹疑。所谓破镜难圆，无论婚姻还是友谊，人生诸事，莫非如此。两个从小一起撒尿和泥玩家家的男闺蜜，到了了忽然变得生分起来。

我这人就这样，你别往心里去。有时候天不怕地不怕，有时候又疑神疑鬼，大概是求生本能吧？不管它了！咱活过了，玩儿过了，没啥了不起的！

我说还饿过了，累过了，苦过了，想过了……

你还得加上一个梦过了！哈哈……

我说是的，"我这人就是爱做梦，不过痴人说梦也有一梦成谶的时候"。我稍事停顿，想看看他的反应，他果然兴奋起来，问是否有了朝露的消息。我点了点头。

这是好事啊！等一下，得庆祝一下，我们喝一杯！必须的！

他斟了两杯人头马，我说太浪费了，"咱茅台和二锅头都喝不出个所以然来……"。

石头显然很激动，他心心念念的朝露又现身了，这就像重新捡回了救命稻草。我的问题不在朝露是否现身，而是她酷似燕子。我声东击西，问石头是否听说过燕子有妹妹或者孩子。

怎么可能？燕子孑然一身，连自己的身世都不清楚，怎么会有妹妹和孩子？再说她到了了也只是个少女。

我说比如双胞胎之类，也许只是她不知道而已。"至于年龄嘛，现如今有的是办法保持青春常驻。"我顺势讲了才女的情况，说她曾经是燕子的闺蜜，小二十年过去了，依然像个少女。也许谷歌CEO说得没错，人类长生不老并非幻想。生物技术和基因工程正在加速实现秦始皇的梦想呢。

啊呀，有个平均寿命就不错了。你我风烛残年，别管那个基因工程，有大师保佑足够了！

**第五章**

石头情绪大好，说他刚听来一则笑话，要讲给我听听。我以为又是一盘什么荤菜。

话说从前有个懒媳妇，下厨和面做面点。她扯着嗓门问正在缝棉被的婆婆：

"婆婆，水多了咋办哪？"

婆婆回说："加面呗！"

一会儿懒媳妇又问："面加多了咋办呢？"

婆婆又回说："再加水！"

又过了一会儿，媳妇还是问水多了咋办。婆婆急了："早知如此还不如我自己来干呢，可惜我这会儿已经把自己缝进被子里了！"

石头照例纵声大笑着，我说幸好我们不是懒媳妇。

一

我静候朝露来电。石头也是三天两头追问朝露是否还有联系。为消磨时光，我约了石头去才女饮吧小聚。才女乐滋滋地接待了我俩。她听说过石头，便左一个石老板、右一个石老板地招呼着。石头不加掩饰地仔细审察着才女，我用脚尖踢了他一下，他才赧然有所收敛。

石头如沐春风、犹逢甘霖，但他毕竟是久经沙场的老将，很快投入游戏，同才女互相恭维、彼此赞赏，好一番惺惺相惜、相见恨晚。石头只差直接认她作干女儿了。进入状态后，石头少不了来两个段子助兴。要是在过去遇到这种反客为主的场面，我会抢过话头阻止，但现在无所谓了，他已经很久没心情说笑话了。

从前一头老牛要考考驴的智商，问它"蠢"字下面的两只虫子哪只是公、哪只是母。驴绞尽脑汁还是答不上来，老牛就趁机骂它是蠢驴，"连男左女右都不知道，真蠢"！驴子怫然嚷嚷说："谁知道哪里是左、哪里是右哦，难不成你知道？"老牛这下傻眼了。于是，驴子反诘说："笨牛！"

石头见才女笑得开心，免不了又来一段。

我上高三那会儿，日子还很长，街上路灯还很暗，一群女生晚上到校园附近散步，忽然发现有个男人张开双臂迎面走来。他越走越近，其中一个女孩儿学过武术，顿时一个飞脚，只听得哐当一声，男人的玻璃碎了。"你怎么一声不吭就踢碎我的玻璃呢？"男人很是委屈。"对不起啊！我们以为你是色狼，要非礼我们。"女生歉疚不已。

才女嬉笑着说："牙齿咬舌头，误会总是难免的。就好比过去我们都在骂您，但前不久听先生说您其实也是受害者。都是邪教惹的祸。"石头敛起笑容，他一定满心都在怨我多嘴；我朝他递了个眼色，意思是我点到为止，没什么都说。

接着，石头问才女知不知道游泳馆洗礼那档子陈年旧事，才女摇摇头说不知道。石头欣慰地扬起头，心想燕子或许只是为了报复他一个人。问题是他俩有何深仇大恨呢,以至于她如此不择手段地拉他下水?

而这正是我想探赜的。

话到沉重处,人无好脸色。为避免不必要的尴尬,我提醒时间不早了。

我和石头悻悻然告别才女。司机在门口候着,石头要送我回家;我说算了,想动动筋骨溜达一下。石头的座驾刚驶出路口,我的手机就响了。石头在电话里提醒我千万别再追究燕子的事儿,她可能留了后手。我问他啥意思,他说目前还没有头绪,只是预感有事情要发生。于是,我俩互道珍重,然后各自回家睡觉。

晌晚,华灯初上,车水马龙如过江之鲫,红绿灯霓虹灯交相闪烁,有点令人头晕目眩。

当夜无事,我依旧准备早洗早睡。十点光景,朝露来电说:"师尊可能不日启程去探望令堂,不知您是否有暇同往?"我说那敢情好,年前回去过一趟,转瞬已有多半年了。这期间除了疫情,还有精神病院那一出。也该回去看看母亲了。不过我逗趣说:"莫非祖宗坟头又长了青草?"朝露呵呵一乐。

师尊说令堂近来可能有恙,但问题不大,旧疾复发,多注意观察即可。

要说母亲奔百的高龄,有点小病小痛纯属正常,我刚过七十尚且不少零件出了毛病。正这么想着,朝露说声"晚安"就挂了电话。

我想这是见面的极佳机会。事不宜迟，我赶紧查询高铁车票，发现一周之内的所有车票均已售罄。我于是查询机票。老实说，自从有了高铁，我很少选择乘飞机回老家，除非高铁票售罄。

待我预订了两天后的航班，已经是晚上十点半了，但我却毫无睡意。我从书架上抽出一本关于神秘主义的著作，作者是英国学者洛思。在他看来，"轴心时代"过去后，人类陷入了一个相对漫长的精神贫瘠时期，从而导致了神秘主义的兴起。他称之为"教父时代"。依此类推，我们或可将文艺复兴运动至马克思主义的传播看作一个新轴心时代，那么之后呢？21世纪又当如何？除了满世界的大师，难道就等着不男不女的所谓明星疯狂圈粉吗？这么一想，我倒觉得坊间流传的"人生如梦，我总失眠；人生若戏，我自笑场"确有几分道理。人类轰轰烈烈、曲曲折折地走到今天，其实就像我等普通人的生活和心情，总是起起伏伏、凄凄惨惨、悲悲戚戚，而且麻烦大都是自找的。于是，我想起了石头曾经说过的一个桥段。

有个明星犯强奸罪被捕，法院审判时，一群自称受害粉丝的少女跑去作证，说她们是自愿的，应将她们的天皇明星无罪释放。可法官说了，无论你们是否愿意，猥亵未成年少女都是强奸！既然来的比他供认的还要多，那就判他无期徒刑，你们这些无知少女回家去等他变鬼以后再去临幸吧！

另一个段子是说有人既虚荣又盲从：

一天，甄女士听说她的偶像到澳门观光，便忍不住想碰碰运气，就尾随进了葡京大酒店的一个赌场。赌场内俊男若虹、靓女如云，甄女士高兴得一塌糊涂。她四下寻觅，而后悄悄跟随年轻英俊的偶像歌星走到一个轮盘旁。瞬间，歌星已经押了两轮，大赚了一票。女士弱弱地说自己是他的粉丝，并问他押哪个数好。歌星礼貌地朝她笑了笑，说押您的芳龄定有好运。于是，女士毫不犹豫地选了18，还一跺脚押了不少钱。结果轮盘一转，指针停在了36。女士像被剁了肉似的难受，依然满脸堆笑，心想：这不是测谎仪吗？

我扪心自问，"其实你又何尝不是自作自受，否则早该放下身段去找大师，至少可以避免不少麻烦"。用石头的话说，"过去你对她爱搭不理，如今她让你高攀不起"。

虚荣也罢，气节也好，事到如今，我也只能一条道走到黑了。不甘与赌气、好奇与冒险、本能与正义等等，交叉缠绕，难分难解。随着夏琴和才女的出现，这些复杂的对位越来越像量子纠缠。

## 二

过了两天，朝露来电说大师原定的南方之旅取消了，"经过师尊焚香默祷，令堂已安然无恙，您尽可放心"。

这让我觉得左右为难，不得不赶紧打电话告诉母亲，说我临时有事无法成行了。母亲说她一切安好，不用惦记。我于是请她多加保重，待我忙完手头工作就回去看她。打完电话，退掉机票，我又有一种被"逗你玩"的感觉。我由此想到了老白，一方面为他的处境感到不寒而栗，另一方面又觉得他极有可能还隐藏着一些秘密。我必须让他说出一切，否则后果不堪设想。带着这种隐忧，我再次到精神病院探访。

一个月不见，老白更加狂躁了；老齐因中枢神经退行性病变加重，几乎成了行尸走肉。老余仍不离不弃地陪伴着他们。医院也给予了力所能及的照拂。

我先把老余叫到一旁，询问了老白和老齐的情况。老余唉声叹气，说原来一个还好办，现在一加一就不等于二喽，而是"N"，无数的麻烦。我宽慰他几句，表示过一阵子也许我会回来帮他一起照顾老白和老齐。说罢，我走到老白身边，他翻着白眼，无精打采、爱搭不理。我说这次除了探望他，还想问问有什么藏着掖着的话要跟我说。

啥叫藏着掖着？我白某人从来心直口快，知无不言，言无不尽！

我说先讲个笑话：话说我们的古人就是厉害，早在几千年前就预见了今天。那便是"机不可失"！你现在啥都可以丢，就是不能丢手机！

我见老白笑点高，就想起了石头的一个荤段子来，想着无论如何得逗他一乐，也好让他放松一下心情。

想不到你堂堂一个教授，居然也讲荤段子！

我说是特地学来讲给他听的。他果然被逗得心花怒放，乐不可支了。

> 我就跟你说吧，反正早晚你也得进来。我确实留了一手，说出来怕你丢魂。你知道吗？除了燕子和另外两个，还有个叫小朝的女孩儿。我见她跟燕子长得像孪生姐妹，就一直注意她。我悄悄地跟踪她，终于发现她其实就是燕子。也就是说，燕子根本没死！

"我听说夏琴和才女是眼睁睁看着燕子被灵车拉走的，你老白自己也一直认为燕子已经死了，怎么又说她……？"我不明白。

> 不明白吧？开始我也不明白，直至我发现了小朝的一个秘密。甭看她假装不认识我，而且改变了口音，可她逃不过我的眼睛。告诉你这个秘密：她胸口有一枚红痣……

他后面的话我几乎没有听进去，因为当他说到那枚红痣，我便立刻被激愣了神经，回忆像热带气旋般搅动脑海。我想起大师年轻时的模样，那是半个多世纪前的陈年旧事了。仲夏夜，山区闷热，即使你不住地摇着蒲扇，汗珠儿也会滴滴答答从额头滚落下来。每天晚上，我们都会到坳口古桥上乘凉。摊一张凉席，在桥头"风口"点上一堆半干不湿的艾草，以便驱走穷凶极恶的蚊蝇。

山区的蚊子像战斗机，会直接俯冲过来将螯针插入人们的血管。牛蝇更是大得像马蜂，照样毫不客气地吸人血。艾草是个好东西，浓郁的气息足以将蚊蝇赶走。石头对艾草过敏，躲得远远的。他不是用熟石灰涂满全身，便是拿灶灰将自己抹黑，星月下远远看去像极了黑白无常。贫下中农有熬暑的本领，很少走两里路到坳口的石桥上去乘凉。但在我们一干知青的带动下，不少年轻人也跟着去了。于是免不了有人传小道消息，有人唱样板戏，石头照例扯着嗓门嘻嘻哈哈地讲荤笑话。其实他的很多荤笑话我们并不理解，唯有那些已婚的贫下中农笑得欢畅。譬如其中有这么一段：

> 所谓小别胜新婚，从前有个小媳妇见丈夫出差回来，甚是激动，竟一时说不出话来。丈夫见她吞吞吐吐、哼哼唧唧、欲言还休，就气不打一处来："有话就说、有屁就放，干吗跟老子吞吞吐吐、哼哼唧唧的？"小媳妇一听急了："你晚上咋就喜欢老娘吞吞吐吐、哼哼唧唧呢？"

后来我才明白，非但冯梦龙喜欢荤笑话，即便钱锺书那样的现代宿儒，其实也常拿女性胴体说话。譬如他嘲讽鲍小姐或鲍鱼小姐衣着暴露，就将她比作熟食铺子中的"真理"，但因她没有完全袒裸，而只能算是"局部的真理"。这让人想起露着一点馅儿的开口烧麦或大肉包子。于是，小钱媛缩写的父亲捧书如厕便成了杨绛的宝贝。至于季羡林，则在《清华园日记》里写得更加直白。

怎一个俗字了得！比起石头来，我自惭形秽，说穿了是多了点虚伪，少了点坦荡。我知道石头的内心并不肮脏，他无非是轻轻撩起一角遮羞布来挠人心痒。不加掩饰，有时恰是为了掩饰，就像现如今满大街女孩儿的三点式装扮，说穿是为了让人注意并联想其关键部位。倘使直接走进西方裸体浴场，那么无论白花花还是黑黢黢，"真理"也就毫无诙谐可言了。

## 三

老白一言中的，说我沾染了太多知识分子的迂腐，应该洗心革面、重新做人。我想难不成叫我像他那样，对漂亮姑娘紧追不放？问题是：我本理想在先，早就不食人间烟火了，又如何洗心革面？不过转而一想，我是否成了第二个老白呢？满脑子的美女，连做梦都会见到朝露。

我问老白，小朝的四川口音是怎么回事。他说四川话属于北方方言，学点川音非常容易。"你学噻！"

老白的确是个语言天才，借阎老西儿的话说，他会"八国英语"。为了佛教，他学梵文；为了基督教，他学希伯来文和拉丁文，加上小时候学会的几句俄文和后来为了评职称、在SSCI上发论文突击的半拉子英文、半拉子法文和半拉子德文，可不是"八国英语"吗？

都说术业有专攻，但广博是基础。生活中，老白既是美食家，也是美学家，对美女更有独到的见解。他的经典桥段是美女必须学会装傻，诚如笑话所说：

有个绝色美女第一次乘飞机，不管三七二十一就抢坐在头等舱不走了。乘务员见她貌美如花，十分恭敬地请她回自己的座位，她置若罔闻。乘务员就请来了乘务长，乘务长也被惊呆了，小心翼翼地对美女说："您的票在经济舱，请您回到自己的座位。"美女还是纹丝不动。于是，机长出面来做工作，对她说："您不是要去北京吗？这个位置只到上海，不到北京。"于是，美女若无其事地离开头等舱，去了自己的座位。

呵呵，人美脑残的笑话经他这么演绎，倒另有意蕴。于是，我问他："你的意思是燕子或小朝都在装傻？"

没错！不愧是教授！我们换位思考一下，假设自己是人见人爱、花见花开的美女，又当如何？

我说那是做梦。这事儿没法假设。

我是说假如。人得不断转换看问题的视角。这不是心理学屡试不爽的窍门吗？

我说心理学没有这等窍门。"它可能是你们宗教学的窍门吧？"他说宗教学研究信字背后的原因。我说心理学研究言行背后的机理。他说宗教学就像地质学，秃子头上的虱子明摆着的。我说心理学就像天文学，也是有规律的自转和他转。我心想，人文社会科学是相通的，人心如斯，何必一定要争个孰是孰非！

我们你一句、我一言，嗓音越来越高，却谁也没能说服谁。老白朝我挤了挤眼，随即用嘴角朝老余努了努。我这才反应过来，他在忌惮老余，故意提高了嗓音，佯装我俩在讨论学术。见老余带着老齐走远了，他又小声对我说：

　　　　他不是个东西！

　　我问老余是啥时候进来的，他说他们几乎是一起进来的：他前脚到，老余后脚就来了。我问他："难道老余跟这件事有关？"他点点头，又摇摇头。

　　　　不好说。也许有关。何以见得？因为我每次谈
　　到燕子，他都有意装作漫不经心，却又明明竖着耳朵
　　在听。

　　这么说，情况愈来愈复杂了。我原以为峰回路转，一切尽在掌握之中，没想到整件事情有点像侦探小说了。大师依然是症结所在，她就像古代巫师一样操纵着一切。我、老白、石头、燕子、小朝、小露，也许还有才女和夏琴，都是她的棋子。她将我们玩弄于股掌之间。

　　　　又何止我们？也许她们有一个中世纪教皇似的领
　　袖，"教父时代"将重新复活也未可知。

　　老白似乎看透了我的心思，一字一顿地说着。我想他是有道理的，毕竟是宗教学家，对有关问题具有专业敏感度。几十年一浪高似一浪的迷信风潮，的确早已将翠花这样的大师推向了巅峰，信徒如云，不计其数。

　　我心想，也许他也知道大师的存在。真是不可思议！

　　　　我一直在调查她们背后的主使。不说别的，单凭
　　燕子之死，她就得牢底坐穿，除非小朝就是燕子。

　　以我的寻常判断，燕子不可能变成小朝。她们差不多是两

代人。怎么可能？但老白认为这是一个使不可能成为可能的后人类社会。也许一夜醒来，我们彼此间的问候变成了："喂，你是人吗？"对方说："是的。"或者说："不，我是新新智人。"而我们和他们的区别可能相当于猿猴之于人类，甚至更大。

我为此和一些朋友探讨过。他们中既有贺建奎这样的科学家，也有莫言、贾平凹那样智商超高的作家、艺术家。大概率讲，科学家相对乐观，作家、艺术家相对悲观。最悲观的是《受活》的作者，他说那一定是个母系社会，"她们"会统治新新智人和硕果仅存的人类。

　　照目前的态势发展下去，她们大概率要创造新母系社会喽。你想啊，子宫文明的终结已然导致卵子价值的飙升，同时还有克隆技术和细胞再生技术的相继完善。这傻瓜都看得出来。

原始社会几万年，农耕社会几千年，工业社会几百年，智能社会几十年……如此说来确实可怕。这不是典型的加速度吗？然而，我终究是个理想主义者，相信理性和人类文明的自我修正能力。要证明这一点，朝露、大师是我的唯一希望。换言之，她们或可反证我存在的意义，也是我解开一切谜团的谜底。


## 四


时间过得飞快，我离开老白已是晚餐时分。

所谓失之东隅，收之桑榆，因为大师，我失去石头这个朋友，但得到了老白这个知己。奥雷良诺上校说过，人生晚年必须与孤独签署体面的协议。既然是协议，最好得有个证人。舍他其谁？因为夏琴和才女很难成为我的证人。毕竟我同她们之间有代沟，毕竟她们有自己的事业和快乐……

　　光阴荏苒，转眼一个多月过去了，我一直没有接到朝露的电话。

　　某日晌午，我有心无意地溜达到才女的饮吧，就进去要了杯咖啡。才女有事出去了，店里的伙计照例殷勤周到、客客气气。我生平不养宠物，总觉得自己活着都累，哪有精力去照拂这些小动物？但转而一想，也许养小动物也是为了与孤独签订体面的协议吧！

　　我看着进进出出的年轻人，他们的步履并不轻盈。我无心地用余光打量着他们，同时想起半个世纪前我们那一干知青：田宇两年前去世了；马尾辫顾艺也走了；大胖栗庆国跟女儿去了美国；拖拉机手王东风两年前因车祸半身不遂一直躺在床上；夜莺嗓陆晓雯退休前在演艺圈工作，退休后就没了踪影。其他人后来逐渐失去了联系，如今连名字都几乎淡忘了，奇怪的是他们年轻时的身影还会不时地在梦境中出现。

　　翠花？如是大师？她曾是我最不愿想起的人，如今却成了我挥之不去的心病和梦魇。我坐在饮吧一隅，灰暗的灯光使我很好地处于半隐逸状态。我靠想象的阴翳回忆起那个遥远的晚上。翠花穿着单薄的衬衫像往常那样敲门进来。我举着油灯替她开门，发现她的领口较往常低了一点，而且显得有些慌里慌张或犹豫不决。于是，凭借油灯的光亮，我看见了她胸口的红痣。它或者可以说是一圈小小的圆形浅红色胎记。她发现了我的发现，羞涩地垂下头去。她开始变得呼吸急促，胸部明显地起伏着。我心中骤然似潮水涌动，掀起波澜，再不敢迎住她的目光，但表面上还要故作镇定。我有口无心，她答非所问。这样约莫持续了十几分钟。我也有点难以矜持了，因为我知道她在期待我的行动。我们尴尬地沉默了一会儿，也许这种尴尬是甜蜜的，也是不可重复的。毕竟青春年少，毕竟情窦初开……油灯的火苗轻轻摇曳，而我却清楚地知道：只要我愿意，那晚我可以为所欲为。她除了身上固有的西瓜馨香，似乎只有一件衬衫、一件内衣、一条看不清颜色的裤子。但是，就在身体即将坍塌的瞬间，所剩无几的理性阻止了一切。可能是因为我还太小，可能是因为火候未到，偷食禁果原来也可以这样打住。后来我有过后怕，也有过懊悔，但更多的是为了不能想起的忘却。假如，我想说假如伸出手去握住她的双手，或者迎住她的身体……也许我的生活轨迹将发生难以想象的变迁。

这曾经是石头最想知道的，可我不告诉他！

正这么想着，才女已经来到了我的面前。她笑嘻嘻地打过招呼，然后坐到我旁边的椅子上。

是什么风把您吹来了？我正想您呢！

我说受宠若惊，并表示此生鲜有桃花运。

您谦虚了！问题在于您明明有一把芝麻密钥，却总是忘了使用。

我说何以见得。她说："这不，我想您了！"说罢，她抿嘴暗笑了起来。就在那一瞬间，我忽然闻到了她身上散发出一股新切西瓜的馨香。这香味固然清淡，却具有强烈的渗透性。用石头的话说，我有一个小狗般灵敏的鼻子。

她的体味让我幡然惊醒，仿佛大师驾临。但我转而又想，也许是某种香料的作用，尽管我曾造访多家香水公司，知道迄今尚未有任何品牌启用西瓜做香精。才女见我神情游离，就招手叫员工送两杯咖啡过来。

让我猜猜您在想什么……桃花运还是小燕子？

我假笑着说都不是。

一定有所关联，您不愿承认而已！

经她点化，我倒羡慕起眼下的年轻人来。他们赶上了自由，尽管也遭遇了更多不确定性。但理性告诉我，别像过去的滥情小说，美女总是爱上书生，或者反之。哪有那种好事？无非是书生写书，给了自己太多的戏份和运道，尽管事实上世界永远属于强者。而大师就是这个时代的强者。她是无冕之王，也是法外之王。迄今为止，没有任何人能够望其项背。她打个喷嚏，无数人就会感冒；她打个哈欠，无数人就被催眠。她呼风唤雨、起死回生的法力在信徒中口口相传，犹如古老的神话。

您在想什么呢？我很好奇！

这时，服务员端来了两杯咖啡：我一杯，她一杯。才女轻轻呷一口，然后用水汪汪的眼神直愣愣地看着我。我本能地垂下了眼帘。女孩子生猛起来岂是我等书生可以招架的。可是她忽然抿嘴窃笑着说：

　　我和夏琴都喜欢您，像您这样纯正的男人已经十
　分稀有。不知道您怎么看我和夏琴。您就只当我这是
　在替闺蜜八卦一回。

　　我心里偷着乐，但嘴上却装作一本正经。我说你们就别逗我玩吧！我这把年纪，早就夕阳无限好只是近黄昏了，面前只有急速降下的茫茫夜幕……

　　您没听说过冻龄或者返老还童吗？

　　我摇摇头，又点点头。我说这与我无关。我不相信这些法术，也不想长生不老。咱活几十年都觉得很累了，若换作长生不老，可能第一件要做的事情就是设法自我了断。至于桃花运，我也不想尝试。对我而言，没完没了的艳遇和情惊无异于自恋和自淫，只能聊以弥补现实的阙如。

　　才女一边哧哧地笑着，一边示意我赶紧打住。接着，她轻声吟诵起来："十八新娘八十郎，苍苍白发对红妆。鸳鸯被里成双夜，一树梨花压海棠。"这首诗据传是苏东坡的手笔，但苏轼终究也是个书生，于是诗中洋溢着带色的艳羡。至于杨振宁和韩美林，那是非常罕见的个案，尽管他们也是生活的强者，在各自行业独领风骚。

　　我始终认为自己仅仅是最最普通不过的一介书生。学术海洋浩瀚无涯，我们只不过是沧海一粟；对于社会，虽非百无一用，却属于"十有八九堪白眼"一族，服不华贵，又无广厦，留

学国外那会儿只有在教室里逞能，上街都不好意思说自己是华夏子孙。

# 五

　　很少有人像您这么理性和自律呢，何苦啊？！还是一切随缘，顺其自然比较好！

　　我也想啊！顺乎自然，率性而为，可是一不小心更苦的日子就会追来呢！有可能遇人不淑，也有可能横生枝节。总之，相爱简单，相处何难！

　　我们正这么聊着，朝露来电话了，仿佛事先约好的。才女见我有电话，就做个手势转身离开了。这使我多少有些沮丧，因为我正纠结于前几次见面缘何没有闻到才女身上的香味，而且也没有觉得才女酷似朝露。也许是距离的原因，也许是之前她裹得比较严实，而且浓妆艳抹。

　　难道是大师根据自己的体味发明了特殊香水？或者这种体味原本就是一些女性特有的，只是我少闻多怪罢了。

　　先说朝露来电是因为大师有令，命她传递一个信息，说石头病情恶化，需要用基因疗法才能脱胎换骨，否则恐有不测。

　　师尊想听听您的意见。

　　我说为什么不直接告诉石头。朝露回说天机不可泄露。

　　至于才女，后来我又顺道去她办公室告别，方才知道她那是在替夏琴投石问路，但试探的结果并不尽如人意，她只好就此作罢。

较之才女，夏琴显然只是个肉眼凡胎。有鉴于此，我将大师、小露、小朝、才女、燕子串联起来。那么才女和燕子会是怎样的一种关系呢？她们当时又是如何听命于大师的呢？带着这些疑问，我迫切想见一见夏琴，尽管此时此地难为情。好在夏琴本人并未有所表示，我还可以装傻，以免更大的尴尬。当然，兴许是石头的病情过于沉重，我也没太多心思去揣测什么男欢女爱了。

用此前流行的网络语言说，夏琴是个超龄少女。除了才女，没人知道她芳龄几何、有没有结婚生子。但凡有人问起，她总说自己是已婚，而且有娃，甚至还准备要二胎。反正自家开着培训机构，今后孩子读书上学不成问题。更出人意料的是她居然对星相学颇有造诣。听说她这还是从燕子那里学来的，如今成了闻名遐迩的半仙，经常替人牵线搭桥做红娘。恋人们默契贴合是因为星相完爆，一旦反目成陌那也是命中注定。总之，双向车道两头是路。

令人匪夷所思的是她缘何多此一举叫才女来试探我呢？要说以她的丰姿和年龄，我根本配不上。二三十年那是一个代差！况且她保养得很好，虽不像朝露、才女那么冻龄得似二八少女，但绝对看不出她已是奔四奔五的中年女子或"半老徐娘"。我奇怪的是演员在银幕中装嫩恨不得被人吐槽到鲜血淋漓，却独独没人在现实生活中对朝露、才女、夏琴这样的女性羡慕嫉妒恨。也许她也沾了大师的光？也许近朱者赤，她也有了冻龄，甚至逆龄的本领？

　　　　您能来垂询可真好！自打疫情消退趋缓，我这儿
　　早就门庭若市了，可独独没见您来。我还以为您早把
　　我忘了呢！

　　我一连说了好几个抱歉，并且报告说石头很快就到。她佯
装不知道石头是谁，尽管眼神已经泄露了一切。

　　我们正这么寒暄着，石头大模大样地走了进来。为了让夏
琴见到石头，我也算是煞费苦心。我想拿石头做挡箭牌，这或
许有点狡黠，甚至不够厚道，但正所谓舍不得孩子套不住狼，
我必须趁机把阵仗摆复杂些，否则朝露有可能再度消失，才女
和朝露的关联也可能化为乌有。

　　石头像个丈二和尚，但因有夏琴红袖添香、秀色可餐，两
眼直放螺旋形光芒。他想起了什么人或什么事，且面有异色。
我装模作样介绍一番，然后问夏琴是否有时间一起到对面喝
茶。我知道夏琴这会儿走不开，办公室门口等着好几个工作人
员呢。他们一定有事向她汇报。

　　鉴于夏琴暂时无法脱身，我就带着石头离开了培训机构。
夏琴将我俩送到门口，说她晚点再和我们碰面。

　　　　你啥意思啊？神秘兮兮的！

　　我说不是有福同享有难同当吗，可餐秀色不能独享啊！

　　待服务员小妹端上几碟干果，沏好一壶绿茶，我就把朝露
的话原原本本说了一遍。石头的脸一点点日落西山似的失去了
光华。我安慰他，叫他且莫担心，大师正设法营救呢。

这还营救个啥呀？明摆着是判处死刑立即执行嘛！

我说不会的，既然大师说有救，那就一定有救，只不过死罪可免、活罪难逃。

我故意用调侃的口吻，以便使他放松神经。既做了大师的信徒，哪能出尔反尔？石头听罢苦笑不迭。我心想，信仰这东东大抵也只有在生死存亡面前才显示出它在人们心目中的真实分量。

兴许石头自知来日无多，兴许信仰有所动摇，他晃晃脑袋，说："阎王叫人三更走，谁能留他到五更？"见他确实有些悲观，我就演绎《笑林广记》中的《贪官》逗他，却并未将他逗笑，倒像是在提醒他：该给大师上供了。他若有所思，抬手捋了捋所剩无几的头发，然后拍了拍脑门，顿时计上心来。

你这个笑话一点都不好笑！我给你讲一个。话说过去有个笃信黄历的老头儿，有一天他打算出门办事，却发现黄历上写着"不宜出门"。他急得团团转，终于急中生智，想出了一个既不出门，又能办事的方法：在自家后院的围墙下挖了个洞。没想到围墙老旧，他刚挖好，整堵墙就坍塌了，将他压在下面。家人赶来抢救，却被他严词喝住，因为他要看看黄历中有没有说那天不宜动土。再说他已经触犯了历法，不能一错再错了。

他边说边笑，眼泪也忍不住直往下流。夏琴为了不打断他，站在包间门口听他说完，然后礼貌地嬉笑着鼓起掌来。我知道石头再也不可能成为我的同谋，但对他暗语式的弯弯绕心有戚戚焉。

我们站起来，请夏琴对位坐下。她见石头在抹眼泪，就打趣说："石先生能把自己笑流泪了，真了不起！"

石头这才将泪目拭干，然后摇摇头，说："老喽，躺着睡不着，坐下打瞌睡；近事想不起，远的记得清；悲恸眼已干，笑着竟落泪……"

石先生您谦虚啦！还不到一个甲子吧？

夏琴恭维着。石头又摇摇头说自己已经古稀了。

茶馆里摆放着两只打满铜钉的大海碗。它们让我想起了李老拐和社员们当时使用的补丁碗，眼下居然成了钧瓷手艺的老古董，被当作陈列品供奉在茶神陆羽两旁，内有茶叶、干果等各色供品。

因为正事说完了，接下来便是闲聊。石头有点走神，这可以理解。我为了调动他的兴奋点，询问夏琴星相学的奥妙。她嘻嘻地浅笑着说："还不是为了糊口！讨个彩头，逗人一乐而已。"她说得轻描淡写，然而石头却听到心里去了，一把拉住她的袖子，请她占卜吉凶祸福。

我在一旁讥笑，心想人类都快去金木水火土星了，这求神问卦、驱鬼治病、焚香还愿、营造阴宅、算命相面居然还有市场。石头见我一脸不屑的样子，就自我解嘲说："算命、占卜、相面、堪舆、测字、扶乩、轨草、九宫之类虽然不能全信，但也不可不信。"我说坏就坏这"宁可信其有，不可信其无"上。想当初癫痫、痴呆食人脑，哮喘、肺痨吃人血馒头还不是迷信巫蛊所致？！

那同位素又是怎么回事？

我说那同位素不是指胃疼吃胃，脑坏食脑，而是利用某些放射性元素或其放射性同位素经过衰变所发出的射线来治疗某些特殊疾病。

好了，越说越玄乎了，我说不过你！我只知道心诚则灵！

夏琴见我们争执不下，就用一个段子轻易化解了矛盾：

记得我刚涉足校外培训时，有位老奶奶带着小孙子来找我。她说自己刚替孙子算过命，"那算命先生摸着灰白胡须跟我说：此子贵不可言，必定学业有成、事业辉煌、一路绝尘，前途无可限量"。后来，那孩子用实际行动证明了算命先生的话：他非但学习一塌糊涂，经常倒数第一，而且不满二十岁就从某市的地标性建筑大鹏似的呼啸着跳进了浩淼无垠的太平洋……

我苦涩地想着，现如今为了孩子考个好大学，父母恨不得只吃必胜客，上旗袍、下耐克，臀部写上好校名，还得双手插在裤袋里，是谓"指腚×校"……真是让人哭笑不得！

# 第六章

这时夏琴讲实话了，她说真人面前不说假话，所谓星相学或者测八字其实是游戏多于信仰，就像人们痴迷于麻将或扑克，大多陶醉于过程，而非结果。"观星象和看手相、测八字、观风水差不多，乐在其中吧，没人会像石先生笑话中的老头儿！我自知过不了逼仄的生活，就想着靠小聪明混迹江湖，替恋爱中人讨个彩头、为不幸之人寻个慰藉……"夏琴带着一丝幽怨的邪气，眼睛望着茶杯，并下意识地用纤细的食指在杯沿上擦出一丝吱吱声。

石头见不得女孩儿如此伤感。他暂时放下自己的哀愁，伸出手去想抚摸一下她的手背，但半道上缩了回去。我知道他这也是近些年养成的习惯，不禁悲从中来。夏琴冰雪聪明，这一切她都看在眼里，于是安慰石头，并且自我安慰说："过去我无缘认识二位，但冥冥之中又似乎与二位早有因缘。"石头的第一反应以为她说的是"姻缘"，就瞪大了双眼。我知道夏琴用同音词的深意，却故作镇定。我说因缘际会不在早晚，就像信仰不论先后。我还说像夏琴和才女这样的女子着实稀罕，有幸认识那是我等福分。石头更夸张，接过话茬说："古稀之年得遇神女，夫复何求？"

一

正这么聊着，我的手机响了。我朝夏琴和石头摆了摆手，闪身出了包间。手机的另一端是个沙哑的烟酒嗓，他颤颤巍巍、结结巴巴地说："小B……和小C见面了。"我等这个消息等了一个多月，终于有了结果。烟酒嗓是我花钱临时雇来的一个老乞丐。他衣衫褴褛，游手好闲，我给了一笔钱，叫他天天守在才女的饮吧对面帮我留意她的"孪生姐妹"。那天晌午，烟酒嗓看见才女带着朝露进了饮吧。

我反身回到包间，用略带歉疚的声调对石头和夏琴说："刚才接到一个同事的电话，得赶紧回老单位一趟。"夏琴趁机站起来告辞，推说公司还有一大堆麻烦事儿。我说也好，既如此我就麻烦石先生捎我一段，我们择时再聊。

石头刚有了一点兴致，却被我生生地破坏了，不过他知道我很少搭他的车，心想这厮肯定有话要说。上车后，他就连珠炮似的开始发作。我理解他的心情，耐着性子听他宣泄。末了，他耷拉着脑袋，吩咐司机先送我回家。我说不用，我想直接去另外一个地方。他问哪里，我说饮吧。

原来你是佳人有约，也不早说！

我说并非我一个人有约，而是我们有约，到时候看我眼色行事。

到这份上了，还跟我藏着掖着。啥意思啊？

我说没啥意思，到时候你就知道了。说时迟，那时快，不到一刻钟的工夫，我们就在饮吧前下了车。我和石头大步流星，直奔才女办公室。果然，才女和朝露正坐在沙发上窃窃私语，见我俩倏地出现在坡璃墙外，一时没掩饰住惊诧之色。我也故作惊诧，抱手朝她们作揖。才女匆忙起身替我们开门。

是什么风把您二位吹来了。我来介绍一下……

朝露说我们彼此认识。她站在才女身后，从后者肩膀上探头和我们打招呼。这就像复制人脸似的，石头扑哧一声笑了出来。才女反应敏捷，赶紧说她俩是双胞胎姐妹，只因很少走动生分了感情。我说这就巧了，遇见了双倍的美丽。朝露依然笑得勉强，她噘起下嘴唇吹拂着刘海。我刻意走近她们，闻到了她们的西瓜香。

是时仲夏，才女和朝露穿着单薄，身材被雕像般形塑得异常仙灵。石头除了惊讶，再也说不出话来。其实，我唯一担心的恰恰是他话多漏风，就抢先给了她俩一大堆赞美，然后殷勤地邀请她们一起喝茶。才女欣然答应，并说由她做东；但朝露谎称有事，拾起沙发上的坤包，摆摆手就示意告别了。

啊呀呀，今天真是个好日子，刚才我妹妹来了，

旋即您两位又大驾光临了……

才女一边亲自沏茶，一边有口无心地嘟囔着。由于才女扮得成熟，而且一直妆饰艳丽，乍一看不像朝露，但一俟与朝露并立，无论身材和五官都如出一辙。难怪我总觉得她似曾相识。但犹疑也是难免的，才女明明与燕子年龄相仿，如何又会是小露和小朝的孪生姐妹？难不成她翠花真有什么特异功能？或者……

为了消除突兀的尴尬，我抢过话头说可惜有扰二位仙女清净了。才女摇摇头，说："您客气了！我们姊妹俩既已到了同一座城市，啥时候不能见？倒是难得见到您二位呢！"这时，一只

反耳猫从才女的办公桌下蹿出来，跳到石头旁边的沙发上。石头顺手抚摸着它的脊背，目光虚虚的。我顺势对才女说："令妹给我打过电话，不知道是否曾经向您提起。"她并未直接回答，只说她妹素来话少，也不爱走动。我直截了当，说石先生身体有恙，想通过两位仙女设法禀告大师，以便尽快施救，当不胜感激。如此云云。才女居然爽快地答应了。

那是自然！师尊早有安排，请二位放心！

我这是一石二鸟。一是敦促大师施救，二是叫石头放心：我们不仅有若有若无、若隐若现的朝露，而且还有一个可以随时造访的才女。但是，其中的冒险系数也呈几何级增长了。一旦大师觉察我醉翁之意既在酒又不在酒，她也许会随时让才女也变成露珠，就像当初小朝和小露合二为一。

石头一门心思系在病情上，并不知道我葫芦里卖的什么药，否则他非杀了我不可。

才女瞄一眼挂钟，站起身来，招呼服务员将我和石头带到一个僻静的包房。

我失陪一会儿，到前台去处理一点事情。二位请慢用茶，我去去就来。

才女将我俩让出办公室，随即带上门，径直去前台了。我猜她有事向大师报告，否则不会如此迫不及待。

发现才女也是大师的麾下对于石头可能是喜讯，但我却在内心深处谴责自己的自私。你想啊，倘使大师当真撤走才女和朝露，那么石头就只能等死了。而我的自我安慰是倘使大师真有这等起死回生的本领，那么燕子就不应该早早撒手人寰。当然，反过来说，基因技术的不断发展和完善，也许已经具备了起死回生的法力，何况燕子之亡也许是诈尸呢。总之，任何正向的论据都可能被反向论据所否定。一如凡事都没有绝对的好得很和糟得很，关键看出于什么立场和目的。再说结果永远是检验事物的标准，就像石头曾经断言的那样。

问题是，倘若结果是石头之死，那么我永远不会原谅自己。反过来，如若结果是石头继续安然，那么我又当如何？这就好比柯尔律治之花，一切取决于信仰，尽管对于我这颗无神论脑瓜儿来说，这有点近乎母鸡与蛋的悖论。

你怎么知道朝露和才女在一起？难道你早就知道她们是孪生姐妹？

我说天机不可泄露，"等治好你的病，我再告诉你不迟"。

你觉得我真能治好吗？我怎么觉得自己来日无多了呢？腹股沟一天比一天疼，腿上的血泡也一天比一天严重……

我宽慰他说，既然大师不想让你死，你就一定不会死。

## 二

才女一脸凝重地敲门进来。她看看我，又看看石头，然后咬了咬下嘴唇。

不好意思，我打扰二位了。师尊请石先生静候佳音，待她老人家准备好处所再请您接受基因疗法。

石头本能地站起身来，他显然很激动，仿佛重新抓住了救命稻草。我因为早已起身替才女开门，这会儿却站到了她的身后，故而石头的每一个表情都即时映入了我的眼帘。我抚摸着额头，内心极其复杂。记得清华老校长梅贻琦先生的名言是"大概或者也许是，恐怕仿佛不见得"。而北大老校长胡适之的名言是"学问要在不疑处有疑，待人要在有疑处不疑"。老先生们无厘头式的话着实让我唏嘘。学问的终极关怀大抵终于人，而人又是问学的主体。呜呼，我不知道而今该关心谁：人，还是真理？石头是人，大师也是人；石头因大师悲哀如尘，却又因大师获得一线生机。这因是果，果又是因，仿佛量子纠缠，能不让人一头雾水？

数十年的心理学在现实面前变得脆弱不堪，甚至形同虚设；尽管它本质上就是虚设，譬如文学，譬如任何艺术，是无用之用。那么同现实对位的真理镜鉴又在哪里？它一定在某个中心、某个基点，就像所有星系都围绕着一个黑洞。而黑洞与星系的关系既相互依存，又互为存殁。

我总算有救了，谢天谢地谢大师啊！

我被石头几近呐喊的声音所唤醒，倏忽间想到方才的一番玄想。我怎么能断定大师既是石头的因又是石头的果呢？

石头见我心不在焉，就上前一把拽住我的胳膊，叫我回到座位上。

今天真是太高兴了！我非但又一次亲眼目睹了神

话中一模一样的仙女，而且这副老骨头有救了！我给你们讲个笑话，话说过去有个郎中，他医术高超，却鲜有患者上门问诊。一天，忽然有个病人来他诊所买药。他开箱取药，发现里面尽是蛀虫。病人见了不禁要问：

"这里面怎么尽是虫子？"

他回答说："它们是僵蚕，可抵百药。"

病人又问："僵蚕怎么不死？"

他又答曰："因为它们吃了我的药。"

病人摸摸脑袋，嗫嚅说："那您这里怎么没有病人呢？"

他摇头晃脑，宛若背书稚童："因为他们都被我医好了，世上再无病患矣！"

石头边说边笑，稍稍恢复了常态。我不知该笑还是该哭，咧着嘴，脑如漩涡，心比黄连苦。才女吃吃地笑着。她接过话题，讲了两个笑话。一是说古人悠闲，他们游山玩水、吟诗作赋，还想着如何让自己长生不老，不像今人，天天忙个四脚朝天、不亦乐乎，晚上回到家里四仰八叉，满嘴"不想活了"。另说八戒问唐僧怎么才能长生不老？唐僧回答说："等上了学你就长生不老喽！"八戒不信，说师父诳他，还说只听人言"睡觉睡觉，眉开眼笑"，没听说过"学好学好，长生不老"。唐僧摇摇头，说："八戒你真是个榆木脑袋，我想告诉你的是，等你上了学，你就满脑子校内校外的奥数微积分，便再也不想长生不老喽！"

想不到才女也是个段子手，说起笑话来有声有色、声情并茂。我真是想象不出来，大师她是如何一变二、二变三、三变无穷的？

石头兴致正高，他跷着大拇指，不住地夸耀才女："后生可畏，后生可畏啊！"

现如今人人捧着手机来，走了也得带手机，并在墓碑上刻个二维码，告诉人们墓主的所作所为、所爱所憎，最后还会请人加其微信……哪天我走了，或许也会请才女来加我呢！咱不如现在就加一个吧！

石头的这个段子固然幽默得有些黑色，但才女还是强笑着调出二维码，让他加了微信。石头这下更高兴了。他于是竭尽恭维之能事，一边诉说着社会上盛传的各色冷幽默，一边赞颂大师如何不同凡响、如何不胜了得。

有些冷幽默让我想起了知青岁月。譬如那些叫人不怕鬼、不迷信的故事，它们曾经是我们走近翠花和一干铁姑娘的灵丹妙药。后者在一惊一乍中见证了我们苦中作乐的日子。

我记得当时有个故事冥冥之中反证了小奕的命运。它讲的是一个自诩半仙的算命先生如何替不孕妇女消灾驱魔。半仙说女人之所以不孕是因为逆了阴阳六合或有鬼魂附体，非他不得祛除。于是，他将妇人引进内室、蒙住其眼，暗中借机作法。有些妇女经他那么云里雾里一折腾，果然怀孕生子了。他的美名也便越传越广，前来求子的妇女络绎不绝。

当然，大师的情况似有不同。她显然掌握了更为先进的技术，这一点从才女和朝露身上可见一斑。她们完全继承了大师的基因，活脱脱犹如翠花再生。照我母亲或妹妹的说法，大师应该也是才女和朝露的模样，或者就是才女或朝露也未可知。反正以现今的大数据和我们这代尽人皆知的那么一点过去或可以想见的无多来日，谁都可以对我们料事如神，甚至玩弄于股掌之间。这么一想，老白的下场也就不能不引起我的警惕。如若我一意孤行，那么老白的今天就是我的明天；倘使我就此罢手，那么石头的悲催和仁丫头的处境也就没有了拨云见日的希望。但同时我也明白，大师就像是一团了无边际的云烟，魔性地笼罩在我们的头顶，而我们却缺乏《天方夜谭》中渔夫的智慧，不知该从何下手，让云烟回到所罗门的禁瓶。

佛说苦海无边，回头是岸，问题是我有那个岸吗？

过去有个男孩儿想戏弄身边的女孩儿，问她说："你知道未来你的孩子姓什么吗？我知道我的孩子肯定与我同姓。"女孩儿知道对方在撩逗她，就气鼓鼓地哼了一声，然后慢悠悠地回掸说："我虽然不知道我未来的孩子姓什么，但我知道他是我的孩子；而你虽然知道孩子姓什么，却未必知道他一定就是你的孩子！"

石头开心地讲着半荤夹素的笑话。才女客气地发出阵阵欢笑。他们好像全然忘却了我的存在。

有位仁兄特地到精神病院询问医生："你们拿什么来判断病人呢？"医生说："很简单啊，只要将浴缸注满水，再给病人一把汤勺和一个瓢舀，看他怎样把水舀干就知道了。""如果他直接拔掉浴缸的塞子呢？""那他就像您一样聪明，可以出院了。"

那位仁兄又问："还有别的诊断方法吗？"医生说："有啊！譬如问他太阳为什么会升起来？""因为黑夜把白天按在床上了！"医生睁大了眼睛："你太厉害了！这也知道？"那位仁兄很是得意，继续询问医生还有没有别的方法判断人是否傻着。医生说有的是，譬如给他一块表，告诉他等时针走过几十圈，他的病就好了。如果他一直盯着表，看它慢慢地行走……那位仁兄迫不及待地说："表明他还是傻子。如果他把时针直接拨上几十圈，证明他不傻……"于是，医生唤来护士，叫他们赶紧把那位仁兄直接送进病房。

## 三

在石头耐心等待基因疗法的那些日子里，我每天都会过去看他。他照例斟两杯人头马，同时吩咐阿姨替我沏茶。这些年我跟着他厮混，对酒精不那么过敏了，而且酒量见长，唯一不习惯的是干喝洋酒。好在石头总能自得其乐，讲些荤笑话权作下酒菜。

除了好这一口，石头奉行极简主义。当然他的所谓极简主义是乔布斯式的，即同一款式的西服、衬衫、皮鞋买上几打，同一品牌的好酒买上一车。而我的极简主义是尽量穿得干净利落，同时保持内外整洁、简单。二者虽别如天壤，但本质略同。

自从加了才女的微信，石头又多了一项活计，那便是稍有闲暇就看她的朋友圈。那天，他在才女的朋友圈中看到了夏琴的帖子，却是一个逗乐的桥段。话说有位老先生有教无类，而且自诩包教包会。孩子在他那儿学了半年，结果还是一问三不知。那老先生拍拍胸脯，说："假以时日，他肯定成才。我已经疏通了他七窍中的六窍，只剩下最后一窍了。"家长心有余悸，就带着孩子到培训机构测试。结果是"一窍不通"。那家长喜出望外："看来老先生说得在理，果然只差一窍了！"于是，他赶紧返回家里，继续花大价钱请老先生辅导孩子。

另一个桥段是某培训机构保证提高孩子的智商，天天用瑞文标准测算法让孩子们反复测试，久而久之，孩子们掌握了数千个题库，以至于睁一只眼闭一只眼就能将智商提高到200以上。家长们闻讯后趋之若鹜。

又一个是关于给孩子起名的段子。话说有位老兄五十得子，甚喜，就请测字先生给孩子起一个既高大上又响当当的名字。先生掐指一算说："那就叫齐德吧？"那位老兄听闻后直摇头，说这名字不够响亮。于是先生口中念念有词，然后在宣纸上写了"德隆"二字。那老兄依然摇头，认为这个名字像过去的年号，还不够响亮。先生有点不耐烦了，就说："隆东如何？"那老兄似乎有些心动，但仍觉得美中不足，少点霸气。先生真生气了，说那就叫"齐德隆东强"吧！

石头接连转述了夏琴的好几个段子，随后呷一口酒，用嘴努了努，示意我喝了杯中酒。于是，我也给他讲了个段子。话说有个职员贪杯误事，老板在他桌上留下一张字条，上书"7954"。职员第二天酒醒后画了只蝉送给老板。但没过几天，职员又喝醉了，老板就在蝉尾上画了两个带缺口的圈。有人说那两个圈是滚蛋的意思，也有人说那两个破圈是指放屁。更有人说分明是金瓯缺。无论是放屁还是滚蛋或金瓯缺，从吃酒误事的警告，到知了，再到两个破圈，那贪杯职员的饭碗算是砸定了。

我劝石头尽量少喝酒，或者最好不喝酒；为健康计，少碰烟酒为好。石头不以为然，他半开玩笑，又不无矛盾地说：鸡尾酒疗法，本来就有酒。当然，最好是未雨绸缪，别得病。

你还记得那个"先救我还是先救你妈"的笑话吗？记得吧？哎，那里面的婆婆就有这个先见之明。

她见儿子就要恋爱结婚，就硬是学会了游泳。

终究是生命大于一切。我们无论说什么，都不能消除心中的疑惑：大师允诺的基因疗法迟迟没有到来。石头盼星星盼月亮地数着日子。

我就像小时候数糖豆似的数着日子……

我理解石头的话茬，更同情他的心境。毕竟不是什么感冒发烧、头疼脑热的小病：他腹股沟的淋巴结越来越大，体重却急剧下降。一个百公斤级的壮汉变成了瘦削的老头儿，头发所剩无几；脸上的紫斑却愈来愈多，连化妆液都遮不住了。

　　我看着那叫一个心酸，接连给朝露发了好几个微信，打了好几次电话。虽然电话没打通，但微信她总该收到了吧？何况还有才女，她明明知道石头的病情，又缘何不吁请大师施救呢？

　　随着日子一天天过去，石头显得更加焦躁。脖子上也出现了大小不同的淋巴结，常年的便秘变成了无休止的腹泻。身上出现了刺痛的血泡，更使他坐立不安。也许是耐药性使鸡尾酒疗法丧失了功效，也许是时间本身消耗了他的抗体。他不得不二十四小时戴着口罩，仿佛公共场所预防新冠肺炎的人们。

　　在川流不息的时间长河中，传染性疾病永远是人类大敌，但迄今为止还没有哪一种像艾滋病这样带着如此鲜明的潘多拉讥嘲：把最美好的事物粉碎给人看，而且必须由人们亲历亲为、自作自受。我长时段研读过有关天花和黑死病的著述，这两种杀手对人类的威胁固然延续了无数个世纪，但不论因果，都不及艾滋病来得惨不忍睹。

　　如今，看着石头，再想想南北极冰山正极速融化、西伯利亚冻土层也露出了狰狞的面目，我实在不知道该说些什么。除了人类自相残杀，还有什么比这更加触目惊心的呢？！

　　　　小时候真好！梦想是可以说出来、写出来、画出来的，未来遥远得像仙女星座……

　　我说是的，那时候我们到处小鸡儿似的觅食，偷过鸡鸭，也顺过瓜果。当然，最冒险也最安全的是窃书，那是可以用麻袋搬运的物件。反正都是些无人问津的"封资修"，也反正图书馆一概铁将军把门：除了蜘蛛和它们编织的一张张挂满蚊蝇的大网，没什么生物涉足其中。麻烦的是分赃，我们每次都得通过抓阄，然后依次挑拣。石头比较憨实，总是抓到老末。关键是他看书比较慢，而我和木棒每每以一天一本，甚至一天几本的速度囫囵吞枣，然后彼此交换。等我俩看完了所有分到的书籍，并议论各种滋味时，石头就会着急上火。"你们就不能慢点看吗？生命长着呢，干吗这么着急？"

生命长着呢！可是转眼间少如昨，知交殁，一腔热血化作锚；沉下去，不再漂，生命从来势若潮，一潮更比一潮高，潮潮都是回头谣；唱罢前人唱自己，唱罢自己唱后人。回眸望去，我们挨得饿、吃得苦、蚂蟥叮咬、满眼粪蛆、呼啦蜂群、蚤咬虱爬都不在话下，好容易回到学校或者下海创业依然天天啃冷馒头；即使洋插队也是囊中羞涩、捉襟见肘——找小阁楼住，扣嘴里的买书，做梦背单词，拿节假日填充门可罗雀的图书馆。好在国家日日新，无畏自己渐渐老、折了腰。我正这么想着，石头忽然满脸涨红。他发烧了，而且一连几天高烧不退。我跑去找才女，可饮吧的服务员说老板已经好些日子没露面了。

我心急如焚，又是电话，又是微信，却始终没有才女和朝露的回音。大概率情况不妙。不是大师黔驴技穷、没了法子，就是才女和朝露对我起了疑心。我矛盾的心沉重得像秤砣。可惜这世上没有后悔药，否则我宁可放弃执拗也要替石头抓住大师这棵救命稻草。

# 四

在ICU撑了两周后，石头终于还是走了。他在遗嘱中留下了裸捐社会的最后遗愿。我想他生命的最后一刻是清醒和平静的，脑海里一定不再有大师的影子。人之将死，其言亦善、其行亦哀，他真真正正走进了四大皆空的佛系境界：丧事从简，不设灵堂，不受赙仪，不留骨灰。

在我操持后事的过程中，总有一些故旧同行来和石头诀别。他们隔着玻璃墙，望着他早已破相并被抹了无数层化妆粉的遗容指指戳戳，说哪儿哪儿的高楼或者楼盘是石总的产业，哪个哪个地标建筑是石总的手笔……俱往矣，愿石头在天之灵庇佑那些享有他创造成果的人们！

且说我在检点石头遗物时，不经意发现了他塞在床垫下的几张纸片。他没有写日记的习惯。用他的话说，"咱哪有那个闲情逸致？天天忙得屁滚尿流，找不着北！"。

看纸片的色泽，它们应该已经有些年头了。但字迹是石头的，变成灰我也认得。估计是十几二十年前的遗作，他写到了自己梦幻般的几个日子。

　　今天我见到了人间尤物。她的美貌比自然还要和谐天成。文学作品沉鱼落雁、闭月羞花之类的修辞在她面前黯然失色。她超越美学界定，但又分明是美的。我遗憾自己读书不够，更不像某位老兄一肚子心理学概念。我只能凭感觉记住她的微笑，直至永远。

她居然对我的情况了如指掌。这就怪了，昨晚之前我们素不相识，尽管用她的话说是彼此看着面善。她说她叫燕子，就叫燕子。好吧，燕子是我这代人儿时的天使。小燕子，穿花衣，年年春天来这里，我问燕子你为啥来？燕子说：这里的春天最美丽！我还记得刘禹锡的七言律："朱雀桥边野草花，乌衣巷口夕阳斜。旧时王谢堂前燕，飞入寻常百姓家。"不知道我的这只小燕子哪天才能飞入我心窝！

　　都说我身边美女如云，同行们羡慕，有些人嫉妒，那又如何？我石某人眼光高着呢，并不稀罕花花草草！只不过她们在我问鼎财富之巅的漫漫路上有所贡献，我怎能弃之不顾？但她们怎比得这只天外飞燕？她聪慧得让人向善，艳丽得毫不做作，柔美的身体每一寸都令人赏心悦目，空灵的魂魄每一分都恰到好处，看着她就像看着一尊被仙气催化的古希腊雕塑。盈盈的，嘤嘤的，煦煦的，悠悠的，令人欲罢不能。我敬佩造物的奇绝，感念伊人的流芳和一切之前之后的顾盼凤飞……

　　我感叹石头的艳遇或遭际、幸运或悲哀，他不知道世上的一切都有规律可循。美是用来欣赏而不是消费和占有的。一切得到，也总是要还的，天网恢恢，疏而不漏！这可能是男人熟透后方能悟到的。它反过来说明老之将至，黯淡了汹涌澎湃的血性和刀光剑影的身手。

反正是一片漆黑，且有净水护佑，这一池子的姐妹，你就尽情享用吧！

今天傍晚，泳池之中，她是这么在我耳边呢喃的吗？我几乎稚童般地挣扎过、喊叫过：我谁也不要，我只要你！但后来的一切都不是我能掌控的，我只知道自己被一群美人鱼包围着、舔舐着、拥抱着、拖拽着、扯咬着，仿佛掉进了无际的黑洞。太可怕了！凡事过犹不及也就再无愉悦可言，更谈不上什么审美，一切回到了史前状态！

我大致根据内容整理排列出纸片的先后次序，并呆呆地看着这最后一张。我不知道这些所谓的现代仪轨是否真的沾染了远古的回响，回到了猿猴"乐园"。

石头走后，朝露和才女依然没有出现。倒是夏琴来送石头最后一程了。她隔着玻璃墙向他行了鞠躬礼。她不知道才女这个"鬼丫头死哪儿去了"。原话如此，带着嗔怪或者愤懑我不得而知。过去说人心隔肚皮，如今却是人心隔卫星，人人都活在二次元、三次元世界，脸上贴着两张皮、三张皮、N张皮……

我怀念石头，怀念木棒，也附带着怀念起许多家人和翠花的馨香。也许是老了，意志在逐渐消退，体力也大不如前。我想过放弃，有时甚至觉得做个吃瓜群众才最真实。就像余华的"活着"。几十年来，我总以为心理学是科学，可以揭开人心的一切奥秘，但到头来才发现人心如水似云、飘游不定。一念之差可以让一个才华横溢的青年跳楼，也可以让一个满腹经纶的教授发疯。是故，宅男宅女们抱着人造太太、人造老公自得其乐，同时凭借"她们"或"他们"经营复杂的生意，这兴许是一种解脱，一种未来宗教、宇宙信仰也未可知。

同时，我又告诫自己不能轻言放弃。我有责任，且还有任务尚未完成。我要寻找大师的下落，揭开她的谜底，找到我们的丫头，还此生一个清朗的说法。

## 五

夏琴的培训机构被要求停业整顿，这其中既有税务问题，也有资质问题。她有点焦头烂额，说政府也不知道怎么想的，"我们创造了多少就业机会，贡献了多少税收？却仅凭几个吃饱撑的主儿说三道四就要来检查这、检查那，真是气人！"。

我一时语塞，心想好好的正规学校干吗去了？但我无意与她纠缠，就安慰说"你在高原"，然后直奔主题，问她有没有才女的消息。她说热包子打狗一去不回头了，"这丫头好像从没存在过似的！"。

我又问她是否去过才女家，她回说从来没有。

这就怪了！她俩一直以闺蜜相称，居然彼此不了解对方家住哪里、何来何往。难道是为了"防偷防盗防闺蜜"？

她一直挺神秘的，从不谈及自己的身世。对了，她以前也失踪过一次，后来再出现时完全变了一个人。我是说除了外貌，别的完全变了，包括性情。或者

说主要是性情变了。饮吧吗？那倒没事，反正有人看
着，每天照常营业。

夏琴见我如此关心才女，表情都不太自然了。为了打消她
的猜忌，我说是石头有个遗愿让我务必亲自转达。

　　提到石先生，我也是满心的哀伤。多好的一个人，
说走就走了，连本市的平均寿命都没挨到。也不知道
他得的是啥毛病……

我说他得了癌症，是血癌，也叫白血病。她哦哦了两声，用
食指在杯沿上擦出微弱的吱吱声。我屏息凝神，边倾听那蟒蛇
吐信般的声音，边琢磨着她的话究竟有几分可信度。

　　我给您讲个笑话吧！有个北京的爷们儿到上海出
差。饭桌上酒过三巡，上海同事家里来电话催他早点
儿回家。北京爷们儿很是不屑："咱在家里让媳妇干啥
就干啥，她哪敢哼一声。"上海的爷们儿都傻眼了："您
还敢撑您媳妇？"北京的爷们儿轻蔑地回答道："啥叫
撑啊？咱直接就上！"

这个笑话我听过，那是因为北京人管自己的太太叫媳妇，
而上海江浙一带却管儿媳妇叫媳妇。

　　这个有点荤，不好笑！我再给您讲一个。您知道
为什么人们管现在的孩子叫鸡娃吧？不知道？哈哈，
因为他们就像被打了鸡血似的满世界报班刷题。鸡娃
们的母亲被称作虎妈，因为她们必须语数英、理化生
门门精通。就说有个虎妈小时候每天晚上写作业，应

试教育嘛，作业忒多。于是，家长们看电视，陪着孩子到深夜。她盼啊盼啊盼长大，心想自己长大了也让孩子做作业、自己看电视，没料想好不容易长大后结婚生子，结果孩子成了鸡娃，自己成了虎妈，一年到头再没看过电视，连春晚都免了，因为她必须陪着鸡娃把语数英、理化生重新学一遍，而且电视机早就受潮发霉了，手机、电脑更是装满了作业帮。

夏琴咯咯地笑着。我心想，还不是你们这些培训机构和正规学校联手制造的？她终究是个聪明人，见我皱了一下眉头，就打哈哈说没办法，"正规军不好好打，只能游击队上喽"。

她的话让我想起石头也一直是个段子手，他绘声绘色、令人捧腹的样子一直萦绕在我的脑海。这也是一种本领，譬如东北二人转演员个个都是小品王，就连那方水土中人也个个张口就来，荤的素的一应俱全。喜剧细胞与生俱来，仿佛不是卓别林就不会有《摩登时代》，不是赵本山也不会有《同桌的你》。

我本不喜欢小品相声，但在石头的熏陶下，并因长期洋插队而格外怀念母体文化气息，也便慢慢养成了来者不拒、聊补阙如的习惯。再说饮食男女、烟火人间嘛，也没什么。

当然，凡事总有例外，老白就是个例外。他虽是东北人，而且还是在铁岭长大的，却愣是缺乏喜剧细胞，整天一本正经、不苟言笑。石头去世后，老白就从精神病院痊愈出来了。他第一时间找到我询问才女和朝露的下落。我的回答令他失望，但他刚愎自用，总认为我是个卖油郎，想独占花魁女。我跟他说不清楚，就请他到夏琴那边喝茶。

夏琴的培训机构很快又恢复正常营业了，线上线下忙个不亦乐乎。因此，她只来点了个卯。我把老白往好里介绍了一番，她则主动自我介绍，并给老白留了张名片。

夏琴走后，我和老白聊起了医院的情况。他说老齐的情况愈来愈糟，估计撑不多久了。我唏嘘感喟一番，却徒叹奈何。老白自己倒是精神矍铄，体重也增加了不少，变成了一个圆乎乎的小老头。他眨巴着眼睛，怎么也不相信才女和朝露就这么人间蒸发似的没了踪影。我说过去她们也曾消失过，但很快又出现了。他对"她们"这个复数很敏感，我解释说那是因为她们像孪生姐妹。

　　瞎说！朝露比才女小多了。才女跟燕子一般大，
　　朝露是后来冒出来的。她们原是两个人，一个叫小朝，
　　另一个叫小露，那才是双胞胎。

我说怪不得她们可分可合。但令我百思不得其解的是为什么朝露和才女，听说还有燕子都出奇地相像。

　　这你就out了，现在基因工程多发达，要造几个相
　　像的双胞胎简直易如反掌。也许她们用的都是同一个
　　人的卵子、同一个人的精子……

我说茅塞顿开，原来还可以这样造人了。

　　你不知道吧？连一些小镇医务所都能轻而易举地
　　做到一胎两个，甚至三个呢……

啊呀，真是颠覆三观呢！我慨叹着，聆听着老白的夸夸其

谈，可心里却多么希望他说些有关大师的故事。然而，他似乎并不知道大师的存在，因此一直游走在燕子和才女之间，对夏琴也几乎漠不关心、不甚了了。他听说过夏琴，却完全忽略她的存在。而我却有一种隐约的感觉，那就是夏琴对老白非常了解。这从她的目光中可以窥见一斑。当他俩四目相对时，夏琴就像看到了一个老熟人，尽管佯装不识。

这个小女子对你不错嘛！你们是啥时候认识的？

我说她是才女的闺蜜，但好像并不知道才女和朝露的下落。

哎，没事的，她们喜欢捉迷藏，我有法子让她们现身。

这太出乎我的意料了。老白居然有这等能耐！我说："你可别吹牛啊，要是能让她们现身，我请你吃大餐。一言为定！"

正这么说着，夏琴回来了。她笑眯眯地看着我，好像很开心。

# 六

我站起来迎住夏琴，"你来得正好，老白说他能找到才女和朝露"。

我就是为这事来的。才女联系我了，她说家里有点急事要处理，完了就回来。我把她彻头彻尾地痛骂一顿，这杳无音信地不辞而别也太不把俺们当回事儿了!

我说回来就好,也许她走得匆忙,来不及打招呼也是有的。

    是的是的,我案牍劳形,也经常一心不能两用,
免不了丢三落四。

"没事就好,人哪能没个急不暇择的。"我慰人及己,心里有底了:只要还能见到才女,就不愁找不到大师。我请夏琴带话给才女,希望能早日见她一面。夏琴应允了,说她尽力而为。

    你还真相信她的鬼话?我看她们是一伙的,燕子
出事那会儿,她就跟才女形影不离。

夏琴一走,老白就开始疑神疑鬼地叨叨起来。我并不怀疑他的判断,但并没有说出口来。石头过去就嫌我太有城府,而我自知是明哲保身、少说为佳:咱没做官的爹,也没炫富的娘,还是低调做人、少惹麻烦为好!可实际上,自从我认识了翠花大师,这麻烦也就注定如影随形、躲不开了。半个多世纪弹指一挥间,而我蓦然回首,却发现自己和周遭人等始终生活在她的阴影之下。无论是异乡漂泊还是杂事倥偬,都没有逃过她的法网。到如今知交零落、妻离女散,俨然一个孤魂野鬼般寂寥惆怅。罢!罢!罢!与其忍辱,倒不如来他个鱼死网破!

    你想啥呢?别做傻事!

老白好心规劝着。对此我心存感激,不过横竖老命一条,没啥了不起的。

问题是我连对手的影子都无法企及，又怎么鱼死网破、同归于尽呢？也许人家正在哪儿偷着乐：把你玩弄于股掌之间，你却无可奈何。这就好比强盗欺盲人，人家在明处，你却在暗处，除了任人戏弄、宰割，既无还手之力，也无招架之功。

打从结识老白，我已经大概率知道自己的下场了，尽管心有不甘、情有不愿。人就是这么复杂，理智和情感总是吵架，孰是孰非说不清、道不明。

你听我一句劝，放弃吧！斗不过她们的。她们背景深似海，财富高如山，你怎么跟她们斗？

还有没有王法了？也许大师占据的恰恰是法外之地呢！我在心里自问自答。这时，老白说时间不早了，下次找机会再聊。我说好吧，于是彼此作揖道别。

老白走后，我尝试着给朝露打电话，出乎意料的是她居然接听了，而且乐呵呵地好一番歉疚云云。我当然不能怪罪，只说安好便是大幸。

对于石先生的离世我家师尊深感痛惜，但病入膏肓，神仙也是救不了的。师尊叫我早点回去当面向您赔礼道歉，不承想您亲自来电话了。对呀，这阵子师尊在山上闭关静修，没有信号，手机成了哑巴。实在不好意思，望先生见谅！

她这么一说，我反倒无言以对了。满腹的牢骚和怨愤固难烟消云散，却一时不知从何说起。看来她大师的本领也不过尔尔！天花乱坠、乱坠天花那只是一个传说，事实证明所谓的基因疗法可能子虚乌有，或者至少并非万能。

这样一来，我更有理由怀疑她们没传说的那么神通广大，譬如什么功、什么法，有点心理暗示、心灵慰藉而已；用夏琴的话说，谈情说爱、你来我往、套近乎的彩头罢了。想到这儿，我一边给才女拨电话，一边下意识地朝夏琴的培训中心走去。

夏琴在楼下等我。

> 我从办公室窗户看到白先生走了，就想着下来陪您一会儿。

夏琴总是笑嘻嘻的。我说她太客气了，她回说和气生财、礼多人不怪。

> 要不我再陪您到茶馆坐会儿，反正我闲着也是闲着。

我说好啊，就随她回到了茶馆。茶馆小伙计正在收拾杯盏，见我们回来就放下活计，并替我们带上了门。

我俩单独在一起不免有点尴尬。她眯起眼睛坏笑着，我却下意识躲开了她的目光。我看着慢慢起泡的玻璃水壶，为安全起见又把两人的杯盏清洗了一遍。

> 先生不想知道我今年多大吗？南方人说几岁……

我最怕的就是她哪壶不开提哪壶，稍不留神便会被带进死胡同，最终免不了像吴承恩、曹雪芹、蒲松龄等诸多文人那样陷入想入非非、自我消遣或反转为过度厌女。但她既问了，我又不能不有所反应，于是就眨了眨左眼。

我都奔五的人了，在您眼里是不是还像个小孩？

哪里，哪里？！我说她成熟稳重。

不瞒您说，其实我从未结婚生子。我不相信婚姻和孩子是幸福的代名词。看着那些虎妈和鸡娃，我不仅没有麻木，而且常常会浑身起鸡皮疙瘩。至于婚姻是不是爱情的坟墓也就不必说了。怎么跟您说呢？您懂的！

我说我不懂，"我是个后知后觉的人，跟不上时代的步伐。过去别人下海了，我却洋插队了；别人移民了，我又回来了；别人花天酒地了，我反倒成苦行僧了；别人成大师了，我笃信唯物论了；别人爱得昏天黑地了，我选择柏拉图主义了……"。

这才显得您特立独行，所谓沧海横流方显英雄本色，我第一眼就……

我叫她千万打住、别逗我玩，因为我不相信爱情。从心理学的角度看，热恋只能持续二十八天；爱情也只有在失恋中才能长久，那是因为死了的娃儿乖、跑了的鱼儿大，失去的总是最美好的；反之，拥有的幸福最不是个东西，其保鲜值还不及一般的审美热度。如此，人人都在作，程度不同而已。夏琴在作，我又何尝不是？然而，为润谈资，我只好勉强应和着。我说自己太不了解女人，更不了解她夏琴。

事实如此，我对她的真实情况一无所知。为了转移话题，我捡起了石头曾经讲过的一个笑话：

有一对父子乘地铁，父亲对儿子说："你都十四岁了，还打不过你妈，真是没出息！我十二岁就能打败你奶奶了。"儿子竖起大拇指说："还是老爸厉害，我回去就打败她！"旁边的大爷蒙了，直接怒掉那个做父亲的："有你这么教育儿子的吗？居然叫他打娘！"父子听了不禁哄笑起来，然后异口同声地说："我们是在说打乒乓球！"

夏琴听说后也笑个前仰后合。她说现在形势变了，还真有不少孩子动手打父母和老人的。我说常看到孩子动辄跳楼自杀的报道，再加上动手打父母和老人，谁还敢生孩子呢？她说是啊，原以为开放二胎、三胎可以提振生育率，没想到育龄人群反而越来越丁克了；而且离婚率急剧上升，结婚率持续下降。

我说这也许是暂时的，转型期嘛，一切都在变化之中，就像周易所言。

您说到周易，我忽然想起一个桥段来。话说有一对父子天天因为鸡毛蒜皮的小事发生口角。一天，儿子气不过，就说："《易经》里有一句名言，叫作'仁者见仁，智者见智'，你不能事事都强词夺理。"父亲听后觉得此话有理，就对儿子说："你们易经理有水平，哪天让我见见他！"

# 第七章

我等才女和朝露可谓跂足翘首、望眼欲穿，但她们迟迟没有露面；用夏琴的话说，这好戏前面都有开场锣鼓，等等吧，别着急。也只能如此，除了等待，我什么也做不了。

　　我想了解才女公司的情况，结果也是一无所获：公司非但营业规范，效益良好，而且财务清澈。至于才女，她其实只是经理，老板另有其人。据称这个后台老板涉足甚广，既有房地产，也做互联网，而且还是一家民营银行的大股东。这还是老白帮我请他亲戚打探到的，说那老板开这家饮吧似乎只是为了才女：清新雅致得有点高冷，就像那些来历不明、价格不菲的神猫。

　　看着那些神猫，我就会想起木棒。石头曾经讥嘲木棒，说他一家三口轮流小便却必须等最后一位来冲厕所，因为这样可以节水。善意的解释是木棒一家懂得节约用水，反之则认为他们那是为了每月省下几元水费。我知道两者兼而有之，而不是石头理解的非此即彼。当时国穷家穷，一文钱掰八瓣儿花的情况司空见惯。哪像现在，先富起来的一代二代三代不缺时间，更不差钱；进饮吧来的除了要两杯贵得令人咋舌的高档咖啡，还有用来喂猫的那些法式点心。

一

　　我已经等得有些不耐烦了，毕竟岁数在那儿呢！别说是意外，稍不留神，即使年至耄耋、寿终正寝，也未必等得到解开大师庐山真面目的那一天。

夏琴仿佛知道我的心思，一连几天打电话来问暖嘘寒。这让我更加不安了。我有充分的自知之明，男人到这个岁数固躯壳犹在，然体力和大脑也会变得迟钝和懦弱。所谓"惯看秋月春风"，人到了一定年纪需要敛藏，譬如秋收冬藏。即或有人向你投橄榄枝，多半也不是因为你富有魅力，而是别的，比如逗你玩、施怜悯，或者展示征服的本领。我猜大师之所以玩大猫逗豪猪的把戏，便是因为欲擒故纵屡屡奏效。至于夏琴，则很可能就是大师的一枚棋子，就像才女和朝露是棋子一样。

诚然，夏琴终究是一个聪明绝顶的女子，她猜到了我的思虑。她给我讲过一个女官僚落马的故事，说那人一直以为自己魅力无穷，以至于认为向她谄媚送礼的老板都因此拜倒在她的石榴裙下，殊不知他们看到的唯有帽子。

夏琴还说到另一个故事，那是关于一名女司机的。她虽有几分姿色，却远未到人见人爱的地步。结果这种良好的自我感觉使她夸大，甚至曲解了男性对她的好感，陷入了无休无止的绯闻漩涡，以至于被一众上司以流氓罪和勒索罪告上法庭，真是比窦娥还冤。这后一个故事我听说过，但版本完全不同。我听到的是这个女司机被众多上司玷污，为报"一箭"之仇，她转而要挟有关人等，结果被送上法庭、刑讯服罪。

这些坊间故事不足为凭。但亲身经历使我对一种故事感触良多，那便是被拐卖的妇幼。老贾写过《极花》，我也在新闻上看到过类似报道：一名妇女从小被人贩子拐卖到地图的犄角旮昃，她长大成人后凭借自己的华人模样，通过民间寻亲组织和基因比对，最终找到了亲人。她不远万里回到故乡，父老乡亲举着横幅、敲锣打鼓、痛哭流涕迎接她回家省亲。

夏琴知道我在有意岔开话题，就直接套用古训抢占话语制高点：古训说"莫欺少年穷，勿谓老人笨"。

您肯定听说过坊间的十大禁忌！之一是大白天明明无雨又没太阳，却看见有人撑着伞，尤其是黑伞，你就要小心了，因为这种人不是精神有问题就是鬼魂，且后者的可能性较大，当然那是过去，现如今打伞遮阳的人比比皆是；之二是梦里千万别与陌生人搭讪，尤其不要答应跟他走夜路；之三是兴土木时挖到墓穴、骨瓮、骨灰盒之类，一定不能随便丢弃，否则不仅惊动了鬼魂，而且亵渎了灵魂，即使挖到一些古砖空冢也要撒米祭拜，因为你侵占了人家的领地；之四是晚上不要轻易乘坐末班车、末班船，因为冥界的鬼魂和黑白无常可能就在末班车舟上；之五是千万不要围观车祸等事故现场，因为这种好奇的窥探有可能打扰亡灵的安宁，甚至被当作亡者由阎王带走；之六是太阳下山后不要理睬那些荒郊野路传来的嘤嘤啼哭，以免惹上不祥之物；之七是子时听到电话铃声切莫拿起就自报姓名，要首先听清楚对方是谁，否则极有可能遇到波段相近的孤魂野鬼；之八是晚上尽量不要独自坐电梯，尤其是那些满是镜子的电梯，因为你不知道镜子里会出现什么；之九是尽量不要在家里收藏古董，尤其是阴气较重的古董，因为你不知道它们背后隐藏的秘密；之十是给孩子买玩具要当心人偶娃娃，尤其是日本人偶，因为它们经常散发出邪气……

这些禁忌听上去半新不古，但实际很古。您听了毫无反应，但我每次讲给年轻人听，他们却一个个毛骨悚然，鲜有听完十个不在心里打哆嗦的。您说这是为什么呢？

好吧！就算我见多不怪吧！我只能这么回答。倘使我说自己从来不信鬼神，也不迷信，倒显得有些矫情了。诸如此类的禁忌和耸人听闻多得很，而且每个国家都有，又以我国为甚。这和中华文化的悠久程度有关，也与我们几千年的农耕文明和漫长的封建历史不无关系。

我说西方也有不少禁忌，譬如13这个数，再譬如星期五。前者源于最后的晚餐，由于第十三个人是犹大，而他正是出卖耶稣的叛徒；后者则是因为亚当和夏娃在星期五偷食了禁果，从此被逐出伊甸园。此外，亚当和夏娃的儿子该隐也是在黑色星期五杀害弟弟亚伯的。因此，如果13号恰好与星期五重合，那么就会被看作大不吉。这些都是坊间传说。首先，西历的元旦公历并非古已有之，基督教的产生和传播也只有两千多年的历史。倒是那些因为巫文化衍生的民间禁忌反而更为古老，而且不少还是中外共有或近似的，譬如丧事期间最好把家里的镜子蒙起来，搬新房最好带条狗去遛遛，走夜路最好带一根棍儿，卧室里最好不要挂风铃，等等。这些都是常识，与迷信无关，因为亲人乍逝容易被生者挂怀，而镜子有可能成为幻觉的帮凶；新房毕竟是陌生之地，无论新旧都可能进入蛇虫之类的不洁之物；走夜路带一根棍子不仅可以壮胆，而且可资防身；卧室里挂风铃容易影响睡眠，如果开窗睡觉则更不利于身体健康。所谓孤魂野鬼，只是自欺欺人罢了。如果你信，你就不敢半夜撩起窗帘朝外看，也不敢在幽暗处照镜子，更不敢在床尾挂镜子或者穿着黑色和暗红色衣服走夜路。此外，那些所谓白天不言人后，夜里不说鬼前，遇煞就唱红歌，等等，也都是古今杂糅的为人之道，信与不信，无伤大雅。

夏琴听罢，恭敬地拍手叫好。我知道她的恭敬是一种恭维，何况所有传说不外乎人情世故、自然状物。凡近乎人情、合乎自然的事物，总会被人们当作金科玉律。只不过有些习惯成自然，从而成了常识；有些被幽幽地染上了神秘色彩，甚至滑进了迷信的窠臼。

您说得太好了！知道吗？其实我不缺追求者，之所以孑然一身，却是因为一件难以启齿的俗事……

我不想听夏琴敞开心扉、表白自我，因为那于我是一种心理负担。但她并不顾忌我的感受，竟直言不讳地来了个言无不尽。

我之所以一直保持单身，是因为我不喜欢做爱。

我觉得性是肮脏的。

为了让她住口，我急忙抢过话头，说南美有个作家也有过同样的表述。他少年时期被其父带到瑞士的一家妓院去行"成人礼",结果小伙子进了女孩儿的房间后不知所措,以至于面对她赤裸的胴体直接呜咽起来。女孩儿是其父千挑万选的美人儿,她温柔地替他拭去眼泪,并熟练地褪下了他的裤子,殊不知他竟拽起裤子破门而出、落荒而逃。

夏琴咯咯地笑个不停。

　　呵呵,居然还有这样的父亲!

我说那是西方贵族的一个秘密传统。也许现在只有少数老派人家会这么做,因为孩子们都早恋了,根本不需要家长帮忙。

　　是的。您看我们学校,孩子们十二三岁都成双成
对了。上课发微信传情书,不亦乐乎。

"那你们不管吗?"

　　正规学校都不管,我们哪管这个?!再说现如今
家长们都开放得很,哪像您啊?

"我也不喜欢性。"我以为终于找到了一个上好的理由,尽管有经验的异性也许知道,在情感方面这个年龄比年轻时更有韧性。当然,前提是你足够身心健康。

　　那太好了!您瞧,我说咱俩是天生的一对儿嘛!

我说我睡觉打呼噜,而且呼噜声可以吵醒沉睡的鬼神。

　　可以分开睡呀!

我和夏琴你来我往,就像捉迷藏一样,形成了恶性循环。

事到如今,我又有点怀疑自己是不是在因袭前人,仿佛落魄的书生总能遇到可人的女子。又或者人家看你这把年纪没有

威胁逗你玩儿，反正玩死你不偿命！

　　反过来看，夏琴并非一无是处，她有她的可人之处：年轻、标致，言行得体，善解人意，豁达开朗，见风使舵，应了"相逢开口笑，过后不思量"的经典台词。无论如何，女性看上去就是比男性可爱，而自然造物赋予其他动物的特性又似乎恰好相反。但无论人类还是其他动物，"窈窕淑女，君子好逑"是自然规律。当这种规律在某个时代出现反转时，一定不是什么好事。过去的俗话是"男追女隔座山，女追男隔层纱"，而现如今乾坤倒转，据说年轻一代大都时兴女追男了。

　　我作为一个过季的男人，非但要避免前辈书生的自恋情结，还不能把几乎所有女性都写成妖精或祸水。这就产生了矛盾，既不能滥情，又不可无情。要说她夏琴在旁人眼里也称得上是个美女，就好比当初的翠花，尽管她俩各美其美，不像朝露和才女，那是活脱脱的克隆相。

　　关键是除了夏琴，我没有任何线索可以找到才女和朝露，何况爱美之心人皆有之，她有她的魅力，五官身材、言行举止都恰到好处，仿佛天造地设一般。作为男人，而且是老男人，我至少不应该伤害她的自尊心。于是我想，做人好难，做个善良且有点文化、有点事业、有点心谋的老男人更难。

　　也许是应了某位外国作家的箴言：过去因为太小，现在因为太老！中间的岁月就像指缝里的沙子，稍纵即逝。

　　面对夏琴的"步步紧逼"，我已经乱了方寸，有些难以自处。之所以要在心里给"步步紧逼"加上引号，是因为我确实心虚，怕自己已经不知不觉爱上了她。

二

　　为了自我鼓呼，我想象夏琴是大师的麾下，是夜总会的名角，也是石头曾经利用和帮扶的众多对象中的一个。这么一来，我的心又重新坚硬起来。

　　夏琴还是一如既往地嘘寒问暖，而我的话题始终聚焦于才女和朝露。一天，她不无醋意地问我是否喜欢上那对姐妹花了。我反问她是否早就知道她俩的关系。她说并不清楚，只知道才女有个孪生姐妹，而且关系一般。

　　何以见得？因为她们从不来往啊！告诉您吧，她们跟燕子一样，是上帝或者魔鬼的使者，绝对不食人间烟火。您最好离她们远一点。

　　她的话重重地撩拨着我的神经，刺激着我内心最为隐秘的G点。我穷追不舍，希望她说出所有关于才女和朝露的秘密。她却欲言又止。

　　其实……其实我这也是多年来的一种感觉。您想啊，我和才女认识这么多年，她始终就是这个样子，除了涂脂抹粉和偶尔换个发型，真的一点变化都没有。怎么可能？！我自诩已经很冻龄了，还不是长出了白发，甚至皱纹。瞧，这儿，还有这儿！可她们呢？完全停留在少女时期，好像与时间绝缘了。

她多少有些嫉妒，有些怀疑，还有些茫然，甚至有可能真的对她们知之甚少。这可以理解，倘使有朝一日我看到大师依然是半个多世纪前的翠花，也会蒙圈的！而眼前的才女和朝露不正是翠花吗？无非是人变得白净和更有文化、更具气质了：身材还是那个身材，五官也还是那个五官，凹陷忽闪的大眼睛仍然那么仙灵，尽管我当时在背后讥嘲她古灵精怪，往远处说是亚马孙女英雄，往近处说是美猴王投胎。

学者就是不一样，常人说一句，您能想很多是吧？

我说哪有？！人人一颗脑袋，智商也差不多，除非有人装了芯片或者动了基因序列。

对呀！我看她们就是基因工程的产物，否则怎么可能几十年如一日、毫无变化呢？

我说我们不妨推演一下：如果她们是克隆人呢？但克隆羊多莉的结局并不好。它从1996年出生到2003年死去，遗传了母羊的所有疾病，而且只存活了母羊的一半年龄。不过发达国家在基因工程方面的投入之多、发展之快，是我们难以想象的。宠物克隆遍地开花，试管婴儿也早已屡见不鲜，只剩下哪天有人来公开人类克隆或基因制造的真相了。

只要找到她们的母体，一切也就昭然若揭了。不过这牵涉到伦理问题。

"是啊！但伦理在人类的欲望和资本的利润面前什么都不是，而且关键是我们并不知道她们的母体在哪里，也许连她们自己都被蒙在鼓里呢！这就好比作家关于梦中人的玄想。他说有个巫师花了一千零一夜，终于造出了心仪的梦中之人。后者机敏勇敢，学会了所有技能，巫师认为自己可以放心地离去了：他已经老了，而且有了可信的传人。这时，他们所在的地方着火了，巫师知道梦人是不怕火的，于是就带着梦人一起走进了火海。结果，巫师发现不仅梦人不怕火，就连他自己也毫无灼热感。原来巫师自己也是别人的一个梦。"

这太有意思了！原来文学早就预见了现实生活。

那不是预见，而是想象的巧合，或者生活的或然，就像才女和朝露，还有燕子，也可能仅仅是一个耦合或3D打印般的存在。此时此刻，我忽然产生了一个大胆的冒险计划，于是拜托夏琴见到才女后一定第一时间告诉我。

夏琴看着我圆瞪的双目，不禁悲从中来。

您可千万别冒险啊！不值得……即使真要冒险，您也要告诉我，也许我能助您一臂之力。


# 三


世界上的很多事情都有偶然性，个人命运如此，人类历史亦然。如果拿破仑不进攻俄罗斯，如果袁世凯不背叛光绪帝，如果我爱上了翠花……又当如何？

先生，我们师尊想见您，时间和地点容当稍后禀告。

这是朝露的电话。正是"踏破铁鞋无觅处，得来全不费工夫"，我终于可以见到大师了。冒险计划也就从间接走向了直接。也就是说，我不必绑架才女或朝露了。

为了实施绑架计划，我在远郊租了一处护林员废弃的房舍。那房子孤零零地建在半山腰上，周围长满了参天大树，前不把村，后不着店。据说偶有养蜂人借居于此，但入冬后不是放蜂季节了，房子一直闲置着，通向山下的小路也长满了焦头烂额、浑身挂霜的野草。至少已经好几个月无人光顾了，正是绝好的藏人之所。

然而，大师迟迟没有出现，就连朝露和才女也一直杳无踪影。

听说朝露给你打电话了……

一天，夏琴试探着问我，我反问她是怎么知道的。她说是才女说的。我以为才女现身了，夏琴却说只有过一次电话联系，"问起您的情况，还说她孪生姐妹给您打过电话"。

原来如此！

您准备怎么办？

我说我也不知道，走一步看一步吧。

那为什么不让我跟您一起等待，一起冒险呢？

我说连我自己都不知道要做些什么，"何况你还年轻，没必要跟我一起钻牛角尖"。

我喜欢钻牛角尖。我早就厌倦这日复一日的克隆般的日子了！

所谓"心底无私天地宽"，但我有私心，因此总有点疑神疑鬼，以至于觉得夏琴和才女她们是一伙的。

　　其实我对她们也很好奇，总觉得背后有些不可告人的秘密。

"也许没那么严重"，我宽慰她说。

　　不一定是害人的秘密，但一定不可告人，至少是在过去和现在。至于未来，那就不好说了。也许现在的秘密是未来的习常呢？就好比早恋。

她的话并非没有道理，而且听上去很真诚。我说自己妻离女散，因此很希望她们有特异功能，可以助我一臂之力。

　　这我听说过一点，因此非常同情。所憾我能力有限，实在不知该如何帮您。也许才女她们真的可以……

这是我需要的结果。也许这结果远非结果。不管怎么样，至少目前我没有危险。夏琴看上去并不像我想象的那么长啸难缠，倒是越来越转眄流精、顾盼遗彩。

　　假如，我是说假如她能成为我的同党，或者哪怕是暂时的同谋，那该多好！但兹事体大，我在没有完全把握之前是不会向她流露心迹的。

　　是时冬日，气候反常，天出奇地冷。听说是南北极冰川融化所致，连美国都冻死了好些个人。夏琴穿着白色裘皮大衣，活像一只站立的北极熊。她柔情绰态，笑颜如花，万物萧瑟中更显得冰清玉润。

　　您都把我看得不好意思了！

我赶紧说对不起。

恋爱中的女人最美。不仅心理学作如是观，一般老百姓也是这么说的。这又引起了我的警觉：自己陷进去倒也罢了；关键是万一她动了真情，那就麻烦了！翠花大师之所以不遗余力地图报复、泄私愤，或许正是因为她心有不甘，结果是爱之弥深，恨之弥切。人生若只如初见，我一定会离她远远的，避之犹恐不及。

四

我猜读者一定烦透了。但你又岂知我的苦衷？所谓"人非经过不知难"，你很难理解我的心情。然而，只要你设身处地换位想想，也就不会怪罪于我了。正因为如此，我不厌其烦地诉说着我心苦闷、我心纠结，而这些又何尝不是"不可告人的秘密"？如是，倘使今天我有一百个读者，那么我就有了一百个知音、一百个同谋。但我的问题是：明天又当何如？

既然石头走了，夏琴又不能成为我的同谋，我除了对你倾诉这些琐碎，又有什么办法？何以解忧？唯有诉说！我不胜酒力，而且是过敏体质，借酒浇愁不适合我。我也没有别的嗜好，更不是瘾君子。自我过于清醒，说好听是正人君子，说不好听是迂腐至极。夏琴已经有两天不理我了。这有点奇怪。

人就是这么矛盾，甚至可以说是犯贱。她一味地暗示，甚至表白时，我惊慌失措；她忽然疏远了，我又心中忐忑、惶惶然若有所失。为了弄清情况，我厚着脸皮、放下身段，主动给夏琴打了个电话。这比见面来得简单，也免去了四目相视的狼狈。

　　啊呀，不好意思，我这两天身体不舒服，在医院
呢。疏于问候，抱歉啦！

　　原来她生病了。我问要不要紧，她说不碍事，是诺如病毒感染，需要隔离住院。她蜻蜓点水般描述了病情，听不出任何奇特之处，也没有窘态。我想又是自己多疑了。关心则乱，她干吗非得跟我保持这种不清不楚的关系呢？

　　我说要去探望。她谢绝了，说医院有规定，不让探视。

　　也就在这个时候，才女来电话了。她假惺惺地热乎一番，然后切入正题，叫我以后少与夏琴来往。理由是后者来历不明，心术不正。

　　这就怪了！她不是想撮合我俩吗？再则若论夏琴来历不明、心术不正，那你才女呢？还有朝露？但我不能直接表示难以苟同，只能迂回从事。我问何时得见大师，或者她们姐妹。才女说很快，然后挂断了电话。我有一种巨大的憋屈感，甚至屈辱感，觉得一切都被操控着，毫无规则可言，仿佛一个长期居住在深山老林的洞穴怪人，不谙世事，不见天日。

　　我忍无可忍，随即给老白拨了电话，但被告知"你拨打的电话是空号"。怎么可能？我们前不久刚见过面，也不曾听说老白换了手机号。我于是立刻到移动营业厅询问老白曾用号码的登记信息。营业厅还算帮忙，说这本来应该去公安部门报案，但看在我上了年纪，又遭电信诈骗，实在于心不忍。查询的结

果是一个叫陆富贵的人。一看就是老白拿别人的身份证冒名顶替。不过这富贵的确和老白有几分相像。假如当时老白把头发和眉毛染黑一点，他们也完全可以冒充孪生兄弟呢！

老白的失联比夏琴的"失约"更让我难过。他终究是石头罹难过程的见证人，而且对燕子怀有超越感情的道义。

岁月静好，唯我不安。我有一种不祥的预感，总觉得大师正在对我缩小包围圈，要让我变成这个越来越多彩而疯狂的世界的精神囚犯。石头大概率是被她夺走了性命，仨丫头的失踪也多半是她的杰作，如今连老白也失联了。莫非接下来该轮到夏琴了？难道她大师要步步为营，将我活活困死？但困兽犹斗，我不会坐以待毙。

为尽快寻找老白的下落，我赶忙奔赴精神病院，得到的消息却是老齐已经过世、老余不知所终。这令我大失所望。我徘徊在精神病院门口，恍惚了好一阵子。多亏夏琴及时赶到，不然我真想永远留在医院算了。

您不会的。我知道您还有使命，您又哪里舍得自我放逐呢？

夏琴用激将法安慰我，让我感动不已。青年时代，咱铮铮铁骨。除了为人民服务和接受贫下中农再教育，"苦其心志，劳其筋骨"几乎是内心最沉重的磬，随时都会被咬紧牙关的脉搏所震响，如今岂能苟且偷安？

我刚出院，循着手机定位找到了这里。您不会责怪我吧？

我说当然不会。我把老白失踪的消息如实告知夏琴。夏琴顿时惊讶万分，她不知道该说些什么，更不知道该做些什么。我叫她什么都不用说，什么都不用做。

为安全起见，我让她最好暂时离开本市，放下手机，到一个不为人知的地方待上一阵。

有这么严重吗？莫非她们也要对我下手？

我说不怕一万，就怕万一。那些人丧心病狂，什么事都做得出来，而她还年轻，应该多加珍重。

其实我倒希望经历点什么。我从小都梦想历险，可一不留神就陷入了日常的琐碎，碌碌无为。

我说这不是历险，这是拿生命赌博。"刚才我一直在矛盾中徘徊，犹豫要不要冒天下之大不韪，直接将一些人告上法庭，然后自我了断或者在精神病院了却残生。"

这不可取！应该继续您原来的计划。

我问她怎么知道我原来的计划就一定可行。她说猜的。

我有卫星定位仪。这还是培训班孩子家长常用的武器。他们怕孩子贪玩，一不小心跑远了，甚至不幸落到人贩子手里，就用定位仪跟踪他们的行迹。您手机上的定位系统一直处于开启状态，因此我可以轻而易举确定您的位置。

我明白了，老白就是这样消失的，他一定遭遇不测了。我请夏琴立刻帮我取消手机定位。

# 五

这还不够。倘使有人想跟踪您，只要您带着手机就OK了。无须电脑高手，知道您的手机号就足够了。必要时还可以远程激活您的手机，窃听您的通话……

"还有这等技术？这不是侵犯个人隐私吗？"

犯罪分子哪管这些？！

我听得起了一身鸡皮疙瘩，然后是一身冷汗。原来手机还可以被别有用心、心怀叵测者如此利用！我一直是个电脑盲加手机盲，除了书写和编辑、存储文档或发送信息、接打电话，几乎一无所知。夏琴给我上了一课。我想请她吃大餐，却被她谢绝了。

等我身体恢复了再说吧，但必须是我请您。此地不能久留，我先送您回家。

我答应了，关键是有些事情想跟她好好聊一聊。上车后，她建议我俩把手机电池卸下来。我表示赞同，心想事情到了这个份上我也不怕你夏琴玩什么花样，反正我横竖都逃不出大师的手掌心，就像孙猴子逃不出如来佛的五指山。如果夏琴真是大师的麾下，我至少能死个明白；如果夏琴不是大师的麾下，我也好有个同谋，况且她确实温婉可人，也许我无意识中早就爱上了她，否则干吗三番五次地黏着她？

您辛苦了！都怪我身体不争气！其实我早就怀疑才女她们了。燕子很可能就是她们的一枚棋子，或者说一只独狼。而石先生只不过是她们必须吞噬的一枚车马炮或一块肥肉。

我说既如此，"你何不早说？石头死不瞑目啊"！

　　我也是最近才慢慢想明白的。石先生去世后，我发现您不仅郁郁寡欢，而且非常气愤。因此就很是担心，为预防万一，我私自启动了定位系统，发现您去过远郊山区。那一带完全没有信号。后来我托人打听了一下，才知道那是个几近荒芜的去处。为防不测，我曾经悄悄尾随过您……其实您会开车是吧？下次可以用我的车。您别客气，我有两辆车，原是用来规避限行的。您需要的话随时开走。当然，有什么重要行动最好告诉我一声，我一定追随，赴汤蹈火，在所不辞。

我说没那么严重，之所以租下那栋山间小屋是因为怕有不时之需。

　　您的目光里有杀气。我猜您有大动作，而且一定和才女她们有关。您是要替石先生报仇吗？我想是的。他把燕子带走那天，我就觉得好生奇怪，而才女却似乎有些幸灾乐祸。我还傻傻地问过她，您知道她怎么说？她说一山不容二虎，燕子一走，她才女就成夜总会的二老板了。后来的确如此。才女成了前台总管，而燕子却很快染上了怪病。

那是艾滋病。我说石头也染上了。但元凶一定不是燕子，更非石头。雨打浮萍，身不由己，他俩都是受害者，躲在背后的真正元凶另有其人。

　　这个人一定就是燕子和才女她们的后台老板。

　　夏琴果然聪明。但亮出这张底牌是我不惜以命相赌的一次冒险。夏琴果然明白，她目噙泪花，会心地笑了，同时伸出右手来握住了我的左手背。

　　我一边叫她好好开车，一边盘算着回家以后该如何面对这个大丫头。

　　说时迟，那时快，汽车一拐两拐就拐进了我居住的那个巷子。北京人管它叫胡同。

　　我就不上去了，刚从传染病医院出来，还是小心为好。

　　她有意在"传染病"三字上加强语气。我如释重负，又多少有点遗憾，虽忙不迭下得车来，但不住地嘱咐她小心驾驶。

嗯呐，您好好休息，我们保持联系。

回到家里，我重新装好手机，屏幕上闪现出一连串微信提示。其中有一条来自朝露，她说自己最近身体欠佳。我立即给她发了回复，请她好好将养。这时我想起了夏琴关于手机定位的说法，准备请她帮忙，以便设计追踪她们这对姐妹花。

那天晚上我没有睡好。满脑子石头和老白的影子，他们幽灵似的在我眼前晃来晃去。我打开台灯，随手抽出一本书来，是张炜的《不践约书》，看到这么几行：

在最后岁月的最后时刻

看超绝的生命，从哪扇窗户

喷吐出一团炽热的火光

烧毁绝望和华丽的万年

……

# 第八章

无论是否上班，我每天早晨六点准时起床。洗漱完毕后，倒一杯热水，然后坐在餐桌前工作两小时。这会儿我想写写如何尽快见到夏琴。

　　我知道风险依然存在，尽管她一再暗示或申明自己不喜欢性，而且怀疑才女她们有不可告人的秘密。从昨天送我回家的情况看，她显然是由衷的。我自然也希望她对我的友谊脱离一般男女的咸湿趣味，不要给我施加任何身心压力。她并未食言。唯其如此，我珍惜她，因为我已经无法承受生命之重，这就好比砝码已经指向极限，任何细微的添加都会使身心的天平瞬间倾斜、崩塌。

　　我需要平静，需要深思熟虑，不能有半点差池。大师神通广大，耳目众多，我不能再让夏琴无辜受害。这是一切行动的底线。画好这条底线后，我忽然觉得轻松了许多。我站起身来，开动走步机，以较快的速度健步，时间设定在半个小时，而后准备简单的早餐。我戴上耳麦，边走边听贝多芬的《第五交响曲》，活像个沉溺于斯的音乐指挥家。我跟随音律，挥动双臂，做出各种姿势。

一

　　上午九点，我给夏琴打了个电话。她像一辆等候命令的战车或虚位以待的处子，接过电话就说立刻动身来家里找我。

　　半小时后，我在楼下迎住她。她说找个停车位就来，我却迫不及待地上了车，表示可以做她的副驾驶，而且知道附近哪里可以停车。

她示意我取出手机电池。我说压根儿没带手机。她说真棒，然后一踩油门，蹿出了街巷。我在大街边看见了停车位。夏琴娴熟地停好车，我忍不住夸奖她车技了得。

老司机哈！

她话音未落就掩口笑了起来。我猜一定是好比"同志"，"老司机"这个词儿被赋予了新的涵义。

我们不约而同地捷步往回走着。我早早地掏出钥匙，仿佛遇到了翘首期盼的老友。夏琴做事风风火火，而谈吐却温文尔雅。她示意我回家马上卸掉手机电池。我说明白了。

啊呀，真想象不出来，您的起居这么简单脱俗。

她一进门就开始恭维，我却忙着烧水沏茶，同时回说不觉得寒酸就好。

哪里！哪里！一看就很有品位。

其实客厅和房间都很简单，书房也仅有三壁书架和一张大得不成比例的写字台。她看着写字台上的几帧照片，佯装无意瞥了一眼全家福，又哂笑着看了看我；然后怔怔地盯着仨丫头，若有所思。

我常拿写字台当餐桌。而真正的餐桌上摆满了花盆和杂物。为了迎接夏琴，我总算把盆景搬到了阳台，又将杂物挪进了储藏间。这样看起来还算有条不紊。

夏琴见起居室倚墙有一台钢琴，就本能地掀开了琴盖，用一只手轻轻弹奏了几个音符。

这钢琴不错。

我说孩子小时候用的,有日子没人碰了。

您不会吗?我教您啊,尽管我的琴艺不算好。

我说:"术业有专攻,哪能门门精通?!我听说古琴不好学……"

还好啦!比琵琶容易点。现在的孩子和家长都急功近利,已经鲜有孩子学古琴了,估计很快要成绝学了。

我们言归正传吧!您就把我当闺蜜,不,是哥们。

您布置任务吧!

我说得看机会,"其实我并不想为难谁,更不会伤害谁,只是想替死去的朋友、失踪的家人讨个说法,就像打官司的秋菊"。

我知道您善良,也犯不着跟她们拼个死去活来。不值得!但是,正义总得伸张,不然我们都枉为好人了。

我说就是这个理儿。想想我们朋友几个的孩子无缘无故地销声匿迹了,燕子和石头又无缘无故地成了牺牲品,连老白也无缘无故地人间蒸发了,加上其他不知名姓的无辜受害者……真叫人欲哭无泪!

这背后一定有阴谋!

可气的是桩桩件件都以阳谋的形式发生着,连公检法都爱莫能助。我实在没法子,只好单枪匹马,以卵击石。

您不是孤军作战。这不还有我吗？

"是的，还有你。我何德何能，居然这把年纪还攀上了你这个红颜知己。"

知己就是知己，不论性别，无关年龄。我期待的其实就是这种友情，不世俗，有侠气！

"呵呵，你高看我了，其实我没那么高洁。假如不是因为发生了那么多事故，我可能会一直沉溺于自己的故事，做个普普通通、与世无争的蠹书虫、码字工，终老一生。"

这恰恰是您与众不同的地方。换了别人，还不知怎么惺惺作态地巴结权贵，攀龙附凤，投机钻营，做个呼风唤雨、风光无限的既得利益者呢！

"这倒也是。我自诩淡泊名利，既不羡慕别国的月亮，也不嫌弃自家的草窝。子不嫌母丑，狗不嫌家贫嘛！"

稀罕的正是这个高古！

她听见水壶的哨子响了，就抢先站起来。我请她坐下，因为这水壶有点满，稍有不慎，水会溢出来烫着手。我给夏琴先沏了一杯，然后也给自己倒了一杯。虽然桌上有一套茶道用具，但我嫌麻烦，一方面牛饮惯了，另一方面也怕夏琴抢活。

她安慰说："大杯好！我也习惯用大杯。"

二

我俩一边喝茶，一边讲述各自的过去。我唯一没有提及的便是插队的经历。那是个遥远的梦，非噩非美，似是而非。

原来您在国外那么多年，怪不得有点不食人间
烟火。

我说别看洋人满嘴绅士、动辄公德，其实大多数世俗得很，
尤其是20世纪后半叶以来。以好莱坞为代表的大众消费文化横
扫千军，早把古典精神丢进历史垃圾堆了。当然，凡事总有例
外，社会文明程度不仅取决于生产力发展水平，而且有赖社会
安定和谐程度。一些曾经的世外桃源，眨眼之间成了人间地狱。

是啊，首先发展是硬道理，其次社会必须公平正
义、和谐安定，否则一切都无从谈起。

没想到真遇到知音了。过去我还真小看年轻人了。但愿他
们多一些理性，少一点迷信。

现在的孩子很务实，但也很有思想。十几岁就有
了明确的爱好，不像我们那时候，临考大学了都不知
道自己究竟喜欢什么专业。

我趁机问起才女和燕子："难道她们都没上过大学吗？"

她们没上过大学，但都聪明绝顶，好像被从小安
装了万能芯片。她们做什么都出彩，我常常自惭形秽、
自叹弗如。

你也很出色啊！何必自惭形秽呢？我一面安慰她，一面替
她续上热水。

您这是上好的普洱茶啊！我有口福了。

我说自己孤家寡人，平时经常白开水的干活，这普洱茶还

是多年前石头送给我的。

　　对啊，您送过我，我一直保存着，舍不得用。

"你用吧！我这里还有不少。石头出手阔绰，一送就是几十饼。柜子里的那些酒也是他送的，我不喝，就一直存着，也许已经挥发得差不多了。"

　　看来石先生爱喝洋酒。燕子和才女也是。什么人头马、拉菲红，反正她们是什么贵喝什么。幸好我滴酒不沾，否则早成穷光蛋了。

说到穷，我忽然想起有个同事一直对校外培训机构口诛笔伐。夏琴说理解，"我要是有鸡娃，也会疯的"。

　　混饭吃吧，教育是一块继制造业、房地产和互联网之后的大蛋糕。等这块蛋糕被吞噬了，大家还会一窝蜂地冲向医疗呢。

她倒是说的实话。如今老百姓最舍得为之掏钱的也就是一小一老。宁可房子小一点、自己苦一点，也得抚养孩子、照顾老人啊！

　　可不是吗？劝劝你的小同事，别再螳臂当车了。

我没心没肺地嗯嗯着，但并不苟同她的观点。求同存异吧，哪有事事契合的？生活中自相矛盾的事儿姑且不说，自个儿的嘴巴和牙齿还经常磕碰出血来呢！

　　我给您讲个笑话吧，这是真事儿。有个男生暗恋一个女生。一天上自习课，男生偷偷传了一张小字条给这位心仪的女生，上面写着"其实我注意你很久了"。不一会儿，女生也递过来一张字条，男生心急火燎地打开一看，竟是"拜托你不要告诉老师和我妈，我保证以后不在课上玩游戏了"。

"挺好玩的。看来中小学生玩电子游戏的不少啊！"

何止不少？！很多青少年成了瘾君子，当然不是传统意义上的黄赌毒，而是玩游戏成瘾。戒网瘾成了一个热门行业。

"那你们不管吗？"

家长和正规学校都管不了，我们哪敢管？现在的孩子从小没受过委屈，稍有不顺意就会跳楼呢。我们的口号是专心教书，不管闲事。

"这么说来，过去的棍棒教育还是必要的。所谓棒打出孝子，慈母膝下多败子，从小经受一些委屈还是需要的，当然做父母、老师的不能意气用事。"

哪敢意气用事哦！我们小时候都是父母请求老师严格对待，该打打，该骂骂。现在倒好，父母恨不得把孩子像祖宗一样供起来，捧着怕碎、含着怕化。

我说言归正传吧：我的计划是绑架才女或者朝露，闹出一点动静来，让警方介入。我自然无意为难她们，更不会敲诈勒索。如果成功，那么她们的幕后指使就可能现形。毕竟她们只是棋子，据我所知她们并没有作奸犯科，除非那仨丫头和老白等人都是被她们掳走的。

# 三

朝露和才女一直没有露面，尽管夏琴已经来过好几趟了。
我不忍心牵连她，开始有意外出溜达，而且不带手机。夏琴何
等人也？她碰过几次铁将军把门，就不再到家里来了。我知道
这样冷落她有些残忍。但正所谓长痛不如短痛，早点让她解脱
也许才是正理。

　　您没事吧？最近总见不到您，打电话您又关机。
我很担心呢！

我说不用担心，有事我一定第一时间如实奉告。

　　等有事就晚了！还是让我见见您吧，不会耽误您
太多时间的。要不我请您到对面茶馆坐坐？

我说好吧，我这就去您办公室对面的茶馆。

我叫了出租，但刚上车就接到了流浪汉兄弟的电话。他说
又看到双胞胎姐妹了。真是个好消息！没想到那哥们还挺有职
业道德，居然没把我的事儿当一锤子买卖。

我请司机调转车头，急速驶向才女的璇玑饮吧。

半路上，我给夏琴发了个微信，说明临时改变计划是因为
出来太急，忘了锁门，得回家一趟。然后关掉手机，卸下电池。
我不想让夏琴误会，觉得我跟她耍心眼儿。

　　您来迟了一步，她们刚走。

流浪汉兄弟在饮吧附近拦住了我。我的第一反应是他在逗
我玩儿。他见我有点犹疑，就啧啧地咂起嘴来。

俺不要钱，无功不受禄！

虽然他说"无功不受禄"，但我不能亏待他，便顺手掏出一沓钱来塞在他手里。这时，他怔怔地看着我，感动之情溢于言表。我说没事了，朝他摆摆手，准备回去找夏琴。

流浪汉兄弟再一次拦住我。

您有什么事尽管吩咐，俺闲着也是闲着。就算是让俺杀人放火，俺也在所不辞。

我说千万别这么想！"我既不杀人，也不放火，只是喜欢这对姐妹花，想多看她们一眼。"

这太好办了！俺以后天天在这儿蹲守……

我说好吧，您的饭钱我包了。不过晚上就别蹲守了，您该去哪儿去哪儿吧！

俺晚上也在这儿蹲守，反正睡哪儿都一样。我把桥洞里的破被子拿过来就是了。

我又给了他几百块钱，然后准备招手打车，但忽然觉得不对劲儿。你想啊，全民小康了，怎么能让乞丐存在呢？更何况露宿街头？！这不行！于是，我跟他说："您还是别管我的事儿了，赶紧回老家吧！那点钱正好做路费……"

俺回不去嘞！身份证卖掉了……

他这话引起了我的注意。我仔细打量了一番，发现他的五官有点像老白。难道是老白买了他的身份证？我问他尊姓大名。他说他叫陆富贵。我顿时大惊失色，问他何时卖的身份证。他说是很多年前了。我问他是否记得买身份证的人，他说不知道了。

　　　　*那天他戴着墨镜，围着围巾，看不清……*

　　果真是老白。他居然干出这等事来，难怪遭此报应。呸！呸！呸！什么报应不报应，难道还要像李老拐那样一听见乌鸦叫就呸个没完？

　　"喜鹊叫，运气好；乌鸦叫，晦气到……"李老拐的声音从远方嗡嗡地飞来。我不知道这时候该哭呢，还是该笑，却冥冥之中想起了石头曾经挂在嘴边的一句玩笑：有时候生活就像上厕所，你觉得已经很努力了，但结果只是个屁！

　　从谈吐看，流浪汉兄弟并非胸无点墨，而且不缺情义。我好奇地问他何以落到如此田地，他说了一个字——"懒"，干脆得像童年的可口酥。至于为什么这么懒，他却回答不出来，"可能是天生的吧？"。我说没人天生勤快或者慵懒。我劝他到派出所去补办一个身份证，哪怕是临时的，然后赶紧回老家。他打量着自己，一脸无辜相。我决定先陪他去附近的派出所，他同意了。

　　派出所的同志询问了他的来历，然后给远在陕晋交界的一个乡镇打了电话，很快证实了陆富贵的身份。原来他家有妻室和一双儿女，因为生活窘迫就出来打工，结果吃不了那个苦，一时情急卖掉身份证准备购票回家。当时长途公交无须验明正身。但倒霉的是他刚到车站，却发现钱包早已不翼而飞，终于无颜见江北父老，就选择做了流浪乞丐。

　　待他办好临时身份证，我就近到银行自动取款机取了两万元交到他手里，让他马上回家。

告别陆富贵后，我又转身回到派出所查找假陆富贵的线索。派出所的同志费了老大的劲儿帮我查到了老白的住址，我半天没拦住一辆出租车，只好乖乖地叫了一辆专车。我终于找到了老白的住所。

那是一个联排别墅。老白租了人家的三层顶楼。房子主人那天恰好在家，就带我去了三层。他二话没说推开老白的卧室，指了指后者留在床上的欧体书法：

楼上老人日清醒

天上岂有痴仙人

这显然是老白根据苏轼《寓居合江楼》的两行诗改编的，乍看像是一副对联。他想由此告诉我凡事须懂得放弃。这么说来，他应该还在世上，除非这两句诗是有人逼迫他写下来转移视线的。

# 四

我向房东打听老白的情况。他说老先生平时沉默寡言，前一阵子还被送进了精神病院。"可我觉得他没有病。"根据房东的回忆，"老白去精神病院前已经卖掉了房子，靠存款利息租房过活。由于银行利息越来越低，他只能搬到阁楼上去了。我觉得他孤苦伶仃蛮可怜的。"

我自称是老白的同事，正调查他失踪的原因。征得房东同意后，我翻检了老白的卧室和书房，以及阳台上的临时小厨房。书房很简单，除了两个铁书架，几乎徒有四壁。写字台连抽屉都没有，一看就是宜家板桌。我一本本抽出书来翻检着，却没有发现任何便笺。卧室的床头柜里也有几册枕边书。厕所在卧室一隅，没有门，用布帘子勉强遮着。除了马桶水箱里冰着一瓶可乐，里面找不到任何可疑物品。

老白落魄到这个地步也委实令人心酸。我准备离开老白住处时，天色已晚，房东迟疑地说出了一个秘密。他说有人先我来过，却并非警察。我问他来者是男是女，他说是老白的外甥女，"个子高高的，长得挺漂亮。当时我并不知道老先生出事了"。

怪不得！老白房间里没有笔墨纸砚，床上的那两行诗也许是才女她们有意放在那里的，而且目的只有一个，叫我悬崖勒马、知难而退。

您在哪里呀？我找了您多半天了，手机也一直关着……

我刚开手机，夏琴就来电话了。她一定急坏了。我除了道歉，完全无话可说，毕竟一整天把人家晾在那里，无论如何都有失尊重。因此，道歉是必需的。我回到家里，拿出石头早年送给我的上等陈皮，随即打车朝夏琴所在的方向奔去。

啊哟，您也太客气了吧？俗话说，"一两陈皮一两金，百年陈皮赛黄金"。您这陈皮没有百年，至少也有几十年了！

我说这是典型的顺水人情。旋即，我把多半天的经历一五一十讲给夏琴听。她听后大为震惊，表示未来得步步为营、处处谨慎。

　　　　她们显然已经知道您的意图了。即使不是一清二楚，至少也是八九不离十。兴许比我知道得还要多。

我说随她们去吧，反正横竖贱命一条。

　　　　您可千万别这么说。一眼望去，还有几个像您这样胸怀正义的名士？

"我哪里是胸怀正义哦？要不是被逼到这个份上，我才懒得管她们这些闲事呢！原本我完全可以安安静静做学问，探讨人工智能和基因工程时代的心理问题……"

　　　　是啊！真不知道明天一觉醒来这世界会变成什么样子呢！

除非全世界实现大同主义，否则资本一定会把人类引向万劫不复的歧途。我这么一想，却斜刺里觉得自己有点崇高，也有点勇敢。你想啊，倘使任由大师之类的"教父"横行，那我们不就一夜之间回到奴隶社会了吗？她大师就像上古的巫师，对我等生杀予夺，而我等却毫无还手之力。

我说过，我不想坐以待毙。这就是我的悲剧。老白是否真的醒悟并选择了放弃，我不得而知。我只知道自己开弓没有回头箭，而且注定要一条道走到黑，并最终死无葬身之地。夏琴大概是出于关心，有点心猿意马。她一会儿站起，一会儿坐下，一副六神不安的样子。

我总觉得有大事情要发生，眼皮一直跳个不停。

我安慰她说，眼皮跳多半是因为没休息好。我想起近来许多年轻人固然不相信算命测八字，却热衷于大杂烩式的"玄学"，从看星相，到玩塔罗牌，乃至在网上或通过微信观运势、转好运草、送开心果、授受护身符、组建星座组等等，真可谓不亦乐乎。

您在想啥呢？是不是觉得我太迷信了？

我说："不是的，我在想一个故事，说的是一个爱吃醋的女人嫁给一个爱占卦的男人。一天早晨，男人给自己测了一卦，说他那天有霉运，要破财方可免灾。他琢磨了半天，心想家里除了那只祖传的青花瓷盆，也没啥值钱的东西了。于是，他决定把花盆用网兜装起来挂在房梁下，想看看它究竟如何破法。他坐在房间里，目不转睛地看着慢慢来回旋转的花盆，没想到女人进来了，见他屏气凝神的样子，就顺着他的目光看去。原来他在看花盆上的女人！她顿时气不打一处来，随手拾起地上的扫把，一扫把挥过去，画着八仙过海的青花瓷盆被打了个粉碎。男人一边唉声叹气，觉得瓷盆在劫难逃；一边责怪妻子鲁莽，说干吗打碎瓷盆。女人说我看见上面画着一个女人，打碎了省得你盯着她看。男人说刚才明明看的是铁拐李，怎么变成何仙姑了呢？"

哈哈，好玩！

夏琴痴笑起来，可我却笑不出来。我一直惦记着老白的安危。我对他固然并不十分了解，但相信他不是一个轻言放弃的人，何况他对燕子的那份感情毫不肤浅。

# 五

那天晚上，是夏琴开车把我送回家的。我除了在茶馆吃了几粒坚果，一天没用过正餐。回到家里，我做的第一件事是替自己煮一碗泡面，磕两个鸡蛋。我一边吃泡面，一边打开电视。晚间新闻结束了，我关掉电视，打开手机。这时门铃响了，我在猫眼里看到了夏琴。

不得了，才女被老白绑架了！

真有这事？她说真的，晚报上说的。

璇玑饮吧女经理遭人绑架！

的确如此。晚报头版通栏标题赫然写着才女于今天凌晨在饮吧门口遭不明罪犯绑架，现下落不明。

一石激起千层浪，除了老白没人会绑架才女！

我钦佩夏琴的判断力，同时觉得老白这么做一定也是蓄谋已久。问题是他把才女掳哪儿去了呢？他又是如何掳走才女的呢？以他一己之力万难做到的呀！

您说得对，他肯定有同伙。

肯定有帮手！问题是又有谁会冒这么大的风险去帮他呢？从来没听说过他有这么铁的亲友啊？看来情况有些复杂，而且复杂的程度可能超乎我的想象。

夏琴倒是偷着乐，心想这下有好戏看了，却用不着我们出手了。但我并不这么看。也许老白这么一来打乱了我的计划，使我再无下手的机会。或者他只是为了查清燕子的下落，甚至拿才女做替代品。最麻烦的是他一旦对才女不敬，那么大师一定会让他死得很惨。毕竟他既没石头的利用价值，又没我们的契阔之谊。

鉴于情况复杂，夏琴决定留下来陪我。我其实并不领情，但碍于面子或内心的情感纠结，还是没敢扫她的兴。我们泡了一壶普洱茶，一边在手机上搜索着新的消息，一边天南海北不着边际地聊着。到了后半夜，夏琴有些明显睁不开眼睛了，却依然强打着精神。我劝她去客房睡觉，她硬是不肯。为了让自己保持清醒，她站起身来，走到墙角上做了一套健身操。

一直熬到清晨，绑架事件依然没有新的突破。

早上，夏琴下厨给我和她自己各煎了一个鸡蛋，然后热了两杯牛奶和几片面包。我帮着洗了一点水果。我们坐在餐桌上用早点。这样的情景已经很多年没有出现在我眼前了。

她用略带血丝的大眼睛看着我。我让她吃完早饭赶紧回家休息一下。她摇摇头说："要歇就在您这儿歇！"我暗自思忖，古人说得是啊，请神容易送神难，现在可如何是好？关键是我自己对她有了依恋！

您怕我非礼吗？咯咯咯……放心吧，我不喜欢性！

我用充血的眼睛瞪着她，并表示我不是那个意思。人到了一定岁数，睡眠不需要太多，但不能没有。睡眠不足会头晕，甚至头疼。她说困了随便哪儿都睡得香，坐着，甚至站着都能睡着。

也不知道老白跟才女怎么样了。但愿不要节外生枝！您说老白他不是为了钱吧？

我摇摇头。我知道老白绑架才女绝对不是为了钱。他有退休金，而且银行里还存着几百万，生活、养老都不成问题。再说他并无特殊嗜好，也没有家庭负担，要钱做什么？

既如此，我们就不用担心了。也许他只是为了教训才女她们，或者把才女当成燕子保护起来了。

我说不会，他早就认识才女，想教训或者报复一下也不必等到今天。我担心的是他另有诉求，比如想知道燕子死亡的真相，或者……我不敢继续想下去了。如果他和我一样剑指大师，后果就益发严重了。问题是我从未听他提起过大师，也许他压根儿不知道大师的存在，也许他这是在投石问路，也许没有也许。

# 第九章

绑架案在媒体上传得沸沸扬扬。自从上世纪末最后一批人贩子落网，时隔二十余年，本市一直无绑架案发生。这还是新世纪第一次，而且是在疫情期间。种种迹象表明，此次绑架案事出有因，却查无实据。罪犯既未勒索，又无撕票迹象，却硬是将一纸告示折成飞机射入饮吧，以正视听。

才女在我手里，我的要求很简单：取缔邪教！

原来老白是想还社会一个清朗！看来他一生的宗教研究没白做。我得对他刮目相看了。

真没想到，老白居然是个血性汉子！我以前小看他了。

夏琴也这么说。问题的关键在于如何收场。我迫切想知道老白现在何处，为此我专程到公安部门打听。公安同志的回答充满了外交辞令：案情正在调查，细节无可奉告。

也是，我作为普通公民没有资格打探消息，何况有关部门并不知道罪犯是谁、有何动机。

———

夏琴这几天一直住在寒舍。她买菜做饭样样争先，叫我很不自在。一个人过习惯了，难免染上一些生活痼癖，譬如吃饭不那么讲究，起居也很随意。可夏琴不一样，她虽然一直独自生活，却总是把日子打理得有条不紊，其利落程度就像她嘴里的虎妈，尽管是和蔼、温柔的那种。我因此怀疑她是否真的一直单身。兴许女性都有慈母的一面。用她的话说，"不说学习母慈子孝，一说学习鸡飞狗跳"。

因为生活的缘故，加之本质如是，人性就是这么多面和复杂。这也是心理学赖以存在的理由。然而，学术与现实就像一对冤家夫妻，吵吵闹闹、分分合合，却终究量子纠缠般萦绕在一起。这不仅体现在本人的心理学，而且十分贴合老白的宗教学。

老白的反侦查能力很强。他早早地买了假身份证，还始终不用智能手机，即或那台老掉牙的诺基亚也经常处于关机状态。我和夏琴鉴于无法追寻他的踪迹，就只好傻傻地等待。就像我这辈子大多数时候一样，除了等待还是等待。我等待女儿，等待大师，等待朝露，等待才女，等待老白……

老白应该是安全的，才女也不会受到伤害。哪天老白腻烦了，释放了才女，这一切也就终结了。

夏琴在不停地安慰我。但我担心的不是老白和才女的安全，而是大师的下一着棋。自从成为万人膜拜的大师，她翠花早已丧失了良知，不知道做了多少谋财害命的事情。就说石头吧，即使燕子对他的伤害有意外成分，但大师从石头那儿取走的可是价值两亿的真金白银。我想不出这世上还有谁比她更心黑、更能敛财，哪怕算上那些盆满钵满的贪官。何况贪官总有被绳之以法的时候，唯独她大师无法无天，成了彻头彻尾的方外之人，却又分明主宰着我等世俗人等。

您说这事儿会怎么收场？

我也说不准，要看老白怎么跟她们斗法。我问夏琴能否定位到老白。她说早就试过了，他根本没带手机，才女的手机也一直在饮吧躺着。"饮吧早就报警了，估计现在她的手机已经在警方手里。不出意外的话，警察可以调出她之前的所有联系对象，包括您和我。"

　　她在"您和我"上加重了语气。这我可以想见，便吩咐夏琴，一旦受到牵连或质询，一定在警察面前实话实说，除却我们没能实施的计划。

　　要说才女从小锦衣玉食，在老白手里肯定会吃一点苦头。至于老白能扣留她多久，则要看警方和大师如何处置。迄今为止，除了警方在加紧侦破，没有任何迹象证明大师已经出手。或许正因为警方在努力侦破，大师暂时无须出手。为密切跟踪绑架案的进展，我给朝露拨过电话，被告知关机后又给她发过微信，却一直没有回音。夏琴负责追踪有关新闻。

　　这样僵持了一周，老白和才女依然没有被找到，其间我和夏琴主动到公安局录了口供，表示我们认识才女，而且与绑架案的嫌疑人也有过交往。夏琴说她除了有一次受骗上当去公安局报过警，这还是第一次录口供，觉得正义感满满的。她的确是出于公心，尽管才女视她为闺蜜，并确曾有同事之谊。

　　我的心情自然较夏琴复杂得多，不说爱恨情仇，至少也是五味杂陈。老实说，我宁愿亲自实施这起绑架，也不要眼睁睁地看着老白抢占先机。这种吃瓜群众似的袖手旁观让我觉得非常无能为力，甚至窝囊屈辱。虽然我对老白刚愎自用的性格早有见识，却真没想到他会铤而走险。随着时间的推移，我对他从感佩滑向了忌恨。夏琴见我郁郁寡欢，总能找到安慰的方式。她捡起石头的"本行"，给我讲起笑话来。

　　从前有一个孩子，他学习成绩不好。一天，父亲
见他又考了个不及格，就对太太说："你儿子真笨！"
孩子听见后愤怒地掉了过去："你儿子才笨呢！"

我哪里笑得出来，但出于礼貌还得强颜欢笑。

夏琴见我干笑着，就让我也来一个，以示公平。于是，我也只好雅谑一则。话说学校有位思哲课教授，他告诫同学，思想工作须从小事做起。"勿以善小而不为，勿以恶小而为之。"日常生活中，我们都会遇到尴尬之事，比方说你看到女孩儿裤子后面要紧部位粘了一片纸屑，最好说："同学，你后背有纸屑。"这时，坐在前排的一名女同学连忙举手对教授说："老师，您领带的拉链儿开了！"

夏琴听后果然笑得开心，一扫连日笼罩在眉宇间的阴霾。这就好比喜剧、小品，总能在须臾之间给人以忘却或麻痹的愉悦。

不过忘却和麻痹总是暂时的，我们不得不面对现实。在绑架案尘埃落定之前，我无法让自己放飞心情。网上关于绑架案的消息愈来愈多，而且弗协调逻辑和司各脱法则、过度阐释和夸夸其谈充斥一时。

　　看来老白带着才女躲到深山老林去了，害得到处
都是自相矛盾的妄加评论。

问题是到深山老林吃什么？除非老白早有绸缪，就像美国佬的末日地堡，否则躲得过初一，躲不过十五。

怕只怕他一时冲动，没有早作准备。

不像。据我观察，老白行事稳重，而且终究周旋了十几二十年，之前还吃过一堑、进过精神病院，应该不至于莽撞从事。

## 二

案发第十天，夏琴要回培训机构处理事务，还要顺便去医院复查，我请她带我绕道璇玑饮吧看看。汽车行驶至饮吧附近时，我们发现远远停着一辆警车。我们缓慢驶过，饮吧依然有人进出，看来是在照常营业。夏琴为了规避前方拥堵，在十字路口掉了头。就在我们再次路过饮吧时，我看到了陆富贵。他虽然换了一身衣服，而且戴着太阳帽，但蓬乱的头发还是马鬃似的披在肩上。我请夏琴在路边停下，然后下车折回饮吧附近流浪汉兄弟所在的位置。他也看见我了，似想拔腿溜走，却显然晚了一步。我拦住了他，问他缘何没走。他支支吾吾，推说想继续替我看着那对双胞胎。我自然不信。我把他叫到一个安全的地方，问他是不是参与了绑架事件。他矢口否认，但目光游离、神情恍惚。我叫他莫怕，并说他所助之人也是我的朋友。他扭头四顾后依然守口如瓶。

我请他到附近一家川菜馆吃午饭。我选了角落里的一张餐桌请他坐下，并开始点菜。

　　我对不住您！

　　他惭愧地低着头，用手指拨弄着我送他的一台旧手机。我一边安慰他，一边点菜，并用余光注视着他，发现他目前所用并非我送的华为手机，而是一台旧三星。

　　我仔细看着这台手机，总觉得似曾相识。果然，我想起来了，它是老白的，尽管他后来所用的是老掉牙的诺基亚。

　　这是我捡来的……

　　陆富贵一点都不傻。他知道我在盯着他的手机看，就欲盖弥彰。我说他不必解释。他苦笑着。

　　其实……您知道我不是有意骗您，所以才多此一举。

　　我说知道，这手机我认识，是老白的。他瞪大眼睛看着我。

　　原来您真的认识他？怪我多此一举……

　　我说不仅认识，而且知道是他绑架了饮吧的双胞胎姐妹。

　　不是两个，只有一个！

　　陆富贵一言既出，后悔莫及。我安慰他，叫他千万别担心。

　　我知道您是个大好人，我一直寻思着怎么报答您，可白先生也是我的恩人，我不能有负于他。这些年都是他在接济我，不然我早就没命了。

　　我说既然如此，何不把实情全都告诉我，也好让我设法帮助老白。他犹豫片刻后一五一十诉说开了。他说老白也一直让他盯着饮吧，尤其是注意早晚人稀车少时她们姐妹进出的规律。"前些日子，一直在饮吧工作的那个姑娘天天清早就来，白先生便让我帮他一起把她劫了。"

"后来呢？"他说后来老白开着车把那姑娘带走了。我说她就那么顺从，没有任何反抗吗？他说当然有啦，她想喊叫，可被老白用胶带缠住了嘴巴……

　　　白先生事先准备了麻袋、绳索、胶带和车辆。我俩费了洪荒之力才好不容易把她捆住。

"再后来呢？"

　　　再后来我就不知道了。白先生叫我在这儿蹲守，他自己带着那个姑娘远走高飞了。

我问他有没有老白的联系方式。他拨浪鼓似的摇着头，死活不肯漏口风。我好一番软磨硬泡，并用金钱诱惑，他硬是没有松口。

　　　这不是钱不钱的问题。做人得守信……

我说你已经泄露秘密了。如果我是坏人，单凭这些就可以送你去公安局。警察正在四处调查。"瞧见那辆警车没？它就是为这事儿来的。待这儿好几天了吧？"

陆富贵透过窗户看了一眼远处停泊的那辆警车，下意识擦了擦手心。

　　　这样吧，我给白先生打电话，您在旁边听着……

我说没问题，我需要知道他们是否安全。

陆富贵不停地拨打电话，但得到的回音是对方不在服务区。看来老白真的躲进了深山老林。好在我以惊人的记忆力在脑海里刻下了陆富贵所拨的号码。这要感谢他那不太熟练的拨号过程。

我谢过陆富贵，并且表示一定严守秘密。陆富贵惴惴不安地朝我挥挥手，我顺势掏出一沓钱来塞到他手里。他推托再三后还是收下了。我嘱咐他千万小心，最好离饮吧远一点，以免引起警察的注意。

三

为保险起见，我并没有把遇见陆富贵的事儿告诉夏琴，尽管这使我多少受到了良心的谴责。作为自我安慰，我找到了冠冕堂皇的理由：不到万不得已，尽量不要把夏琴牵扯进来。

夏琴处理完培训机构的事务后，并没有去医院复查，而是一直在茶馆等我。

您还没吃中饭吧？要不要给您叫一份馄饨面？这家茶馆的馄饨面不错。

我说不用了，却不知她是否用过午餐。她回说还没有。我说那就给你自己要一碗馄饨面吧。

夏琴果然给自己叫了一碗。在她等馄饨面的同时，我搪塞一番，说在饮吧斜对面的小餐馆观察情况，顺便吃了一屉小笼包子。我吃小笼包子倒是事实，却给陆富贵点了一份炒米饭和一盘酱腔骨、一盘木樨肉、一碗西红柿鸡蛋汤。他风卷残云般吃掉了一多半饭菜。

那我就放心了。我一直担心您自投罗网呢！

我说不至于，何况事实上我也没有参与这起绑架。

话虽这么说，还是小心为好！毕竟绑架不是小罪，可判处有期徒刑十年以上。即使才女平安获释，而且是老白主动释放、当事人不予起诉，他也难以免受处罚。

我知道兹事体大，但老白一定是权衡再三才出此下策的。他本可以颐养天年，安度有生时光，不是情非得已，一定不会孤注一掷。据我所知，他与才女、朝露并无深仇大恨，出此下策一定是另有隐情。

我们不妨推演一下。究竟是什么原因促使老白走出了这一步？

"我想无非或人或财。人有他一度心仪的燕子，那么财呢？他的那点财产显然不足以引发什么致命的问题，而且据他的房东所言，他平素靠银行利息和退休金生活。这说明他并未落魄潦倒，也没有发生什么了不起的财产纠纷。"

那就是为人。他喜欢燕子，因此爱屋及乌……

"不会。如果他爱屋及乌，完全可以光明正大地追求才女，没必要采取这种极端方式。除非……"

除非才女拒绝了他！

"我是说除非另有隐情。"我怀疑老白知道了大师的存在，要替法行道。当然这不能告诉夏琴，况且这也只是我的一种揣测，完全不足为凭。

茶馆伙计敲门进来，他端来了一碗馄饨面，特意强调是纯手工制作，放下后旋即离开并带上了房门。

夏琴真是饿了，端起碗来吃上了。看着她这本色的样子，我不禁浮想联翩。当初翠花也是这样吃饭的，那叫一个香！

那时候我们风华正茂，胃口正好，吃嘛嘛香。地上跑的，天上飞的，水中游的，逮着什么吃什么，而且什么都好吃。当然，吃得最多的还是红薯，一顿吃一筐；而且食多屎多，周而复始……

想着想着，我扑哧一声笑了。

您笑啥呢？笑我吃面吗？

我说不是。

什么好笑的故事，讲给我听听嘛！

我说现在不能说，至少得等你吃完了再说。夏琴立马放下筷子说自己已经吃好了。我被逼无奈，只好实话实说，那便是岳队长当时的一句："没有臭，哪儿来的香？"

说得很有道理啊！辩证得很呢！

我知道她理解的仅仅是一般意义上的香臭关系，譬如美丑。她哪里知道农村粪池的厉害！不过听说城镇化和新农村建设已经把露天粪池改造成公共厕所了。牛粪猪粪被很好地加工处理成各种无臭有机肥了。为防范禽流感，鸡、鸭、鹅也都进了养殖场，溪边河中、田间地头的散兵游勇罕见得很喽！

夏琴对这些自然是一无所知。不光是她，即或出生在农村的70后、80后、90后、00后也大都五谷不分、粟麦不辨了。"没吃过猪肉，还没见过猪跑吗？"这句俗话该反着说了。

　　有新消息！这儿说绑架者提要求了：如果才女的
幕后老板不现身，他就要撕票了。

　　这无异于晴天霹雳！我不敢相信这条信息的可靠性。但从
内容上看，它的确符合老白的企图。他对燕子的死一直耿耿于
怀，认为她只是别人的一枚棋子。依此类推，才女在他心目中
也应该只是一枚棋子。他又怎么忍心撕票呢？退一万步说，以
才女的智商也绝对不会坐以待毙。她完全可以设法逃脱，甚至
反败为胜。

　　您分析得对。才女练过柔道，老白断然不是她的
对手，除非他有帮手，而且须得是出其不意的偷袭。


四


　　那天我们在茶馆聊了一个下午。傍晚，夏琴依旧坚持要送
我回家。我知道她放心不下，而且喜欢我俩"既亲密无间，又井
水不犯河水"的状态。

　　这样真好！是我一直想要的生活……

　　我曾经吓唬她说："你居然敢来！就不怕我对你不利吗？"
她笑眯眯地回应道："您居然敢留我，就不怕我非礼您吗？"

　　我知道这种打情骂俏很危险，就再不敢造次了。

　　夏琴自然知道个中奥妙。她兴高采烈地游走于培训机构和
我家之间，就像一个清醒的梦游者或不速之客。

兴许因为人本来就是群居动物，孤独总是撮合人际关系的最好借口，男女、同事、亲戚、朋友概莫能外。反之，疏离亲友和伴侣也就必然导致孤独。我大概内心接受了与夏琴的这种清清楚楚又不清不楚的关系。它就像机械中的润滑剂；或者五彩颜料，对单调的生活起到了印象画似的点彩作用，而且还有必要的留白。

您晚上想吃啥，我来做。

我说不用了，"在楼下随便吃一点或者回家煮两碗燕麦吧"。

也好，省得在外面浪费时间。

其实在家里又何尝不是浪费时间？现在老白和才女不知下落，朝露也杳无音信，应该是大师出手的时候了。当然，她信徒众多，未必需要亲自出手。但这次她或她们在明处，老白在暗处，最终鹿死谁手还真不好说呢！

转眼的工夫，夏琴已经泊好了车。我俩下车后径直上楼回家。

"回家"这词儿好不别扭！我心里犯着嘀咕。可夏琴却没事儿人似的，大大方方地进了屋，把脱掉的丝绒大衣往沙发上一撂，就去厨房准备晚饭了。

原来生活还可以是这样的。我好奇地打量着她的背影，婀娜的身姿充满了性感。

她冷不丁回眸一瞥，恰好遭遇了我的目光。也许她有预感，也许纯属偶然，但四目相对所产生的化学反应让我吃了一惊。我觉得自己像个胆小鬼，一个连爱的勇气都没有的胆小鬼！在一般人眼里，我等不就是一些蝇营狗苟之辈吗？明明可以光明正大地爱恨情仇，却总要畏畏缩缩地凄惨悲戚，简直是装腔作势、无病呻吟、自寻烦恼、乱七八糟！呜呼！

　　您觉得我漂亮吗？

　　我点了点头。

　　那就好！别碍您法眼我就心满意足了……

　　倘使，我是说倘使夏琴是我女友，又当如何？我立刻否定了这种假设，因为它就像芝诺悖论，是一种否定结果的玄想。心理学管这种玄想叫斯德哥尔摩效应，或者人质情结，尽管于我目前的状态还只是一种轻微的症候。

　　这就是学者的毛病。凡事一旦上升到学术高度，也就没有快乐可言了。犹如一个儿童把乒乓球或别的运动当作一种玩耍，它便其乐无穷；但一旦被强迫训练或者成为专业，它也就毫无乐趣可言了。文学、艺术，莫不如此。

　　夏琴熟练地煮好了燕麦粥，还温了两个咸鸭蛋。我们坐在餐桌旁认真地吃着热气腾腾的晚餐，同时打开电视倾听新闻。她说她已经有年头没听《新闻联播》了。

　　出于职业的敏感，夏琴对教育和文化颇感兴趣，而我更关心国际形势，当然还有更为紧迫的绑架案。

　　当夜无事。我说这几天都没休息好，不如早点睡觉。夏琴表示赞同。于是我们互道晚安，进了各自房间，然后洗漱上床。

　　约莫到了半夜，我起夜时看到夏琴房间的些微灯光从门缝泄漏出来，并在加湿器的作用下氤氲如烟。我好奇地屏息凝听，发现她在轻声念书；由于声音太轻，具体内容却听不清楚。虽然我们的房间隔着客厅和一个洗手池，洗手池两边各有一扇门，门背后一边是浴缸，一边是淋浴池，但透过门缝可以窥见从对方房门缝隙渗出的刀削般的光亮。

您还没睡吗？

我说已经睡了一觉。这时，我忽然有一种冲动，希望她叫我进去，哪怕聊聊天也好。

那您再好好睡一觉吧！我也睡了。晚安！

我悻悻地回了声"晚安"，然后反身回到床上，却翻来覆去再也睡不着了。与夏琴的关系使我想起了当初与翠花的暧昧。我们就像大千世界熙攘人群中的浮浪者，漂游在各自的精神时空，彼此的心流无法接近、难以交融；至少我不知道夏琴的真实思想，她也未必知道我的内心企图。她之所以委曲求全寄居在我这里，则多半是为了阻止我做出老白那样的傻事。

# 五

夏琴说警方正在大范围搜索人质。他们根据摄像头找到了嫌疑人出城的方向。在一次例行的记者会上，发言人就绑架案作了如下阐述：

鉴于案情复杂，且嫌疑犯并未索要财物，我们对有关情况进行了研判，决定扩大搜索范围，以期早日破案，相关细节无可奉告。

以目前的技术和大量警犬的介入，老白断无逃脱的可能。即或他主动释放才女，侥幸逃过暂时的追捕，也难以真正逍遥法外。

我和夏琴一直相安无事，保持着适当的距离。不过，有一天不知是出于爱怜还是无聊，我忽然对她说："假如，假如你愿意，或许我们可以试试……"

她故意装傻，并岔开了话题。

你懂的！

我说我不懂，既然她没兴趣。我心想老也老了，多一事不如少一事，于是给她讲了两个笑话。第一个说的是有个年轻人晚上去公园散步，看见一位大爷在那里低头找东西。年轻人上前问道："大爷，您找啥呢？"大爷说："刚才我掉了一块黏糕糖。"年轻人说："掉了就别要了！"大爷说："不行啊，我的假牙还粘在上面呢！"

第二个说的是一对老夫妇到民政局办离婚，老头儿一瘸一拐，跟着年轻得像女儿似的老伴上了楼梯。俩人不停地吵吵，起因是老头儿如厕总忘了冲厕所；老伴急了，说这样屡教不改没法过日子，只能离婚。老头儿说离婚后没处去，还得跟她住一起；老伴说住一起没问题，但厕所归她，让老头儿去外边的干活。老头儿只好答应。于是，俩人办了离婚手续。刚拿到离婚证，老头儿说，得赶紧回家，他要上厕所。老伴赶紧搀着他往回走……

夏琴讥笑着，知道我的言下之意。

我也给您说一个。有位大爷推着坐在轮椅上的大娘，一起在花园里遛弯，人们禁不住夸奖大爷，说他们这才叫不离不弃、相濡以沫。忽然，大爷嚷嚷说，我累了，你别总坐着，起来推我玩会儿。

她说罢咯咯嘎嘎地笑个不停。这时，朝露打来电话，询问我是否知道才女的情况。

我最近一直在闭关，刚回来就听说姐姐被人绑架了。真是急死人了！

我说我也着急，只恨爱莫能助。我建议她到公安部门去打听一下，作为亲人她有权知道有关细节。

朝露说她已经去过公安局了，也知道夏琴和我一直在帮忙斡旋，只怕时间一天天过去，才女会有生命危险。我劝她别担心，但一言既出，就开始有些后悔。我凭什么让她不要担心呢？

夏琴姐姐一直关机。我也联系不到她，听说她也在帮忙寻找。

我说是的，关键得知道绑架者的真实意图。

他们口口声声要找姐姐的后台老板。我姐哪有什么后台老板？她只是个做小本生意的，偶尔帮我客串一下，不像我，有师尊庇佑。

这话明显有试探性质。也许朝露在怀疑我。我何不将计就计呢？于是我说才女人身安全要紧，不如请大师出手相救。她说师尊一直在闭关修行，不能被闲杂事等打扰。

还是我来想办法吧！

听她的口气似乎又颇为笃定。难道她已经有了线索？为避免不必要的麻烦，我又找到陆富贵，请他赶紧叫老白放人，否则后果不堪设想。夏琴见我行踪诡秘，已经猜出个大概了。她劝我尽量别牵涉其中、受人连累，毕竟绑架不是小罪。

我知道她的好意，但也担心老白和才女的安全。既然大师可以舍车保帅，那么她也完全有可能不顾才女的死活。是以，我请求与朝露一见。她立刻答应了。

当天傍晚，我请夏琴驱车把我送到朝露的约定地点：璇玑饮吧。

我并且临时决定让夏琴一起去见朝露。

终于又见到您了。这位是夏琴姐姐吧？

朝露像主人一样照拂我们，将我们让进一个静谧的包房。茶具和开水已经就绪，朝露亲自替我们泡茶。

我问警方有没有透露绑架者的去向，譬如大致方向。她说有，是往西北方向走的，但警方对西北方圆十多公里进行了搜索，结果却一无所获，准备联系周边省市警力，以便进一步扩大搜寻范围。

她的话触发了我的想象。我忽然有一种醍醐灌顶的顿悟：难道老白带才女去了那里？

夏琴果然冰雪聪明，她岔开话题，对朝露嘘寒问暖，还说事情总会解决的，以才女的身手和智慧，罪犯奈何不了她。

托您吉言，但愿如此！

我已经无心继续喝茶闲聊，就对她俩说家母正等着我的电话，我去去就来。我出门就卸了手机电池，然后叫了一辆出租车。

第十章

　　我请司机径直朝西北方向行驶。司机不明就里，我说着急出一趟城，这车我包租一晚，价钱按双倍算。司机很开心，就一路聊着国际国内形势。

　　约莫两个半小时后，车子驶进了山坳。我给司机押了五百元，请他在山脚下等我。司机旁顾四周，但见一片荒野，心里有点犯嘀咕。我宽慰他说我去去就回。

　　我将电池装进手机，开灯进入丛林小道。没走多远，便听见前面有窸窸窣窣的脚步声。我高声喊叫着："老白，是我！老白，是我呀！"

　　你来干吗？赶紧回去！

　　果然是老白，他把自己裹得严严实实，只露出两只眼睛，但终究是鸠占鹊巢，用我的秘密巢穴窝藏了被他绑架的才女。

　　我说既然来了，怎么也得听你说个明白。

　　你很明白，不然怎么会连夜到这里来？

　　我说得跟他好好聊聊，劝他别把事情做绝了。他说如果他不下手，"下手的就是你！你以为我不知道啊！"。

一

　　我和老白隔空对话，终于慢慢动摇了他的决心。作为不是同谋的同谋，他找到了一个最好的台阶，于是顺坡下驴，决定把才女交给我。我知道他已经山穷水尽，再也维持不了几天。毕竟这山上小屋一无电、二无水，即使他绸缪已久，也藏不了几多食物。眼下警方穷追不舍，大师置若罔闻，他老白不放弃又能如何？

才女见到我时，完全没有劫后逢生的惊喜。她笑嘻嘻地和我拥抱了一下，然后若无其事地朝老白摆摆手。

> 我可不是大姑娘上花轿半推半就嘛！这山上很安
> 静，空气很清新……谢啦！

她感慨着，并不时地斜睨着我。我请她无论如何别告发老白，"他那是一时糊涂，事过就后悔不已，于是让我来接你下山"。她说放心吧，一场误会。"就当是他请我来度假了！"

她能这样想真好！至少老白暂时不会有危险了。

> 唯一的麻烦是没法洗澡……

不过她身上并没有异味，倒是西瓜香更浓了。

出租车司机一路上再没话说。才女却喋喋不休地诉说着山上的生活如何新奇。"端的是清早高飞尽，孤云独去闲；晚来逐前侣，众鸟归栖林……"

我关心她这些天的饮食起居，她说一切很好。就这么简明坦然！

于是，我盘算着如何向警方和舆论交代。才女居然直接来了个"私奔"。

> 我就说与人私奔了，结果发现遇人不淑，就请您
> 把我接回来了哈！您现在就给朝露发个信息，让她给
> 您拨个电话，反正我们姐妹俩长得一模一样……

就这么简单？警方能信吗？"不信又如何？"也是，不信又

如何？人身安全，喜莫大焉，别人估计也就无话可说了。

夏琴怎么样？她吓坏了吧？

"可不？她吓得天天往我那儿跑……"

那太好了！你们有没有过电啊？哈哈……

她还有心思开玩笑，可见老白当真没有难为她。

夏琴很好的，温柔体贴，而且入得厅堂、下得厨
房，是个贤内助……

我示意她赶紧打住。我说一个人过惯了，就像山野匹夫，
不适应现代社会了。

这有什么难的？又不是卖身，试试嘛！我过去的
那些劝诫完全是欲擒故纵。

我叫她赶紧关心一下自己。可她说自己打小抱定独身主
义，既做女人，也做男人；既是妻子，也是丈夫，双性同体……
现如今人人都在愤世嫉俗，但又人人都在同流合污。有家庭，
有子女，难免不是如此，倒不如一个人来得干净。

也有道理，即使自己想洁身自好，一旦遇到家人，尤其是
遇到孩子问题，你难免不随波逐流、从众而为，就像夏琴身边
的万千家长。

我弱弱地问一句：你们同居了吗？

我连忙否认，同时想到夏琴一定着急了。我立刻给夏琴和
朝露打电话，告诉她们才女已经找到。

果不其然，夏琴一夜未睡。她和朝露一直守在饮吧，听到
这个好消息也便释然了。我吩咐司机直接回饮吧，以便与夏琴

和朝露会合。

## 二

到达饮吧后，我又亲自给警方打了电话。没过多久，来了两名警察。他们分别给我和才女录了口供。由于已届凌晨，警察叫我们白天再抽时间到公安局去一趟。绑架案既已告破，一切尘埃落定，此处不赘。

姐姐你还好吧？你吓死我了！

朝露左一个姐姐、右一个姐姐，好不亲热！我想这也许才是她们的真情流露。夏琴也一个劲儿地拥抱才女，说没有才女，自己也不活了。

才女一回来，饮吧就热闹了。除了麾下员工忙前忙后，还冷不丁来了一些记者。他们聚集在饮吧门口，要求采访才女。员工们将记者挡在门外，宣称总经理已经回家休息，有关情况当由警方奉告。

有鉴于此，我们也只好躲在饮吧等待天明。

夏琴一时兴起，讲起了笑话。

有位大妈乘公交，见前面的女孩儿用臀部在刷卡机上蹭了一下，也活学活用，转身去蹭刷卡机。司机觉得好笑："您这是干吗？赶紧刷卡吧！"大妈急了："凭什么女孩儿可以刷臀，我非得刷卡呢？"司机哭笑不得，说人家裤袋里有卡，已经刷过了。大妈更急了：

"她裤袋里有没有卡你怎么知道？"司机一时语塞，最后只能说："您进去吧，甭刷了！"

夏琴讲笑话有木棒的本事。随着心情的平复，才女忽然向我提出一个异常严肃的问题："您是怎么知道我被老白绑架的？又怎么知道我被困在山里？"我一时不知该如何回答，只好用外交辞令打发她："无可奉告！"

才女笑了笑，随后一字一顿地说：

> 我想那房子原是您的，只不过被老白擅自挪为己用了，不然您没有理由找到那儿的。您说我分析得对不？

我不得不表示叹服。这才女就是与众不同，她不仅可以原谅老白，而且看得出我与此事的这一层干系。所谓天外有天，人外有人，不由得你不佩服大师及其麾下或者后人的异禀。

> 不过我还是要谢谢您！

我说那是急中生智、误打误撞，而且花了足足两周的时间。因此，我很对不住夏琴和朝露，一定让她们额外担心了一把。

> 是啊！我跟朝露以为您也被绑架了呢！

夏琴的嗔怪让才女会心一笑。

> 那二位赶紧回家歇息吧！我无非是癞蛤蟆钻袖子有惊无险，晚上就跟朝露在这儿榻上休息了。

顺着才女的目光，我看见包间一角确有两张贵妃榻。于是，我请夏琴顺道送一程，同时对才女说，她那是诸葛亮草船借箭心中有数。

夏琴，陪先生好好歇会儿。

才女一边咯咯地怪笑着，一边狡黠地朝夏琴使了个眼色。夏琴佯装没看见，就陪我一起下了楼、出了饮吧。我关心的是下一步才女和朝露会做什么。夏琴见我陷入沉思，就噤声开车，直至抵达停车场。下得车来，凭借明亮的灯光，我们发现车顶上粘着一块口香糖。夏琴重新打开车门，从车里抽好几张湿纸巾将它抠下，却留下了更大的污斑。我叫她别担心，回头用几滴风油精就可以去掉。我心不在焉地说着，她却正心疼她的香车，同时若有所思地说：

您在想她们姊妹接下来会做什么吗？

我说是的。她说不必担心，既然才女平安回来了，她们应该不会再追究。倒是老白接下来还得多加小心，万一警方和媒体秋后算账……这也是我所担心的。但关键在于才女是否真的原谅老白。

这一点您倒无须担忧，以才女的能耐，要反制老白易如反掌。既然她明确表示不予追究，就不会出尔反尔。

回到家里，我长吁了一口气。夏琴很是温馨地从背后拥抱了我。待她松开臂膀，我转过身去回拥了她。她睁大眼睛，一副惊诧的神情。我笑说她眼睛真大。她说是啊，大得能装下整个世界，却装不下两滴眼泪。我说天快亮了，我们赶紧休息一下。于是，我们又互道早安，进了各自的卧室。

少顷，我正迷糊着，听见夏琴轻轻地敲了敲门。我以为她叫我起床呢，就直接欠起身来，说了个请进。她说不进了，"我是问您饿不饿"。我本能地回说不饿，心想困得很，哪顾得上肚子？

那您再歇会儿，我去去就回。

这时我看了看表，已经是中午十二点了。自绑架案发生后，我重新开始有了戴手表的习惯。其实这样挺好：手机一关，世界复归清净！

## 三

你一定在想，总得发生点什么。我又何尝没这么想过？但俗话说得好，事非经过不知难，一俟真有事情发生了，生活大抵会失去平衡。通常所说的好死不如赖活着，正是这个理儿。虽然我不知道接下来会发生什么，但经过老白这出闹剧，心已然凉了半截。俗话说得好，"两军交战，先斩侦探"；老白恐怕是凶多吉少。反之，倘使绑架才女的是我，而非老白，结局就更不好说了。如果再把夏琴牵涉进来，那我罪莫大焉！关键是大师根本不会现身。从这个意义上说，才女、朝露、燕子等等，在她心里或许根本算不得什么。或许她还有许多个才女、朝露、燕子也未可知。既然燕子可以"死而复生"，小朝和小露可以"合二为一"，那么她大师还有什么做不到的呢？譬如孙悟空，拔根毫毛就是一个孙猴子，莫非她也具备了这等本领？

我躺在床上，迷迷糊糊地这么想着，夏琴已经回来了。

既然她回来了，我也该起床了。

您怎么不多睡会儿？

我说差不多了。夏琴去了公司，还顺便买了些吃的回来。我说已经两点多了，那就中晚饭合一起吧。

因为疫情，一群原本在国际学校学习的孩子来培训机构补习体制内课程了。一颗红心，两手准备，哈哈，这是不是您那个时代的口号？

"是我那个时代的口号。不过体制内、体制外这种说法有问题，既然都在中国，那么无论国营私营都是体制内的产物。"

哇噻，您这话多有水平！我怎么没想到呢？

"因为你还年轻，不像我，从小耳濡目染，惯看秋月春风、河东河西，就连做梦都知道里面藏着几分真相，仿佛英国诗人柯尔律治的玄想：如果你梦见自己去了天堂，并从天使手中接过一枝玫瑰，当你幡然醒来时，那玫瑰就在手里……"

那又当如何？还会变回去吗？

"应该不会了，除非……"

除非人类大同！

"不错嘛！"

毕竟咱也学过一点政治经济学，嘻嘻……

说话间，夏琴已经把饭菜摆上了餐桌。为了庆祝绑架案顺利结案，她提议喝上一杯。于是我让她从酒柜里取出石头赠送的法国红，并煞费功夫地打开瓶盖，替二人各斟了一杯。

夏琴老练地轻摇着酒杯，看着红酒是否挂杯。

过去有个酒鬼，逢酒必喝，喝则必醉。有一天他喝得晕晕乎乎的，听见家里座机响了，就跑去接听，结果错把太太放在那里的熨斗当成了话筒，耳朵立马烫个焦煳。他本能地大叫一声，扔下熨斗。太太问他咋了，他说电话那边着火了。

夏琴乘着酒兴讲起了笑话。我说我也听过不少关于酒鬼的笑话，譬如：

　　丈夫喝醉了，回家路上摔了一跤，到家后蹑手蹑脚地摸进盥洗室，找来一些创可贴，对着镜子乱贴一气，然后悄悄爬上床去。第二天早上，妻子大声将他叫醒："你说再也不喝酒了，怎么又喝醉了呢？"丈夫醉眼惺忪地回说："哪里喝醉了？"妻子拧住他的耳朵，将他拽到盥洗室里："你自己瞧瞧，镜子上横七竖八地粘了多少创可贴？！"

还有一个更好笑的，以前石头经常讲：

　　很久以前，警察把一名醉鬼送到家门口，问他："这当真是你家吗？"醉鬼说："那当然，我又没喝醉。你帮我把门打开，我就马上证明给你看！"门没上闩，警察推门带他进去，醉鬼指指房间轻声说："那就是我和我老婆的卧室！你看见那张床了吗？那女的是我老婆。"警察疑惑地问："那男的呢？""那男的就是我呀！"

夏琴说她也听过这个笑话，不过没我说得简练和好笑。我说天下笑话大同小异,关键是笑点有高有低。"石头那才叫段子手,我自叹弗如。不过你性情好,笑点低。"

夏琴却不以为然。她说:"石先生固然风趣,但不如您的笑话高雅。"我说:"谢谢抬举!现如今曲高和寡,雅谑非嘴啦!"

# 四

我从老白手里接过了才女这个烫手山芋后,光公安局就跑了好几趟。眼下的问题是老白究竟是怎么知道我有这么一个隐秘去处的呢?当时我急着说服他放了才女,却忘了这么重要的细节。现在冷静下来,总觉得有点不对劲儿,甚至有些后怕和忐忑。陆富贵对此肯定是一无所知,我思来想去,认为只有一种可能:老白一直在跟踪我。这么一想,不由得我不出一身冷汗。

为了转移看护的视线,我曾在精神病院就信仰问题与老白发生过争论。在他看来,科学和宗教是人类理性与情感两极的最佳表征,前者越来越取法相对论,后者则依然执着于绝对性;但从本体论的角度看,二者终究要殊途同归、追寻事物和宇宙的本质。我对他的这种本质主义界定不以为然。从心理学的角度看,人类是无数个体的结集,因此一切精神问题必须从个案入手,再由不同的个案推演一般和普遍。从这个意义上说,信仰犹如政治,其不同症候取决于一般和个别的辩证、复杂的心理关系。理性和科学作为无神论的基础,固然排除了纳粹等政治信仰的无神论性质，但希特勒本人对女性的"三K"要求又恰恰说明他是一个具有男权主义倾向的矛盾个体，因为他的所谓"三K"，即"Kiche，Küche，Kinder"是要求女性回归教堂、厨房和孩子。

老白虽然是个无神论者，但他并不相信宗教会有消亡的一天。较之于宗教，我倒更相信资本的力量，也更惧怕资本的力量。这早已被历史所证实，而且在大师身上再一次得到了印证。如果没有强大的资本作支撑，她大师又怎能如此迅速地缔造其信仰王国？

正所谓无巧不成书。就在我如坐针毡、不是滋味的当儿，老白居然让陆富贵打来了电话。陆富贵结结巴巴，说话还爱兜圈子。但他所传递的信息我大致明白了：老白叫我千万小心，尤其要远离夏琴。

为什么要远离夏琴呢？我带着这个问题陪夏琴下楼到附近散步。

您好像有心事？还是因为才女？

我摇摇头，又点点头。

我本可以立刻或慢慢疏远夏琴，却硬是下不了决心，理由多的是：老白的话可信吗？他有什么证据说明夏琴是个威胁？我已经放弃了一切指向大师的计划，何惧之有？

但反过来看，难道我对她产生了感情？

有什么心事您跟我说嘛！也许我可以帮您化解呢……

我笑笑说真没什么，只不过有些后怕。

　　这是正常的。连我都觉得后怕……也不知道老白
怎么样了。

我说还能怎么样呢，亡命天涯或者躲起来呗！

　　才女又没有指控他，干吗不回来呢？

"也许是做贼心虚吧！反正我不认为老白可以轻易化危机
于无形，他自己心里这道坎儿就很难跨过去。俗话说得好，'一
失足成千古恨'，你叫他如何不恨自己？"

　　退一步海阔天空，他可以尝试重新回归正常生
活啊！

夏琴太不了解老白，或者她想得太简单，又或者她另有企
图？我开始变得疑神疑鬼。也许迷信就是这么产生的：当你心
有所惧，或者心有所期，而这些所惧或所期又不是你能凭自己
的能力化解和达到的……

　　我给您讲个笑话吧！话说有个父亲带孩子去动物
园看狮子，孩子很开心，不停地问这问那。做父亲的
自然有问必答。可是孩子忽然有些惊慌失措，父亲问
他缘何害怕。孩子郑重其事地回答说："如果狮子冲出
铁笼把您吃了，我该怎么回家呀？"

这样的杞人忧天多得很。老白的告诫会不会也是杞人忧
天呢？

　　您给我讲一个呗！

夏琴眉目传情，但我故作镇定，或者"欲擒故纵"也未可

知。要不是早对她产生了感情，鸡皮疙瘩绝对能掉满一地。为了佯装突围，我给她胡诌了一个别人胡诌的新车轱辘故事：话说有位公司领导闲来无事，决定带秘书到西湖一游。秘书甚喜，给老公打电话说："老公，单位有急事，我要出趟差。"老公窃喜，说："好啊，没问题。"他搁下电话，转身就给情人发信息，请她第二天小聚。情人急忙给培训班的孩子群发了一条微信，告知未来两天因故停课。孩子们兴高采烈，纷纷筹划去郊外踏青。其中有一个孩子还自告奋勇，说他爷爷有车。爷爷好不容易得到孙子恩赐，立刻答应愿意效劳，就对秘书说："情况有变，杭州暂时不去了，下次一定弥补。"秘书随即给丈夫打电话，告知情况有变，暂时不出差了。丈夫无奈，发信息告知情人情况有变。情人立刻通知学生未来两天照常上课。领导再次示意秘书暗号照旧，计划不变……

　　果然又是山上有座庙，庙里有个老和尚，老和尚

　　给小和尚讲故事：山上有座庙……

　　夏琴释怀，我复镇静。这车轱辘的故事又重新转了起来……

　　只要你继续追剧，我就不厌其烦，因为我也不知道接下来会发生什么。


# 五


　　我又开始失眠了。好在疫情期间，免了回老家过年这档子

事儿。

　　过去女儿出事、妻子罹患疾病，我失眠了好长一段时间。现在固然春寒料峭已过、春暖花开可期，却越来越像多事之秋。老白不让我省心，还斜刺里在我和夏琴之间插上了一枚心理楔子。大师迟迟没有音讯，见面更是遥遥无期。才女和朝露像一对黑白无常，随时可能会来索命。

　　我想象着大师帝国的各种组织：有精于传销的江湖骗子，也有杀人于无形的刽子手，更有燕子、才女、小朝、小露般神出鬼没、可分可合的命运女神。这些是我经过多年望闻问切可以想见的，而难以企及的也许还有军事般严格而神秘的政治结构。譬如关飞阳，又譬如余某人，他们的存在时隐时现，令人捉摸不透，活像秘密警察或高级特工。其中的奇门遁甲、科技手段，必定数不胜数，岂是我等书生可以揣度的？

　　虽然有关外星人入侵的传说和文艺作品不胜枚举，但我并不相信，直到大师像遥远的星际重新回到我的脑海或视域。

　　才女安然脱险后，夏琴依然赖着不走。她心心念念要以这种方式陪伴我……心心念念还是别有用心我越来越难以确定。那就逢场作戏吧！我奉陪到底，就看谁笑到最后，何况我本是始作俑者，而且越来越依赖她！

　　早上好！您起得太早了！

　　她是个典型的夜猫子，晚睡晚起。有一天我晚上起夜，看见夏琴在客厅里戴着耳机看电视，眼睛睁得老大，仿佛俾昼作夜的猫头鹰。我早睡早起，这还是为了女儿上学养成的习惯。

那时节盛传有儿童被犯罪分子拐卖，家家户户战战兢兢，孩子上学放学必须接送。

见夏琴睡眼蒙眬，我说应该是中午好，"都快十一点了！早餐在桌上，我给你用微波炉热一下吧"！

不用，不用！我自己来！

才女回来以后，夏琴就不再起来准备早饭了。这样也好，我不喜欢让人照顾。过去坐黄包车或者看见黄包车正在上坡，我就经常好心替人推车。

我替夏琴热了早餐，然后坐在餐桌旁看她用餐。她有点不好意思，说自己还没来得及化妆呢。我说不化妆更自然。她腼腆地笑着。

我们培训机构有过这么一个女孩儿，她都上高中了，成绩也不错，但从来没下过厨房。有一周末，父母外出时叫她中午自己做鸡蛋炒西红柿。她问道："鸡蛋怎么炒啊？"母亲说："把鸡蛋打碎了，放点油煎一下，然后放入西红柿和少许盐、糖一起炒一下就行了。"您知道那女孩儿怎么着？她直接把完好带壳的鸡蛋扔进锅里打碎炒了……哈哈哈，好笑吧？

夏琴边吃煎鸡蛋，边说笑话，而且言之凿凿，说那是真事儿。过去只听说有孩子不会剥煮鸡蛋的，现今倒好，连蛋壳一起炒了。我在想，接下来面对智能人，人类会不会像高康大和庞大固埃呢？至于"油盐少许"之类，老外就觉得莫名其妙，现如今我们的孩子也差不多了。

还真不好说！过去我们上学至少是公平公开的竞争，而现在正规学校都没排名、留级一说了。家长们动辄把孩子交给我们这些机构，甚至一对一吃小灶。孩子们不仅没有机会下厨做饭，就连正当的游戏时间都被挤占了，潜在的生活技能也被剥夺了。

　　这我早就听说了。你知道我有个小同事，当然现在也老大不小了，因为呼吁抵制校外培训被人肉和威胁了好几回。你说国家的教育经费年年涨，老师的待遇也不断改善，为什么就不能把孩子们管起来呢？非要害得孩子和家长如此不堪，何也？

　　啊呀，这里面的利益勾连和权力寻租您是不知道！就说我这个小小的培训机构吧，要伺候多少婆婆哟！

　　那你们就不能干点别的吗？

　　您说得倒轻松！除了前面已经尘埃落定的企改、房地产和互联网，试问还有哪块蛋糕比教育更大呢？！

　　吃完了教育，不就要吃医疗了？我心想，如果资源相对均衡，中小学和医疗就近解决，岂不没那么多事儿了？！

算您说对了！那GDP怎么办呢？资本早开始蚕食医疗了……只不过后者更需要技术，一般二般的挤不进去，除非砸钱挖公立医院的墙脚。咱不说这个了，我给您讲个笑话吧，昨天刚从同事那儿听来的。说是有个大龄老师怀孕了，丈夫很高兴，"你赶紧跟校长说，让他给你少排点课"。老师到学校找到校长，欣喜地对他说："校长，我终于怀孕了……"校长迟疑一会儿，嘘了她一下："小声点！你丈夫知道吗？"老师说："是他让我来找您的……"众人面面相觑，四下里顿时鸦雀无声。

幸亏我早就用过早餐了，不然准会喷饭。她接着又给我讲了个有关医疗的笑话，说有个实习医生嘴上叼着笔，一边替人看病，一边玩手机。病人以为他在习惯性地用作业帮呢，就耐心地诉说着自己的膝关节如何又酸疼又怕冷。这时，年轻医生听见背后的门嘎吱响了一声，突然醒过神来，才一边开药方，一边教患者用护膝好好保护膝盖；还说"人暖腿，狗暖嘴"，岂知身后进来的恰好是一名戴着口罩的老主任。

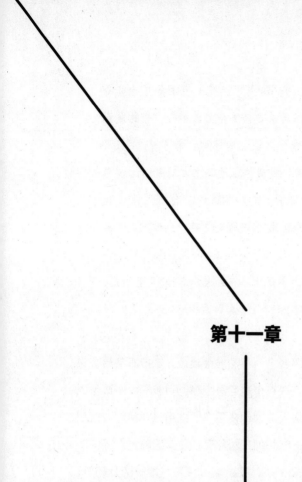

# 第十一章

且说过去有一穷书生，虽早与一员外家千金订有婚约，却因付不起聘礼，婚事一再延宕。书生的父母一心要抱孙子，等不及了，就撺掇儿子和一众亲友去员外家抢亲。结果，新娘子闻讯躲起来了。于是，豆蔻年华的妹妹被误认为是新娘。她见姐夫一表人才，就半推半就、稀里糊涂上了花轿。是夜，新郎说要与她行周公之礼，她也就认了。第二天，她哭哭啼啼去问婆婆："谁是周公？他太不是个东西！"婆婆笑曰："周公是两千多年前的古人。你骂他，他也听不见了！"

　　这很像石头的段子。想不到她夏琴也有移花接木的本事。不过我很担心这些荤笑话的后果。为避免引火烧身，我只好借故出门。

　　我已经有些日子没回单位了。疫情之后，老同事们本着少聚集、多宅家的原则，几乎已经断绝来往。这也是信息时代的一个奇怪现象：人人都成了芸芸众生、熙熙攘攘中的独行侠，而且该出手时就出手，但唯一的战场是网络。怎一个矛盾的孤独或热闹了得！

　　退休十年，恍若隔世，我已经认不得大多数年轻同事了。

一

　　我意兴索然地在单位兜了一圈，但见年轻人一个个忙忙碌碌、心无旁骛，不禁动了恻隐之心。想过去我辈固然也有杂事倥偬，也嫌时光倏忽，但似乎稍稍从容一些。老一辈就不必说了，品茗闲谈、把酒言欢在他们的信札日记中比比皆是。若上推到曲水流觞的时代，那就更像过眼烟云、可望而不可即喽。

人类就是这么矛盾，一方面科技发明越来越多，人工智能、机器人遍地开花；另一方面却自甘辛劳，甚至沦为金钱和机器的奴隶。物欲横流中不乏人性固有的缺陷，但同时也是白热化国际竞争的必然结果。用圣雄甘地的话说，世间财富足够养活人类，却难填少数人的欲壑。何止少数人哦？！

人生苦短尚且如此，倘若人生无限好，且可长生不老呢？岂不是几何级的更加可怕？

我不敢多想，于是转身去了璇玑饮吧。陆富贵已经不见人影，才女也没有上班。我有些失落，忽然觉得自己像断线的风筝飘摇、悬浮于繁华盛世。

一不留神，混沌的太阳已经西垂，我却不知道何去何从。正在恍惚当中，身后传来了一个熟悉的声音。是老白，他回来了。

找你找得好苦！手机也不开，夏琴也不知道你去了哪里……

"我记得跟她说过嘛，要回单位一趟。"

瞧，她有意骗我！我叫你离她远点，你倒好，居然跟她卿卿我我成了一家子！

我矢口否认，但始终有些心虚。我说这几天有点心神不宁，"可能就是因为你老白迟迟没有露面"。

我没有露面至于让你那么紧张吗？不是如你所愿了吗？

本想辩解几句，却听见一阵急促的警铃由远而近在我和老白身边戛然止住。几个公安跳下车来，三下五除二，将老白押上了警车。老白似乎早有准备，他完全没有反抗，只是扭过头来朝我假笑了一下。我想追上去讨个说法，两只脚却像灌了铅似的不听使唤。

我立即开机给才女打电话，却发现她关机了。我又给夏琴打电话，她听了也是一头雾水。

怎么会这样？难道是才女出尔反尔了？

我也不知所以然。夏琴很快赶了过来，发现我呆呆地站在饮吧对面的马路牙子上，就按响喇叭让我上车。

回家后，夏琴忙前忙后准备了晚餐，可我一点胃口都没有。犹如五味瓶打翻，我两眼模糊、心乱如麻。夏琴流下了眼泪。她的眼泪使我清醒了不少，我不忍心看她泫然落泪。我想宽慰她，但又有一丝想要发作的冲动。我不知道究竟是哪里出了问题：是才女违反诺言？还是夏琴出卖老白？或者朝露，又或者大师故伎重演？她们会把老白怎么样？将他送进监狱，还是精神病院？我不得而知。一切都出乎我的意料，一切都不在我的掌控之中。我觉得自己就像一具行尸走肉，或者一个毫无能力的婴儿，自以为满腹经纶、满嘴修齐治平，到头来却是百无一用。真是可悲！

夏琴也许一眼洞穿了我的郁闷。她用手指肚轻轻地摩挲在我的手心手背。这使我想起了半个多世纪前的翠花。后者也曾这般温存地守候在我身旁……

您早点洗洗睡吧！明早醒来一切都会过去。

我说不想睡，也睡不着。于是夏琴取出两只酒杯，斟上法国红。

我陪您喝一小杯，红酒可以安神。

面对大师的步步紧逼，我始终毫无还手之力。这种无能为力或力不从心就像一个自顾不暇的耄耋老人面对活力四射的妙龄少女，别人看了都觉得可怜和可笑。也许，我只有到奈何桥上去徒叹奈何了。

您别太着急。我给才女她们发信息，也许事情还有转机……

夏琴的话就像来自山谷的回音，悠悠幽幽，时隐时现。我揣度着大师的心思，但它太遥远了，遥远得像亿光年以外的星座。在这个遥不可及的距离之间，我没有任何支点或基点。而大师可以随心所欲地主宰我的生活，让我孤苦地老去、不得善终。那么夏琴又在其中扮演什么角色呢？让我不至于自我了断来个痛快？这么一想，我越发觉得大师的残忍。

您千万保重身体啊！老白那边我会去打听的。他完全可以说那是个玩笑而已，反正才女没有少一根汗毛。

要么是夏琴善良，为了叫我安心；要么她天真得不懂法律，甚至对心理学一无所知。难道没有身体伤害就可以宣布绑架无罪了吗？

　　等才女那边有了消息，这事儿也就有眉目了。

　　我心想，要是她销声匿迹、避而不见呢？警方完全可以凭借一个匿名电话审讯老白，而老白完全没有抵赖的可能。一是没人能证明他半个月的行踪，二是山上的房子里一定满是他和才女的印迹。想到这里，我恳请夏琴明天一早送我去一个地方。

　　我匆匆洗漱已毕，就和夏琴互道晚安、把自己关进了卧室。我找出陆富贵的号码，试着给他拨打电话。他倒是没有关机，却也一直没有接听。我给他发了微信，希望明天一早在饮吧附近一见。

　　我躺在床上似睡非睡，直到晨光熹微。我蹑手蹑脚地开门离开，在楼下叫了一辆出租车，直奔饮吧而去。到了饮吧附近，我很快找到了陆富贵。他嚼着口香糖，似乎已经知道老白被捕了，却一如既往地泰然自若。我问他除了知道老白被警察带走，还知道些什么。他摇摇头，并精准地将口香糖吐射到了十几米外的一辆电瓶车上。

　　陆富贵一问三不知。这在我的意料之中。但我想请他帮忙监视才女，以便尽快知道她或她们葫芦里卖的什么药。他答应了，我又给了他一些钱。

　　不一会儿，夏琴打来电话，问我现在何处。我胡乱地搪塞一下，说是身体懒洋洋的，想出来跑跑步。她说那就放心了，并问我今天想去哪里。我说见面再告诉她。

　　我一路往回走去，她还是通过定位找到了我。上车后，我看见热乎乎的早餐就放在后座的一个托盘上。

牛奶装在密封罐里，您吃一点吧！

我反身端过托盘，开始在车里用早餐。为了不至于污染车厢，我按开了后车窗。

您也不给我留个话，把我吓了一大跳……

我除了说对不起，还是对不起。

二

事到如今，我只能把夏琴牵扯进来了。我让她一路西行，然后朝北，驶进了山坳土路。她问我这是要去哪里，我说马上就到。

冉冉升起的太阳在右后侧嬉皮笑脸。我聚精会神地替夏琴指路。终于，到了那个荒芜的山脚下。夏琴停好车，跟着我蹒跚地上了山坡，入了密林。

护林基地的栅栏门虚掩着。房子的门也洞开着，内侧的大钉子一定挂过火铳。两间小屋之间的房门也没有关闭，但被褥都塞进了柜子。这老白真够心大的，也不怕这里成了狼窝。看样子他是寂寞难耐仓惶逃离的。过去这护林员是一家子住在这里，两间房子都有大床，外面还一前一后搭建了厨房和厕所。

夏琴看着周围茂密的森林，和不时传来的野鸡叫声，有点瑟瑟发抖。我朝她坦然地笑笑。她也就释然了许多。

难道当时老白把才女带到了这里？

我说是的，我就是从这里把才女带走的。

您怎么知道他们在这儿呢？

我笑而不答。过了好一会儿，我说是老白主动联系我的。我发现厨房里除了两把发蔫的野菜，已经没有可吃的食物了。挂腊肉和鱼干的钩子上倒还残留着些许腥膻味儿。

才女肯定吓坏了……

其实不然。我见到她时，她不仅淡定，而且笑容嫣然，如沐春风。

换了我肯定害怕死了。毕竟是深山老林……

这哪叫深山老林哦？！无非是退耕还林几十年，这些山坡重新被植被包裹了。起初为了防止附近人等有意无意的破坏，有关组织成立了护林机构，护林员便是那个时代的产物。他们凭借一支猎枪和一两条看家狗威慑一般人等。

夏琴听我这么一说，便也小激动起来。

听说现在这一带山上有狼，还有野鸡、野猪啥的……

"是啊！还有蛇，要不要我带你去捉呢？其实入冬季节，哪有什么蛇虫哦！它们早就蛰伏了，要到惊蛰以后才会出来。"

我可不敢，我最怕蛇了，还有虫子……咦！

她浑身战栗了一下，好像真的看到了蛇虫之类。我不由得想起了当初下乡时那些女知青的一惊一乍，以及我讲鬼故事时姑娘们毛骨悚然的样子。唯有翠花最淡定，而且直说她不怕蛇。《白蛇传》多好玩啊！"她曾经这么说，还说只要看到奋飞的蝴蝶,就会想起梁山伯与祝英台。我不由得哂笑起来。

　　您取笑我!

　　夏琴在我肩膀上轻轻地捶了几下。我顺势抓住她软绵绵的手,将她拉到院子里。"你瞧瞧,这儿风景多好!满眼郁郁葱葱,生机盎然。这才是大自然由衷的本性!"

　　确实绿得醉人!哇,空气清新得散发着甜津津的
馨香……

　　"你不觉得才女和朝露身上也有类似的香味吗?"她惊讶地看着我,想了想说:"是啊……可能是某种特殊的香水。"

　　我见她目衔醋意,就转移了话题。我说这山林的气息是随着季节的变化而不断变化的。即使是在春天,除了孟、仲、季之外,还可以细分为初春、早春、上春、端春、中春、甜春、正春、暮春、晚春、末春,或者嘉月、蚕月、花月、杏月、桃月、梨月,等等,气息都有差别。

　　您喜欢什么气息呢?

　　我固然不喜欢臭气,但对香味没有特殊嗜好。

　　可您记得她们身上的香气……

　　那是因为我自以为阅人无数,也曾在中外游走,却从未闻到过那种香水,它就像西瓜的馨香。"连你都不知道那是什么香水,我能不觉得奇怪吗?"

　　我孤陋寡闻,一个孩子王而已,对香水的品种知
之甚少……

　　我本想说"万一是她们与生俱来的体味呢?",但为避免唐

突，只好把话咽了回去。在一个女人面前夸奖另一个女人的体味，多少有失风度，甚至不无得陇望蜀之嫌。

好在天色已晚，再不走我们就下不了山了。俗话说，"上山容易下山难"，我用树枝替夏琴准备了一根拐杖，她紧跟在我身后，身体几乎贴在我的脊背上。就这样，我们缓慢地沿着羊肠小道好不容易下了山坡。

夏琴上车前发现针织裤子上粘满了横七竖八的草针，我一边替她拔掉，一边跟她说："这叫鬼针草，特黏人，而且有倒刺儿。"我虽然穿的是牛仔裤，但袜子上也粘了不少鬼针草。这东西委实讨厌，但同时也是一味不错的消炎药。《本草纲目》谓其主治蜘蛛、蛇蝎咬伤，杵汁服，并敷之。

原来它有这等功效！下次我穿一身长裙，岂不可以顺便采药而归了？

"是啊，还不止这些好处呢！它清热、解毒、散瘀、消肿，对痢疾、肝炎、肾炎、胃炎、咽喉炎、阑尾炎等也有疗效。"

您怎么连这些都知道呢？太神奇了！

我说自己下过乡，是知青出身。

## 三

我们一路上凭借导航，走了三个小时才回到城里。多亏从山涧取了些泉水，夏琴带来的早餐也格外丰盛，不然我们一定会又饥又渴。

我们要不要在外面吃个晚饭再回家呢？

我说那就去才女的饮吧好了，反正那儿有的是西式点心。于是夏琴就径直驾车和我去了饮吧。

饮吧照例灯火通明，全天候营业。服务员大概早就认识我们，格外热情地将我俩请进一个雅间。可能是因为周末，饮吧人满为患。有窃窃私语的情侣，也有大声喧哗的年轻小伙和戴着耳机偏安一隅的读书人。

我问夏琴："哪来的这么多闲人？况且这里的饮料和点心价格不菲啊！"

这您就不知道了。咱这座城市的亿万富翁人数也许已经超过纽约了，到这种饮吧、酒吧来消费，简直太小case了！

我对此将信将疑。

您不信吧？单说我们培训机构这行，就已经制造了一堆亿万富翁。

我故意怔怔地看着她，她赶紧解释说："当然，不包括本人。呵呵，咱比上不足，比下有余，知足常乐。"经过这段时间的相处，我知道夏琴既不虚荣，也不奢侈。为了转移话题，我忽然想起了石头讲过的一个笑话。"你今天开车辛苦了，我给你讲个笑话吧！"话说有个大富翁，他斥巨资请专家研制了一台测谎仪。后者是个机器人，谁撒谎，它就掌掴谁。一天，富翁知道儿子要回来，就激活了机器人。富翁问儿子学习是否认真，成绩如何。儿子说自己学得认真，成绩也好。机器人过来就给了小伙子一巴掌，打得他两眼直冒金星。富翁又好气又好笑："你撒谎了吧？所以它打你。你还不给我说实话？"小伙子只好实话实说："我玩游戏，还看A片……"富翁急了："你也太没出息了！玩玩女人也就罢了，还看什么A片嘛……啥是A片？我怎么不知道？"见太太盯着他看，富翁赶紧掉转话锋。于是，机器人直接给了他一巴掌。与此同时，太太看不过去了："你打儿子、骂儿子，居然还教儿子玩女人。亏你还是他的亲爹！"结果，太太也挨了机器人一巴掌。

虽然引来了夏琴的一阵欢笑，可我说完就后悔不迭。怎么能这样不分对象、不顾场合，讲这种咸湿带荤的笑话呢？然而，说也说了，恰似泼出去的水收不回来了。好在夏琴智商情商皆高，她立刻接过话题，不动声色地抹去了我的尴尬。

有个富翁得了癌症，医生不无遗憾地说他最多只能活一个月。富翁异常难过，问医生还有什么挽救的办法。医生沉吟一会儿，说："回去以后先把您的大奔卖了，买一辆旧自行车骑；再把您美丽的少妻休掉，到街上找个大妈回家；最后把您市中心的豪宅卖掉，并到郊区租上三十年农家乐……"富翁急忙打断医生的话："这么说我可以多活三十年啦？""应该可以，关键是您得度日如年……"富翁开心得不得了，握着医生的手一个劲儿地称其为再生父母。

她见我没有开怀，就又讲了一个笑话。

有个穷人一直幻想：只要14亿人每人给他一块

钱，这样自己就可以成为亿万富翁了！但是，某天有人给他泼了一盆凉水，对他说："14亿人每人给你一块钱，就算每秒给一块，你也需要14亿秒。14亿秒是多少年呢？41年！你不吃不喝，一天24小时收钱都需要41年！你还是睡觉做梦去吧！"穷人不甘心："那他们不能同时给我吗？""可以啊，你至少得聘请百万个人、用百万台手机替你收钱。"穷人说："那我就请百万个人……""那样一来，最后你还是个穷人！为什么？因为你还不够付工钱的。"穷人想了想，说："那如果我娶百万个老婆呢？""那你一定比现在更穷！"

这是个有趣的笑话，我以前从未听说过。也许很多人都有类似的梦想，却经不起数理逻辑推理。因此，我称之为心理垃圾。

人需要像电脑和手机一样不断清除精神垃圾和各种病毒，时不时刷新一下自己。而我需要清除的便是对翠花的执念。时至今日，我还有什么不可以放下的呢？受她蛊惑的人还少吗？也许他们活得甚是潇洒。网上早有高人说过，要经得起谎言，受得了敷衍，忍得住欺骗，忘得了诺言。反之，坚持未必是胜利，放弃未必认输，与其华丽撞墙，不如优雅转身。给自己一个迂回的空间，学会舍弃，学会等待，学会宽恕。杨绛先生也曾说过，人生在世，最亲的人既不是配偶，也不是子女，更不是亲戚朋友，而是自己。同理，我想补充的是，人生在世，最可恶的既不是宿敌，也不是宵小，更不是张三李四，而是自己。

凡此种种，说起来容易，想起来佛系，但做起来就千难万难。

您多少吃点儿吧！时间不早了，我们该回家了。

"我们？"我忽然觉得这个词很陌生。当初石头、木棒和我是"我们"，后来翠花和我是"我们"，再后来一家三口是"我们"。除此而外，同学、同事之间也会称"我们""俺们""咱们"。到了最后，这"我们"咋忽然显得这么陌生了呢？

人称代词而已，别钻牛角尖了！我一面告诫自己，一面胡乱塞了几口点心。

到家时，大概已经是午夜时分。手机早没电了，我匆匆洗漱后向夏琴道了晚安。

# 四

为避免低头不见抬头见和可能产生的冲动，我想早点让夏琴离开，于是不得不暂且放下大师。端的是"请神容易送神难"，我一时真想不出合理的逐客借口。好在她貌美如花，秀色可餐；也好在总有迂回的余地，比如我可以将注意力集中到老白身上。

我向公安局提出了探视请求，但得到的答复是："案件尚未审理，亲友人等一概不得探视。"根据我国有关法律，公安部门对刑事犯罪嫌疑人的羁押时间可以长达两个月，甚至更久。这对我而言实在太漫长了。是故，我写了大量书面材料，替老白申辩。

鉴于工作需要，我搬到了一家酒店，住进了单人房间。夏琴知道后，就主动要求暂时搬离我家，以便我安心整理思绪。于是，我窃喜，以为是盐卤点豆腐，一物降一物。

我如愿以偿，而且得来全不费工夫。

夏琴虽然搬走了，但依然隔三差五过来探望。她留着我家钥匙，俨然家人一般。

如果您闷了，或者有什么需要，我随时可以搬回来住……

我对她的关心表示感谢。但我说暂时不需要，因为眼下一直没有才女和朝露的消息，也许我们得分头寻找。

大师明摆着是要拿老白开刀，以儆效尤。既然老白已经被捕，我也消停了不少，她大概率不会再有什么行动。目前最要紧的是把老白救出来，但真正可以救他的唯有才女。只要才女不承认那是绑架，老白何罪之有？

为此，我除了继续寻找才女，还替老白请了律师。

律师姓吴，毕业于中国政法大学。他作为委托人，到公安局申请探视。老白得知是我替他请了律师，就一个劲儿地骂我糊涂。

他哪像搞心理学的嘛？简直是个草包！

吴律师解释说："关心则乱，他正是出于关心。"夏琴也不赞成我过早请律师介入。她相信才女她们正在暗中观察，以静制动。我愤愤不平："还能怎么样？人也放了，老白都成了二进宫,她们还想怎么样?"

　　说到二进宫,我忽然想起一件事来。那还是一桩陈年旧事。有一次,才女向警方报案,说有人跟踪、猥亵,还叫我在书面卷宗上签了字。当时确有一个男人经常尾随、监视我们,尽管从未对我们有猥亵行为。出于道义,也为防患于未然,我签了名,还录了口供。但我从未得见那人的庐山真面目,因为他经常戴着帽子、竖着衣领,还举着望远镜……后来听说他被捕了,再后来还听说他被送进了精神病院。

我说那肯定就是老白。"他一直想查清楚燕子的底细,岂料咣当掉进了你们的陷阱!"

　　您冤枉我了!他肯定以为才女就是燕子,或者至少与燕子脱不了干系。而我充其量只是她们的朋友。若非才女发现,我根本不知道世上还有他这么一个对燕子念念不忘的人……

我说自己口无遮拦,并没有怪罪之意。但眼前的情况十分明了,如果不是才女报案,又会有谁知道是老白所为呢?

　　可能是警方通过探头辨别出了老白呢……

夏琴这代年轻人正是看着港台片和好莱坞长大的,张口闭口都是警方,很少用公安指代。语言就是这么约定俗成的,就连我这样的老顽固也不能幸免。不过我否定了夏琴的揣测,因为没人能从老白的那副扮相看出端倪。

　　然而,事实很快否定了我的否定。

先生好！听说老白被捕了，我得赶紧回来救他。

这是朝露的电话。我和夏琴立刻动身去了饮吧。朝露在门口等候，见我俩下车就箭步迎上来一边一个，挽住我们的胳膊，将我们带进了一个包间。

据我了解，是一个叫陆富贵的人出卖了老白。他为了领取赏金，把一台手机交给了警方，里面不仅有照片，还有他和老白的电话录音……

我脑袋嗡的一声，差点儿炸裂。我没听说公安部门悬赏绑架者啊！哪儿来的赏金呢？关键是陆富贵的手机里还有我的通话记录。

我也觉得蹊跷，但警方说赏金是依据惯例给他的。

我忽然觉得有些脑袋发蒙。夏琴大概率发现了这一点，她用脚尖轻轻地碰了我一下。我这才缓过神来。也许我有点失态，至少在夏琴眼里我已经严重走神了。

怎么会这样？那个陆富贵是个什么人啊？

我说我认识这个人，他是个流浪汉，老白一直有恩于他。

那怎么会出卖老白呢？

肯定不是见钱眼开。即或是为了赏金，老白给他的也远不止区区几万。再则说，以陆富贵的机灵劲儿，他绝对不会挨到这会儿才出手捞钱；何况在绑架案发生期间，他一直与老白保持着联系。他有的是机会从老白和我手中捞取更多好处。他一定不简单！

我猜他是大师的眼线，是大师复杂机器中的一枚螺钉。我当初怎么没想到这一层呢？这使我感到无比懊丧。

为了活跃气氛，夏琴又打开了话匣子。

既然原因找到了，我们应该开心才对呀！我给你们讲个笑话。话说一位中国大妈到欧美旅行。一次，她到一家比萨店用餐，点了一份9寸田园风光。不一会儿，伙计端着两份5寸比萨过来了。他礼貌且不乏矜夸地对她说："您要的9寸饼卖完了，我家老板给您两个5寸饼，比9寸的多1寸。"老太太摇摇头，和蔼地说："你家老板肯定没学好数学。按圆周率计算，一个9寸饼的面积是63.62平方英寸，而两个5寸饼之和仅有39.26平方英寸。你们至少还欠我一个5寸饼。"伙计顿时傻眼了，赶紧回到后厨向老板作了汇报。老板立刻蒙圈，赶紧拿计算器好一番运算，最后只好恭恭敬敬地端着另外两个5寸饼献给老太太。"啊呀，你们中国人不仅有钱，而且有才。佩服，佩服，实在是佩服！"

这大妈肯定是在俺们培训机构陪孩子学奥数练出来的。哈哈哈……

这倒不失为雅谑，连我刹那间都得蒙圈。

# 五

然而，陆富贵出卖老白这事一定另有隐情。而朝露之所以言之凿凿，是因为欲盖弥彰？还是确有其事？反正陆富贵流浪汉一个，没人知道他现在何处，甚至已经从人间蒸发了也说不定。这样一来，老白二进宫的真实原因也就成了无解之谜。

但至少才女可以替老白正名。因此，我直言不讳地恳请朝露吁请才女真真正正地原谅老白，将他从公安局捞出来。才女爽快地答应了，条件是他要从这个城市消失。虽然他不曾对她有人身伤害，但绑架毕竟是绑架，无论是何居心。

我觉得条件很公平，就擅自替老白作了担保。我的理由是他学者出身，爱钻牛角尖，换个地方生活也好；同时，他因精神分裂去过精神病院，如果打起官司来也可能有损才女清誉。

皆大欢喜！皆大欢喜！才女总算是有惊无险，老白也无须再受牢狱之灾，得庆祝一下。我做东。

夏琴热情地和着稀泥。我也乐见其成。虽然老白不能再留在本市，但天下何处无芳草，他还可以重新开始……至于开始什么，我脑袋空空如也。

经过这次风波，我变得更加心灰意冷。适逢建党一百周年，想想瞿秋白那样的前辈，我越发自愧不如：无论意志与信仰，我实在难以望其项背！

这时，才女进来了。她果然不辱其名，虽无显赫学历，却琴棋书画唱样样精通，二十四史也能倒背如流。这是计算机的能耐，不佩服不行。她见夏琴有兴，就附和一诗权作雅谑。故事说的是南朝末代皇帝陈后主陈叔宝，他喜以《玉树后庭花》为题赋诗配曲，再命宫女演唱，其中"花开花落不长久，落红满地归寂中"一诗成谶。但他并不后悔，被俘殒命后，《玉树后庭花》

更被称为"亡国之音"，靡靡地流传至今。全诗如下：

> 丽宇芳林对高阁，新装艳质本倾城。
>
> 映户凝娇乍不进，出帷含态笑相迎。
>
> 妖姬脸似花含露，玉树流光照后庭。
>
> 花开花落不长久，落红满地归寂中。

我一时兴起，用杜牧绝句和之："烟笼寒水月笼沙，夜泊秦淮近酒家。商女不知亡国恨，隔江犹唱《后庭花》。"陈后主无视杨坚任贤纳谏、整饬军备、虎视眈眈，整日与后宫美人饮酒嬉戏，沉溺于寻欢作乐，该当有此报应。谶纬之说，只是附会巧合，不足为信。

才女知道我话里有话，就顺水推舟，并亲抚瑶琴，低吟浅唱了一曲《高山流水》。

啊呀，太精彩了！我自从变成孩子王，琴艺退化了；你的琴艺却越发精进了，简直达到了炉火纯青的地步。

我不谙琴艺，但听得很是享受，并且相信夏琴的夸奖也是由衷的。我不禁忆起当初翠花唱忆苦思甜歌，那叫一个跑调大王！想不到她麾下大将竟能这般无师自通，岂不怪哉？

夏琴说才女琴艺了得，就是笑话不甚好笑。

乘着兴致，我说我来讲一个吧！俗话说"贪财之人为财死，烈节之人为名亡，矜夸之人为权殁"。永乐年间，有个新科状元既贪财又好名，一天他衣锦还乡，为了表示孝心，请母亲到东海一游。船至大海，忽然风急浪高，状元的母亲不慎落海。为了寻找母亲的下落，状元请来数十渔船，但几天搜索无果。于是，状元痛哭流涕，给母亲立了一块功绩碑，一时被传为美谈。未几，有人在海边看到了一具尸体，知县速速报与状元。状元闻讯后询问尸体模样，回答是只剩骸骨一具，但脖子上的金项圈还在，而且脑壳上附着一只大牡蛎，牡蛎内有一枚大龙珠。状元即命其将龙珠交由他奉献给皇上，骸骨重新投入大海。结果皇帝知道了详情，命人砍下了状元的脑袋，并将骨碌转的这颗脑袋扔进了大海。

其实我这个桥段也不好笑，但多少蕴含着一丝教化劝善之意。

夏琴又说我俩的笑话都不好笑，还是她来讲一个聊以助兴。

话说有个孩子叫小明，刚上小学就看中了班花，于是给她写了一封情书。那班花毫不客气，直接当着全班的面把情书给念了，心想他破小孩一个，还真是癞蛤蟆想吃天鹅肉了。从此，小明就成了全班的笑柄，而且笑话一直幽灵般伴随着他，越传越邪乎、越传越带色，最后涟漪似的越传越广。小明一气之下出国留学了。几年后他学成归来，一进家门，就发现班花成了自己的后妈。他顿时傻眼了，可班花一俟成了家花，继续噗嗤噗嗤地拿小明开玩笑。小明终于怒了："爸，您要是不管住她的嘴，我就没您这个爸！"班花很自觉："好，我不说了还不行吗？只是看见你我就想笑，善意的笑！"小明急了，掉她说："有啥好笑的？有啥好笑的？"做父亲的出来替儿子打圆场："是挺好笑的，不过没你这个故事，她也不会进俺家来……"小明最终愤然离去，心想那糗事是自己做的，跟他父亲有啥关系。

夏琴几乎总要强调故事是真的，就像所有现实主义作家都会强调真实性一样。当然也有人反其道而行之，谓一切纯属虚构云云。

我现在陷入了两难境地：要说眼前这一切是真实的，可明明比虚构还玄乎；要说这一切都烟云般虚幻，可又明明正在发生而且桩桩件件戳人心窝。

第十二章

老白获释了，和我一样，发际线又上涨了一分。我和吴律师到公安局接他，夏琴准备了一桌好菜在家里等候，还在门口放了一个火盆。我敲门时，她点燃火盆，让老白跨过。我和吴律师也只好如法炮制。

去去晦气，以后就一帆风顺了！

我心想，她小小年纪，哪来的这么多套路，没想到这还只是开始。她替老白里里外外买了一整套衣服，叫他先到浴室沐浴更衣，换个干净。老白居然毫无愠色，照单全收了。

吴律师说这个很普遍，他早就见多不怪了。

用时下的网络语言说，原来是我自己out了。

少顷，老白沐浴更衣既毕，夏琴送瘟神似的戴上长手套，将老白的一堆旧衣裳装进一个垃圾袋，连同火盆一起端下楼去扔了。

好了，现在我们一起给老白接风洗尘！

夏琴回来时，自己也是一身新装，真是奇了，跟变戏法似的。她一边给大家斟酒，一边招呼我们入席。我们说说笑笑，唯独老白郁郁寡欢。

酒过三巡，老白忽然站起来敬酒。

我白某人一生笃信无神论，没想到老也老了，还要受邪教中人奚落、欺凌，悲哉！哀哉！论成败，人生豪迈；大不了，跌倒重来！

我赶紧宽慰老白，请他坐下。我说天下诸事，皆有律可循，正所谓"善有善报，恶有恶报；不是不报，时辰未到；时辰一到，统统要报"。老白摇摇头，不以为然。"想我白某人向来谈笑有鸿儒，往来无白丁，却栽在了一个流浪汉手里，岂非咄咄怪事？"

这时，夏琴的笑话起作用了。她援引卓别林的话说，人生若无笑，枉来世上走一遭。

有个四岁的孩子，从幼儿园放假回来，闹腾得厉害。他爹为了让他消停，好不容易想出个主意："小明，我俩玩孙悟空保唐僧西天取经吧！"小明说："好啊，我扮孙悟空。"他爹说："不行，这不行，孙悟空年纪比唐僧大，我扮孙悟空，你扮唐僧，我宁可装一回孙子。"于是，唐僧被孙悟空画地为牢，不得动弹。少顷，唐僧急了："徒儿赶紧让我出去！"孙悟空说："不行，附近有妖怪！"唐僧说："这不有你吗？不然要你作甚？！"于是，小明从圈子里跳出来，开始没完没了地给他爹念紧箍咒。

吴律师被逗得捧腹大笑，老白也总算咧嘴谄笑了一下。夏琴见笑话奏效，就又来了一段。

且说当时有几个领导，乘直升机视察本省发展。其中一个领导看见田野里有一群干活的农民正指指戳戳看着直升机从头顶飞过，于是突发奇想："假如我扔一沓百元钞票下去，他们一定高兴。"另一个接住话茬："撒一堆下去他们会很高兴，因为那样一定人人有份。"驾驶员听说后心想："把你们全扔下去，他们会更高兴！"

与此同时，有几个富翁在别墅花园里攀亲戚。其中一个家有女儿初长成，而且出落得婷婷袅袅。在场的富翁朋友无论有儿子没儿子，都想将这个有貌有财的尤物娶回家去。于是，甲乙丙丁各显富贵。有说股票过亿的，也有说豪宅多处的，更有说现金车载斗量不计其数的。一时争持不下。这时，家里的花匠小伙儿过来了，他指指女孩儿的肚子，说："我什么也没有，只有一个孩子。"众富翁顿时语塞，怏怏然不欢而散。小伙子扯着嗓门送给他们一句名言：核心竞争力不是财富多少，而是要看关键部位你有没有人！

再说那些仰面看见直升机飞过的农村大爷大妈。他们最纠结的早已不是温饱问题，而是殡葬改革问题。他们各抒己见。有一个大爷说，反正火葬太残忍，还是入土为安吧，最好咱们不用侵占耕地，也不要棺材，立着下葬既省地又省事儿。另一个说，既然站着下葬，那就埋半截吧，连墓碑都省了，还可以顶天立地看飞机、吓唬麻雀蝗虫啥的。

"我的妈耶！"老白忍不住喊出声来。

夏琴甚是得意，她看了我一眼，我心领神会，击掌以谢。然后我说，大家酒足饭饱后一起送老白启程离开本市。

老白甚感不解。我把和才女的约定解释了一番，老白这才勉强答应离开。

暂时，暂时的，你们给我记住了！

我们只好频频点头。

临行，为了让老白高兴。我学着石头的口吻，给他讲了一个笑话。话说有位仁兄不想离开精神病院，就故意装疯卖傻，坊间的那些关于精神病院的黄绿段子都用过了。最后，院务会议集体会诊，问他假如有一天出院了最想做什么。他说结婚。医生们窃喜，又问结婚做什么。他说脱衣服上床。再问上床做什么。他哈哈大笑，说是用老婆的小裤衩做弹弓打医生。满场医生顿时都成了泄气的球。

老白听后边笑边感慨地说："我看老齐就是这样的主儿，结果装着装着真傻了。"

"所以啊，我们都别装了，好好活着才是正理。"但老白似乎并不赞同我的意见，他说："人活一生，草长一春，如果连信仰都可以放弃，那还活它干吗？"

好吧，人各有志，我拗不过他，还是先送他离开再说。

送走了老白这头犟牛，夏琴长吁了一口气。我付清了吴律师的费用，又开始潜心写作。想想横竖折腾一番，还是回到想象比较好。虽不能说惬意，但至少无须提心吊胆。

啊呀，回到平静的日子可真好！

夏琴最开心，硬要拽着我出去吃大餐。我说哪有这个胃口，但回归正常倒真该好好庆祝一下。过去有个作家说过，平凡才是老年生活的真谛。轰轰烈烈是年轻人的事儿，他们精力无穷，怀抱修齐治平、开天辟地的宏伟理想。这么一想，我也就平静了。与其像老白那样折腾，不如一切顺其自然！

我们去吃烤鸭怎么样？

我说吃什么无所谓，关键是找个清静的地方。

那就去饮吧，正好把送走老白的事儿顺便跟才女说一声。

我表示赞同。于是，不是冤家不聚头，我们又回到了原点。才女闻讯并未喜形于色。她说那是为老白好。她转而又问我接下来是否继续写小说。我说这真是好事不出门，坏事传千里。现如今舞文弄墨几乎成了贬义词，也就是我这样的迂夫子才会沉溺于斯。

我很好奇，不知道先生会写些什么。玄幻还是纪实？

我说这就像女人生孩子，不论生男生女，都须十月怀胎，得啥算啥，当然也可能流产、夭折。不过现如今生娃有点像写作，越来越成为冷僻的行当。这不是很奇怪吗？"譬如你们几个，这么好的基因，这么好的条件，既不恋爱，也不生育，多可惜、多浪费啊？！"

才女和夏琴面面相觑，而后莞尔一笑，却始终没有正面应答。

# 二

　　我在作品中想象陆富贵是大师麾下，他就像反面的华子良，始终是埋在对手身边的一颗定时炸弹。至于他缘何如此，我的推断是早在老白认识燕子之初，大师就开始排兵布阵了。而陆富贵就是她的一枚棋子，被妥妥地安插在老白身边。如今全民小康一个都不能少，他的任务也已然完成，可以回到大师身边或者直接销声匿迹了。

　　才女也许不明就里，但她的处理方式却十分老到。她无意与老白纠缠，既支开了后者，又卖了众人一个顺水人情，一举两得。又或者陆富贵本就是才女的眼线。这样一来，他也便成了双面间谍。

　　这就更像侦探小说了。可它并非我的初衷，我只想原原本本地循着生活的脉络虚构一些细节，包括不登大雅之堂的咸湿段子。这些细节和段子大多又是古今生活本身和周遭人等提供的。于是我想，其实文学虚构就像哲学命题一样：人是不能拽着自己的辫子离开地面的。

　　夏琴一直想知道自己在小说中的位置。我的秘而不宣使她产生了更大的好奇心。有一天，她终于忍不住问我："我在您的小说中是好是坏并不重要，关键是有没有足够的角色戏份？"

　　我说这又不是拍电影电视，"山不在高有仙则名，水不在深有龙则灵，重点在于是否出彩"。

　　那我出彩吗？

我卖个关子说："小说者，稗官野史、街谈巷议而已，你何必在意呢？"

好吧，看来我入不了您的法眼，还是自个儿玩吧！

我说我这何尝不是自个儿玩呢，无非是仁者乐山、智者乐水，而我乐的是这非山非水的文字。

文字很重要啊！倘使中文没了，中华文明也就断裂了。

她倒是有些见地呢，不愧是办培训机构的。看着我赞许的目光，她怡然自得地耸了耸肩膀，又晃了晃身子，活像个哑剧演员。我心想，其实夏琴真的挺可爱。如果，我是说如果她像眼前那么可爱和清澈，何尝不是一个好伴侣、好知己呢？

但我有自己的原则和使命，而且底线是美用来欣赏，却非占有与把玩。这是从我选择心理学这个行当起，就已然确定的基本原则之一。随着阅历的增长，尤其是因为命途多舛，这种原则就变成了坚硬的稀粥。

为了安慰夏琴，我说她一定会在我的作品中大放异彩。但说完我就后悔了。也许人家只是出于礼貌，逢迎两句，我却拿个棒槌就当针！

早就自媒体时代了，谁还把文学当回事儿呢？也就是我这样的老古董，一直浸淫在文学的长河中不能自拔。如果不是因为从小养成的精神味蕾，也许我也会整天抱着智能手机或平板电脑、看着无穷无尽的奶嘴剧优哉游哉呢！

想到这些，我怀念起过去的生活来，`因为那时总问年轻同事有啥奇闻逸事，也总能从他们嘴里拾点牙慧。如今可好，倘使没有夏琴，我几乎就要与世隔绝喽。

这使我感到有些恐惧和沮丧。难道老人必定要面对孤独，与孤独签订自以为体面的契约吗？那么我母亲呢，还有不苟言笑的父亲，他们又当如何？

幸亏我有妹妹，而她们与孩子的孩子连成了一个巨大的网络。在这样一个自然而然的网络中央，父母应该是幸福的。本来我也可以安享晚年，直至寿终正寝，却偏偏被动地选择了一条崎岖艰险的道路。

我喟叹命运阴差阳错，并未给我选择的机会，至少一多半的磨难和纠结并非源自我的选择。它们就像如今的气候，不少时候取决于偶然因素，尽管自然和人为是终极原因。就拿天气预报而言，过去公社气象站的预报都比现在的中央气象台精准许多。这是气候剧变的结果，温室效应、臭氧空洞等正在无情地报复人类，老天爷的玩笑开得一次比一次大。

我的命运也是如此，中间的驿站不断坍塌，最后的结果无法预料。

您已经一天没好好吃东西了！

夏琴一直在默默关注我、关心我，我说我正在写作。

那也要吃饭啊！人是铁，饭是钢，不吃饭咋行？

我说我吃早饭了呀，只不过午间不饿，况且你还强迫我喝了一杯酸奶。

晚饭必须好好吃。我已经准备好了，就等您歇下电笔来。

我说不是电笔，是电脑。

好，电脑！您就故意咬文嚼字吧！对了，我帮您把文档连到云上吧！

这倒是个好主意。这样一来，我的一切将飘在空中，总会有人发现这些故事。多年以后，它们犹如玛雅神话，会被人当作古董去释读……

人就是这么惰性！当初以为回国就能与笔墨书香为伍，不再需要整天价面对一尺屏幕，可谁知电子依赖就像烟瘾酒瘾，一旦染上实难戒掉。当然，其中的方便也是显而易见的，查个资料、存个文档，修改粘贴更是不在话下。可负面效应也随之而来，微信电邮代替了鱼雁往返，学而不习、提笔忘字更不待言。

夫子吃饭了！

吃饭就吃饭吧！反正是生活流，可行可止、随心所欲，而非行当所行、止当不得不止的巴尔扎克或曹雪芹式。

席间无话。我吃了不少熘鱼片，喝了两碗酸辣汤。夏琴的手艺见长。不过也真是难为她了！她见菜没吃完，还想让我多吃一点。我俏皮地说"晚饭只吃七分饱，留下三分给夜宵"。

都说日久生情，但横亘在我内心的刺却越扎越深，势欲将理性和情感彻底割裂，却分明又使它们越来越难分难解。情感这东西，果然是抽刀断水水更流啊！

晚上就别写了吧！我下载了两部印度老电影，听说非常不错。

我心想，既然是老电影，不看也罢。夏琴猜到了我的心思。

说老也不老，都是近年上映的，只不过我们太忙没赶上热闹。

好吧，看就看，有啥了不起的?！其实，我知道自己已经离不开她了。而她，也许觉得我这个年龄的老男人对她不再构成威胁。

三

电影确实不错，悬念迭出，快意恩仇，只不过太人设、太理想化了。

夏琴看得津津有味，还不时地尖叫呼喊、拍手跺脚。也许这才是她的本色！

人就是不能有心谋，无论阴谋阳谋。一旦有之，就难免戴上了有色眼镜，似乎一切都在变形。为了斩断这种自扰，我想起了一个关于电影的经典笑话，当然它与前两部印度电影无关。笑话说的是："一绝色美女不幸晕倒，被七男拖入原始森林，那么等待她的将是什么呢？To be, or not to be，这是一个问题……众人被吸住了眼球，纷纷买票观看，结果却是《白雪公主》。"另一个笑话与此相仿："一如花美女与七男经历了销魂的惊涛骇浪（注：绝非《白雪公主》）。众人再次蜂拥而至，结果却是《八仙过海》。"

　　　　哈哈，这倒有点像我们培训机构的营销策略……
比方说不能让孩子输在起跑线上，可人生终究是场马
拉松，得从头跑到尾！一开始就满负荷，中间咔嚓一
声折了，或者吧唧一声摔了……
我心想，你还好意思说？！

　　　　说到马拉松，我其实就是那种开始满负荷，中间
要咔嚓的人……
我问她是否工作压力太大。若果真如此，应该歇下来休整
一下。

　　　　压力在心里，也在身上……但与工作无关……
这我就不明白了。她夏琴一直是个乐天派，难道遇到什么
麻烦了？

　　　　我的问题令人不齿。我当然也难以向您启齿……
"有那么严重吗？"我以为她在无病呻吟。

　　　　很严重，比您想象的都要严重……
生病了？或者家里出了什么事？又或者才女她们要加害于
她？我实在无法想象，就禁不住想到了燕子和石头。

　　　　您别担心！暂时死不了。对了，我今晚要回公司
一趟，您早点休息！
她临走深情地回眸看了我一眼，然后打量了一下客厅。

　　　　我走了，您千万别熬夜！乖！
她这一声"乖"让我听了很别扭，但同时也很温暖。我看着

她的背影，目送她出了门。她回过头来朝我凄然一笑，眼睛里似乎噙着泪花。

她走后，我关掉客厅的吊灯，转身进了书房，但忽然觉得有些坐立不安。我出了书房，进了卧室，不到五分钟又去到了盥洗室。我边洗漱，边揣摩夏琴的言外之意。

待我洗漱完毕，重新回到卧室；被一种莫名的好奇心驱使着，我又离开卧室，打开了对面卧室的房门。那是最近夏琴居住的房间，自有一股脂粉气和一种淡淡的忧伤。房间还是那个房间，怎么会有忧伤味儿呢？

这是一种心理阴影，是夏琴刚才给我留下的暗示。

我情不自禁地坐到床沿上。脂粉气就更浓了。莫名的忧伤也有增无已。也许是怜香惜玉，也许是触景生情，我不得而知。

您该睡觉了！

是夏琴的电话。她怎么知道我还没有睡觉呢？我说这就睡了，也好叫她放心。忽然，我听见夏琴在电话里抽噎。我问她到底怎么了。

对不起！我不应该欺骗您……

我本能地认为她是才女或大师派到我身边的密探，但这并不让我感到惊讶，倒是她的情绪反而颠覆了我的认知。有什么好哭的呢？她并未对我怎么样嘛？

您一定觉得我既可怜又可笑……

"怎么会呢？受人之托，忠人之事，这我能理解啊！"

您猜错了。我是自作自受，跟她们没直接关系……

她停顿了一下，然后语气越发沉重和古怪。

　　她们不是人。她们连感冒发烧是什么滋味都不知道，更不必说其他疾病。

我知道她的这个"她们"是阴性的，而且所指十分明确：才女和朝露。可燕子不是死得很惨吗？

　　燕子是个例外，她就像是个试验品。我也是，只不过我是自作自受。

"有这么严重吗？干吗作践自己？"

　　您说对了，我说的自作自受可不是言语上的自侮。我真的玩儿完了！

我请她把话说明白些，凡事不必自个儿扛着。俗话说，"三个臭皮匠，能顶一个诸葛亮"。

再说人生除死无大事。退一万步说，人固有一死，早晚而已，只要活得其所，也就死得其所了。当然，我不能跟她提"死"字，毕竟不知道她何故情绪低落。也许她只是遇到了难解的结，一时想不开而已。

## 四

当夜，夏琴欲言又止。我也不好难为她，就叫她早点休息，然后互道晚安。但我一直有一种不祥的预感。以她的性情，不到万不得已，何至于如此悲观？

　　时间不早了，您赶紧休息吧！

夏琴在电话另一端催我休息,我哪有这个心情?自打认识她以来,从未见她这么苦兮兮的样子。因此,我必须知道究竟发生了什么。

您别问了! 就算为了成全我的一点点自尊吧!

我说就算是犯了大错,朋友之间说说何妨,只要不是穷凶极恶、杀人放火。

要是穷凶极恶、杀人放火倒也落得干净,大不了以命抵命……

"难道还有比这更严重的吗?"

是的,我自作孽不可活!

"都说到这份儿上了,难道还不能把话说得明白些吗?"我实在觉得有点神乎其神。

好吧,我告诉您,您可千万替我保密。您发誓……

"老实说我孤家寡人一个,想八卦都没合适的对象。"

我……这么跟您说吧,还不如染上艾滋病来得痛快,至少风流过! 我……从上到下都是假货……漂过白、拉过皮、织过发,眼睛是做的,鼻子是隆过的,嘴唇是扩过的,胸部是填过的,肚子吸过脂,两腿也动过刀、打过针……

她声音落寞,忽然号啕大哭起来。我想安慰她。我说那又如何,开心就好,爱美之心人皆有之……

您不懂! 医生说我太作了,实在太作了,已经无药可救，我要成为女版杰克逊了……如今校外培训机构被明令禁止，也罢，我该急流勇退、解甲归田了……

"有这么严重吗？不能复原吗？大不了做个隐士……对，解甲归田！"

我就是这么想的！躲到没人认识的地方去接受命运的最后审判。

"真的就不能治疗了吗？而今科学技术一日千里，总有办法的……"

一切都有极限……我实在是太作了，二三十年了，终于容貌和身体开始腐朽坍塌。因此，我不得不离开您，以后也不会再见了。我已经处理了公司的股份，卖掉了房子……唯一请求您的就是替我保密，我不想成为别人的笑柄。还有……

她欲言又止。我宽慰她说，没有谁忍心嘲笑你，一个与人为善、于世无害的夏琴。我推心置腹地对她说："其实我俩彼此彼此，你作身，我作心。你为了身体美丽，我为了内心干净。也许我们都是堂吉诃德，早晚得败下阵来。"

您别安慰我了。我只是被虚荣蛀蚀的可怜虫！我一直在想，悲剧都是有原因的：客观上固然有夜总会的规矩和燕子、才女潜移默化的影响，但起决定作用的还是内因。人家才女的天人之姿是造物所赐、生来如此，而我何德何能，干吗非得效仿？结果成了典型的东施效颦，或者丑女仿仙！

还有……

又是个没有下文的"还有"！

我想宽慰夏琴，就信誓旦旦地向她表示："既然众人皆醉，我何不哺其糟而啜其醨？"

> 千万别！人固有一死，能死得其所，远胜怯懦
> 苟活！我实在是没有办法了，路已走绝，不能再陪
> 您了！知道吗，您是我最眷恋的人。人生憾事，莫
> 过于此！

我表示无论如何，我都可以不离不弃地陪伴她、照顾她。可她心意已决，说既然已经无颜见江东父老，更不会让我看到她凋零枯萎、朽残衰败的样子。

我俩就这样拉锯战似的在电话里你来我往，终究谁也没能说服谁。

为避免读者腻烦，我不妨三言两语概括如下：一、夏琴身体垮了，被无数医学权威判了死刑，并且很快就会变得面目全非；因此她自知来日无多，难免精神萎靡、了无生趣；二、无论是出于怜惜还是爱意，我懊悔至极，但又分明为时晚矣；在她这般宁死之人面前，一切心理学理论和实践都变得苍白无力；三、还有，她终于说出了一直藏在心里的另一个秘密——她也曾是邪教的试验品，而仁丫头因为宁死不屈一度被关在夜总会的密室里。那是夏琴亲眼所见，至于后来她们如何不知所终，则可想而知。所谓冤有头，债有主，她和我的

厄运多半拜邪教所赐，她想找个垫背的。

这下轮到我忧心忡忡了。我恍然大悟，夏琴之所以如此担心我铤而走险，是因为在她心里早已有了拼死的念头。

愤懑和情急之下，我更不可能忘掉大师。我不得不自我背信弃义给才女打电话，并含糊其词地向才女禀告夏琴的情况。她听后十分平静地说："我知道她会有这么一天，却没想到这一天来得如此之快！您给我点时间，我来想想办法！"我说情况紧急，必须马上告知大师。才女首肯了。

但是，当我们分头给夏琴打电话时，她已经关机了。我懊悔得无地自容。想当初本是我一步步黏着她，待她转过身来，我却一味地疑神疑鬼。

我踏着晨光熹微中忽长忽短的身影，到十字路口等出租车，等了好一阵子也没见到一辆空车。我只好试着叫滴滴专车。约莫十分钟后，来了一辆黑色轿车。我来不及看它是何型号，就迫不及待地上了车。师傅很礼貌，也很专业。他让我扫了安全码，请我系好安全带，并问车内温度是否合适。

若换了平时，我一准儿会和他攀谈几句，但这会儿却一点心情也没有。

汽车在饮吧附近停了下来。我用微信付了车钱，并匆忙下车进了饮吧。才女果然已经先我到了。她虽然镇定自若，神情却较往常严肃了许多。

其实您大可不必这么早跑一趟，我们会帮助夏琴的……

我不知道她这是嗔怪还是客套。无论如何我都想第一时间知道大师的说法。才女表示理解我的心情，并说她也非常焦急，毕竟朋友一场。

　　我和夏琴既是朋友，也是闺蜜。她有难，我哪能袖手旁观？关键是师尊最近正在闭关静修，我怕……

我有点气不打一处来："不是说救人一命胜造七级浮屠吗？她总不能见死不救吧？闭关静修就那么重要吗？"

　　您并非我道中人，自然不明白个中玄机……

有什么玄机奥妙也不能忘了人命关天。所谓大道至简，我想你师尊总不至于不明白这一点吧？！当然，我也知道不亲则仇的俗理，大师不会应我之谊。她不害我周遭人等，我就烧高香了。

　　我并没有说不去请师尊施以援手，只是……

只是什么？要命还是要钱？要命，她尽可以把我这条老命索了去；要钱，对不起，我没有！所谓君子爱财，取之有道，而且还须散之有方……

　　您误解我了！我是想说凡事都有因缘际会，师尊也有回天乏术的时候……

那也得试试，不试又怎么知道回天乏术呢？


## 五


我自诩谦谦君子一个，不到万不得已很少光火动怒。可才女推三阻四的样子实在让我忍无可忍，何况她还左一个"朋友"、右一个"闺蜜"地叫着夏琴！

经过那一番较量，才女有好几天不再接我的电话。难道是我关心则乱，冒犯了她们？或者她翠花大师根本没那个本事？其实我一直认为她的那一套不过是另一种心理安慰罢了。别人好了，是她的功劳；别人不好，也是天命难违。反正信她则灵，譬如石头，至少多苟活了十几二十年。至于我等，却是咎由自取、不得善终，那又如何？

但夏琴是无辜的。她一个女孩子家家，无非是想让自己光鲜一点，何罪之有？！再说还不知道大师通过夜总会对她施了什么魔法呢！如今她命在旦夕，而她们作为曾经的朋友、闺蜜、同事，甚至试验品，又怎么忍心袖手旁观呢？我知道她们最终救不了她，但多少可以施一点"法术"、给一点安慰，让她多活几年、走得体面一些吧？

说到袖手旁观或背信弃义，我忽然记起了半个多世纪前翠花曾经讲过的一个笑话。那是关于猴子和兔子的民间传说，或许是马三立先生"逗你玩"的来源之一。

话说猴子撺掇兔子一起去玉米地偷棒子吃，兔子答应了。猴子让兔子在高处望风，自己钻进玉米地里吃了个饱。轮到兔子进去吃玉米了，猴子却拉泡屎后脚底抹油开溜了。结果有人来了，兔子吓得四处逃窜。第二天，兔子遇见猴子，抱怨它太不守信，害得自己差点儿被抓。猴子表面上认了错，但依然要求兔子望风，自己先吃。兔子拗不过它，只好迁就。猴子故伎重演，害得兔子差点儿丧命。第三天，兔子说什么也不肯再相信猴子了，它跑得快，一溜烟兀自进了玉米地。猴子只好替他望风，可它哪有那个耐心，望着望着就不耐烦了，心想这兔子效率太低、吃得太慢，就擅自跑进玉米地开吃了。兔子见猴子太不厚道，就小声对它说：我肚子小，吃一点就饱，你慢慢吃，还是我去替你望风吧！万一有人来了，我会给你发信号的，即使被人逮着了，你也尽可以往我身上推，就说是你爷爷叫你来的，因为我的名字就叫你爷爷。猴子高兴得屁颠屁颠的，它正在那里大快朵颐，只听得兔子放了一个响屁，拉了一大泡屎，然后吱吱地喊着叫着朝玉米地冲了进来。没等缓过神来，猴子被捉住了。人们将它抓到玉米地外，问偷吃玉米、乱屙屎的还有谁。它说："你爷爷！"于是，人们用板子打了它的屁股。它不停地喊"你爷爷"，人们就不停地打，直打得它屁股又红又肿。据说，这便是猴子红屁股的由来。

大意如此。

我是多么希望大师有朝一日成为人人喊打的猴子！尽管这只是我的一厢情愿，但只要有人祈盼，希望就始终存在；就像潘多拉的匣子，当灾害都在太阳的金线和月亮的银线的编织下粉墨登场后，希望还会远吗？

才女音信全无。

夏琴杳无音信。

大师也不再假惺惺地要约我见面叙旧。而我为了夏琴早已追悔莫及。

时至今日，唯有我的家人一直在关心我，劝慰我，尽管他们并不了解我的真实情况。我想，也许只有老白算得上是一个知己，可他已经自顾不暇。

就在走投无路之际，我给老白打了个电话。

他被人送进了另一座城市的精神病院，与之朝夕相伴的还是老余。

正所谓两害相权取其轻，也许精神病院才是老白安度晚年的最佳去处。出于关心，我一边继续给夏琴拨打电话，一边启程前往老白所在的城市。

你来干吗？

这是老白见到我之后的第一反应。他劈头盖脸地说了好几个"你来干吗"，我当然明白他的用意：他早就说过，老余不是个好东西。

老余见我来了，就从远处跑过来打招呼。他气喘吁吁，像是正在运动。

您也不打个招呼，早知您要来，我可以去高铁站接您啊！

我说不用麻烦，顺道过来看看两位。

这么说您是出差喽？

我说是的，有个项目没完成，需要进行田野调查……

那您就来对了。这家医院资料很丰富，而且有我和老白在，院方一定会提供方便，或者您也过来兼职吧?

我婉言谢绝了。我说手头有个合作项目,是关于青少年心理问题的,要和不少心理学同行相向而行。

鉴于无法和老白畅谈,我只能匆匆道别。老白做了个手势,意思是电话联系。

我回到宾馆,老白借别人的手机给我打来电话。我把夏琴失踪的事简单说了一下。他认为这对我是好事,毕竟夏琴是才女她们的人。当然,他不知道夏琴的身体状况,以为她的消失只是"工作调动"而已。有时偏见真的害人匪浅。我记得有个笑话,说的是西方政客如何瞧不起中国,因为在他们看来,我们没有思想,只知道制造器物。于是打脸的哲理来了:当穿上绸缎时,他们说,"这是绸缎";当容器装满茶水时,他们又说,"这是茶水"。只有当他们脱掉衣服、喝光茶水时,才会发现内领和杯底写着"中国制造"。同样,当他们拥有财富和武力时,便只看到他们的财富和武力;只有当他们失去财富和武力优势时,他们才能做回自己——有一点毛的两足动物。

然而,我不怪老白,也不怪洋人。一切自有事实说话,还有时间老人的见证。

尾声

　　听说最近流传着一个笑话，话说某公司延揽人才，其中一个职位是高级公关。经过多轮笔试、面试，最后只剩下两位候选：一位貌若天仙，另一位才智过人。老板二话没说，就挑了后者，理由是漂亮不是唯一选项，蕙心兰质、怀瑾握瑜最是重要。结果不到两天，人们发现另一位成了准老板娘。于是，另一个笑话在公司不胫而走：有人给一位整形医生介绍对象，因为他打而立之年就开始从事整形外科，见到女孩儿就琢磨怎样锉骨拉皮吸脂隆胸最好看。直到四十岁上被迫无奈来见朋友介绍的对象，结果一看还是自己的手笔，心想果然是不惑之年有大不惑啊！

　　本来夏琴有可能成为我的同谋，甚至更进一步，因为我其实已经对她产生了依赖，甚至爱情，没想到剧情反转，她因为身体原因临阵折戟、不知去向了。老白在老余眼皮子底下过活，也不可能给予任何帮助。我已经黔驴技穷：不是死无对证，就是无能为力或力不从心。

　　一切明明白白、清清楚楚，但我就是没有拿得出手的司法证据。这就好比俗话所说的"哑巴亏"，只能眼睁睁地看着大师逍遥法外。也许我有生之年将再无机会看到她做回自己——曾经的无毛两足动物了！

　　老白虽然被关在精神病院，却依然锲而不舍，以为有志者事竟成适用于任何目标。哪有那么简单哦？！666粉是成功了，但不晓得有多少化学实验却上千次、上万次未获成功呢！我们的目标也是如此，它就在那里，而且近在咫尺，却又是如此地可望而不可即。它犹如恋爱中的单相思,一味地沉溺于苦哈哈的一厢情愿。

老白是不达目的誓不罢休的倔脾气。

　　喂,我通过一个在贵市医院工作的亲戚查到了夏琴的病历,说她已经病入膏肓了。你知道吗?

我支吾说知道一点。

　　这么看来她跟燕子一样,也是她们的试验品,同时更是她们的同伙。

我不赞同他的判断,却又不能实话实说。我只能劝他不要太武断了,夏琴曾经是燕子和才女的同事不假,但她也可能只是可怜的试验品,没有任何证据说明她就是她们的同伙。尤其是在前不久的绑架事件中,夏琴一直站在我们这一边,并未像陆富贵那样落井下石,甚至釜底抽薪。

　　那个王八蛋你就别提了!


一


　　人总有看走眼的时候。我回首大半生,除了极少数亲戚朋友,其他人等基本可用一字概而括之:易。我说的并非满大街泛滥的所谓易学,而是认为人都在变化当中。时移世易,唯有变化是不变的真理。古今中外,概莫能外。

　　我有同窗十几二十年的洋人,也有共事十几二十载的同事,心流所至,多半仅剩一张模糊的面孔或一抹混沌的微笑。

名字基本都想不起来了，他们的性情、品行等更成了遥远的记忆。阅人无数等于白阅。因此，我劝老白勿为过去伤心，勿替故人纠结。

老白不肯绥化。他坚定不移地相信我们周围满是才女等人的密探和特务。他本就多疑，结果还栽在了陆富贵手里。到了这个份儿上，叫他如何回心转意？我知道很难说服他，这种"江山易改，禀性难移"，又多少矛盾地颠覆了我关于人心易变的观念。

你知道夏琴得的是什么病吗？肌肉溃疡！这不又是一个燕子吗？所幸你听了我的劝，没跟她怎么样……

我说是她压根儿没打算跟我怎么样好吧，再说她跟燕子得的不是同一种病。

你怎么知道？

"我跟她在同一屋檐下住了这些日子能不知道吗？"

这么说你俩还真有一腿！

"什么叫'有一腿'？我俩干净得像火星和月亮，与男女之事根本风马牛不相及。"

我不信！

"信不信由你，但事实就是事实。事实胜于雄辩，而且终将使你有口无舌、没话可说。"

咱们走着瞧吧！但愿你别像那个为富不仁的家伙，成为她们的殉葬品！

我知道他又在谤议石头，就劝他积点口德。他简直是犟驴一头，又哪里肯听？不过至少他不再认为燕子是被石头害死的，从而又多少反证了我关于人心易变的看法。

我告诉你吧，她们都是有的放矢，而且支支诛心、箭箭要命。我老白之所以活到今天，无非是因为不那么好色。换了你们，也就是你们的下场！

我俩真是话不投机。为避免对牛鼓簧、白费口舌，我只得改变话题，叫他注意身体。这是一箭双雕，它既是祝福，也是提醒：不要成为第二个老齐。

你自己泥菩萨过河，当心被淹！还是多去医院看看吧！

我说这就不用他操心了，我自己有数；不到万不得已，也不会像他那样，稻草人救火，自寻死路。

两人的电话交谈就这么不欢而终。好在他并不知道夏琴健康状况的细节，兴许借助于基因疗法，她哪天又焕然一新、做回自己了呢？

有一种说法叫丑女多作怪，她夏琴难道原来长得很丑吗？我忘了询问老白，但细想一下，又觉得不该节外生枝，何况几天下来我已经筋疲力尽了。

当夜无事，我在宾馆小憩了一会儿，第二天一早就乘高铁返回了。回到家里，扑鼻而来的依然是夏琴的脂粉香气。这让我又一次忆起了才女和朝露的体味。立场使然，我越发相信才女和朝露是她翠花大师的孩子。至于她如何生下她们，以及燕子、小朝等等，唯有一个解释：在国外克隆的结果。尽管这只是一个假设，类似于哥德巴赫猜想，但若让我抓到蛛丝马迹，她大师的好日子恐怕也就到头了。

真是谈何容易！她居无定所，美洲、欧洲到处是窝，要与她周旋简直比登天还难。我曾经拜访过不少生物学家和生命科学家，得到的答复始终是模棱两可。换言之，技术没问题，但伦理有问题。世界顶尖生物工程研究机构早有默契，那就是尽量阻止有违伦理的人类克隆技术跨越底线、走进实践范畴。

然而，事实摆在那里。她翠花何以同时，或几乎同时生下这许多一模一样的孩子？从与石头有肌肤之亲的燕子，到后来的小朝、小露、朝露和才女，仅我等亲眼目睹的就有好几个。那么，我等没有遇见的诸如此类又有多少呢？怎一个忾字了得！

多少年来，人文学科的发展举步维艰，而人工智能和生命科学却如脱缰野马，一日千里地向前奔腾。如果没有中华民族天人、人人、人己思想坚如磐石，我真不知道世界将何处去。问题是中华民族并非铁板一块，她翠花大师就是一个离经叛道的大怪胎，与臭名昭著的全能教或圣殿教教主没什么差别。为了一己之私，她竭尽蛊惑、诱骗之能事，不知道已经让多少家庭妻离子散、不得安生！

怪只怪我等无能。一不小心，石头白白地丢了性命；老齐刚有点想法，就不得善终；老白则是聪明反被聪明误，差点儿万劫不复。我自己最没出息，半辈子哈姆雷特似的优柔寡断，最后恐怕也得搭上这条老命。至于夏琴，近朱赤、近墨黑，一半是海水，一半是火焰，到头来反误了卿卿性命……

《抱朴子·内篇》中载有一则遐览，说的是变化之术，你只须依法用药及符，不仅能令自己上下翻飞，还可隐逸自如，而且笑一笑即可成为娇艳妇人，蹙个眉头即可成为耄耋老翁。此等法术也许正在世上流行。男人变女人，老人变青年，反之亦然。这固然刺激，但也让人十万分地恐惧。

联想到夏琴，我的一个乐观遐想是她和燕子也许都平安无事，因为大师可能就是那个掌握了现代神药和最新秘符的超人。夏琴和燕子一样，只是去了一个我等无法企及的方外之地，在那里安享极乐。

若果真如此，我倒可以安心了，但问题是大师她们能饶过我吗？如今我是唯一知道大师底细的人。想到这里，我忽然觉得自己可能真的江郎才尽、无计可施了。我本能地记起了木棒的一个苦笑话，说的是有个秀才自诩才高八斗，却经常被太太戏弄，说他百无一用。有一天，太太又奚落他说，女人至少肚子里有货会生娃，看看你们这些酸秀才，半辈子憋不出一个屁来。秀才很是气愤，骂她鼠目寸光、俗不可耐：首先，屁不能叫屁，那是虚恭；其次，但凡女人都会生娃，可有几个会读书做文章的呢？太太鄙夷地哼了一声，问他文章能当饭吃吗，再说也没见你做出什么大文章来呀。秀才大怒，说文章千古事，哪能想做就做得的。太太于是更有底气了："说来说去，还不是因为肚子里没货？"秀才这下真恼了，他暴跳如雷，骂道："你妇道人家懂个屁！"

　　木棒让我想起了青年时代。当时我们正在备考，几乎将中学课本重新过了一遍，只道是脑袋太小，一时间灌不进这许多光一般发散的知识。石头天天念叨清风镇的陈芝麻烂谷子。其实我只比他少待了几年，又不是几十年。倘使现在回去，那必定是恍若隔世。我听说秦家和岳家成了姻亲，而且由于亲戚财大气粗，秦家几乎成了镇上的首富。

　　对呀，我为什么不回去看看呢？兴许还能从老乡那里获得点有用的信息呢！于是，我背上双肩包说走就走。中午一点就有一趟复兴号，傍晚即可到达县城；从县城到清风镇的车程也只需一个小时。

　　夜色朦胧，我站在小镇中心广场观察周围旅店的情况。果然是"麻雀虽小，五脏俱全"，旅店、餐馆、超市，应有尽有。我找了一家看上去还算体面，且比较热闹的旅店，关键是店名不俗。我扫码、登记、付费就绪后，几乎来不及洗一把脸，便出发去岳家了。岳队长的儿子小我十岁，他对我们一干知青还有些印象，上次我来找朱医生又碰巧与他有一面之缘，但他因一直在大城市工作，对镇里的人头并不熟悉。倒是他妻子文娟知道不少关于大师的传说。女眷们茶余饭后在一起打麻将，免不了叽叽喳喳、海阔天空。而家里照拂孩子的保姆恰好是清风镇附近的一个老太太。她的年龄看上去比我小不了几岁，但实际刚满一个甲子。据她所知，大师几年前微服私访来过一次，可镇里和村上已经没有人认得她了。人们是在她走了后才慢慢传开的，起因还是中心广场的如是宾馆。那正是我下榻的宾馆。之前它叫金银旅店，是大师下榻时顺便替老板更名的。老板见客人来头不小，非但要了上房，而且只吃素斋。为此，老板根据这位贵客的吩咐，专门买了一套炊具替她做菌菇豆腐、野菜竹荪、素炒葛根、韭心芋头等等。她出手阔绰，身边好像还有保镖，尽管他们都住在对面和旁边的旅店。老板欢欣鼓舞，当天摘掉牌匾，第二天就换了店名。

大师走后，宾馆的生意越来越红火，而且人们慢慢领悟了个中奥妙：原来如是就是大师，大师就是如是。于是，那些信奉大师的宾客纷至沓来，人们一床难求。老板立刻着手与隔壁两家旅店联营，以便闻讯赶来的信徒能沾上一点仙气。如今大师用过的床榻和桌椅都原封不动地陈列在那间上房，谁想住上一晚，那得花大价钱，而且还得预约、排队。消息越传越邪乎，一时间宾馆成了求仙问道、瞻昂昊天的处所。后来，连老板自己也成了半仙，结果道行太浅，反而使生意开始变得有些冷清了。可老板自得其乐，反正钱也赚了，仙气也沾了，摇头晃脑、闭目冥想的功法也学了点皮毛，终于开始没完没了地钻研易学。虽然清风镇早就开始实行火葬，但附近山区依然盛行土葬。老板有时会被请去看风水，掐指胡诌些冥寿仪轨，以便慎终追远、光前裕后。当然，所谓"胡诌"是我的看法，并非人之共识。

除此之外，我几乎没有打听到任何与大师有关的消息。我认识的同辈人已经所剩无几，即使小我几岁的也大多目盲耳聋，年轻一点的又大抵出了远门，到大城市闯荡去了，不到还历之年是不会回来的。诚然，我不经意发现了一个奇怪的现象：

留在镇上的人仅靠生意和麻将度日。除了山上退耕还林，河边也有一些土地荒芜着、长满了灌木和茅草。大多数人似乎不屑于"种豆得豆，种瓜得瓜"之说了，他们宁可到超市买菜，也懒得下地干活。

好在这一带交通便捷，风光怡人，人们靠商业和旅游即可活得不错。

虽说老队长早已过世，但他的孙子岳云大学毕业后在县城农林局工作；妻子姓秦，是师范学院的英语老师。据说她还是留美归国的高才生，为了和丈夫厮守在一起，毅然回到了故乡。因为有这条线索，我回到当时插队的村庄也只是匆匆看了一眼，实在不忍心多逗留一刻：满眼望去，但见粉墙黛瓦，却鲜有人气。年轻人都出去了，他们只有春节才回来，而且最喜聚到麻将桌前通宵达旦。多亏城镇化建设是刚性的，硬件已经非常了得。比如网络，又比如公路，再比如厕所，等等，可谓一应俱全。

回到县城后，我很快根据其母提供的联系方式找到了岳云。年轻人气宇轩昂，颇有几分老队长的精气神儿。他邀我到家里小坐，我想他是看在其父和爷爷的分儿上。

一看就是两口之家，生儿育女尚未提上日程。客厅挂着两口子的结婚照和与之对位的一帧风景画。结婚照下方是两用沙发。风景画下方是电视机。餐厅挨着厨房，而餐厅旁边的书房壁龛中摆了一尊手持净瓶的瓷观音，净瓶里还插了一枝小玫瑰。岳云说供奉菩萨只是讨个吉利，同时也因为太太是个居士。

原来如此。

我说信教从善是好事，别迷信就行。他说不会，倒是父母思孙心切，使他们夫妻两个压力山大。这大概是很多年轻夫妇面临的实际问题。除非铁心做丁克，不然还是早点生育比较好。他说工作忙，自顾不暇，哪敢要孩子？这也是实话。

鉴于聊得不错，我就倚老卖老，问他怎么看满世界的大仙大师。他礼节性地笑了笑，并说他母亲打过电话，叫他实话实说。

我们的思想比较空灵，不相信肉眼凡胎有什么法力，无非是欺世盗名、骗人及己。

想不到年纪轻轻有这样的洞见。

岂敢，岂敢！听我爸妈说，您才是有思想、有担当的共产党人……

我说自己距离这个称号还差得很远，不过倒是真想为净化社会风气尽一份绵薄之力，何况信奉马列、反对迷信是我们的一贯倡导。

我听说您在打听罗翠花的下落……

我说是的。

好几年前，她确曾想在县里做投资，但因牵涉到土地征用……我们土管局和农林局合署办公，最终没同意。她想……建一座大法寺。

我想知道她是不是亲自来洽谈的。岳云说不是。见我很想知道来使的情况，岳云带我跑到对面办公大楼的土管局。我们在土管局的档案室找到了一个人留下的材料。他叫余崇礼。我自然而然地想到了精神病院的老余。后者叫余崇德。崇德、崇礼，岂不洽合？可惜岳云没见过余崇礼本人。

## 二

在岳云的帮助下，我见到了土管局的一位科长，他见过余崇礼。据他描述，这个余崇礼中等个子，不胖不瘦，长着一张大众脸，唯一引人注目的特征是发际线比较高，几乎延展到了头顶。这么说来他还真有点像老余。

为了证实此余是否彼余，岳云还把我带到了监控中心，那里保存着近十年所有监控录像。根据已知时间，我们跃滑着看了若干光盘，直至找到余崇礼。

果然是他！虽然这个老余有意规避摄像头，但还是留下了一些正面镜头。

这对于我称得上是重大发现。

有了这个重大发现，我对小朝、小露也有了新的认识。

我本想请岳云两口子好好吃一顿，结果被婉言谢绝了。岳云说他太太这周下午有课，下班比较晚。我不忍心勉强小两口，就说后会有期，来日再聚。

因为意外收获，我又开始对自己的直觉有了一点信心。看来凡事找源头是有道理的，无论问学还是探秘，源头总是最重要的，尽管我知道这些年大师在刻意抹去其所从出的时间地点。

我带着一丝新的希望，迅速买票，直奔老余和老白所在的城市。

你怎么又来了？

这仍是老白和我重逢的第一反应。我习惯了他的冷峻，但内心依然不能接受他的说话方式。即或出于关心，也无须咄咄逼人。

来得好啊！我都快被他折磨死了……

老余喋喋不休地抱怨起来……

是你自找的，我可没请你来！

老余显得很无奈："瞧瞧，他不把我折磨死心里不痛快！"

我拍拍老白的肩膀，将他按捺住。他可是我硕果仅存的同谋，况且身边还有一个大师的亲信。我趁老余不备，问他是否有一个孪生兄弟。他先是一怔，然后定神否定。我说在哪里看到了，还跟他打过照面。

也许是撞脸了……

我说也许吧，不过跟你长得一模一样，就连发型和眼神都如出一辙。

在哪里看见的？我很好奇耶，想找他做替身。哈哈……

那可是真假美猴王！两个人站在一起，谁都得蒙圈……

别卖关子了！赶紧告诉我他在哪里……

我让他少安毋躁。我说年纪大了，对时间地点都健忘得很。

别告诉我是做梦就行！哈哈哈……

见我绞尽脑汁想不起时间地点，老余有点得意忘形。老白及时插科打诨，说相貌酷似的人多了去，就看良心是不是都一样坏。

老余觉得老白的含沙射影毫无意义。"你这不是矛与盾吗？良心怎么坏了？"老白寸步不让："你这叫强词夺理！我看你这良心就是坏的，大大的坏！"

你瞧瞧，又来了！有本事你出去撒野啊！

老白翻着白眼说："我不想出去，外面尽是你这等坏人！"我急于回到正题，便胡诌了一个地方："老余，我想起来了，就在高铁上。我跟你兄弟打招呼，他没反应……"

啥时候？

我说好几年前，因此都淡忘了。他顿时陷入沉默。他一定在回忆几年前那个余崇礼去过哪里，是否坐过高铁……我劝他别想了，"那人叫余崇礼，跟你一字之差"。

这世界真是无奇不有，居然还有这样的巧合。难不成他是我的某个堂兄弟？

我以玩笑的口吻说："可能是你的克隆兄弟吧？"

你真会说笑话！

在我和老白两对犀利目光的注视下，老余明显有点心虚。他王顾左右而言他，说我的笑话让他想起了老齐："我觉得你跟老齐也像孪生兄弟……"

像个屁！

老白直言不讳地打断了他。"他跟老齐半点儿都不像，还隔着代沟呢，除非你的眼睛有毛病！"

老余无奈地耸耸肩："这世道，就是只许州官放火，不许百姓点灯！"

你才是州官，整天管着我！除了拉屎和做梦，你

都跟着……有时候连做梦，我都能看到你的幽灵！

老余故意玩风趣，问老白幽灵长啥样。老白说："就长你这样！"

我虽然没能从老余嘴里套出点什么，但他的言语和表情已经说明了一切：他有一个孪生兄弟；或者他身兼二职，既是余崇德，也是余崇礼。至于是否属于克隆的产物，我难以判断。这需要基因工程的鉴定。因此，我故意绕着他俩踱着方步，同时用手指不停地梳头按摩。我让老白也学着用手指按摩头皮。老白照做了，老余也本能地捋着稀疏的头发。这时，我看到有两三根头发掉到了他肩上。这便是老花眼的好处。我假装替他掸头屑，顺手捡了一根。尽管我并不确定这一根头发的作用，但也算是一种未雨绸缪。我需要一些证据，这还使我萌生了收集才女和朝露发丝的想法。

人生像棋局，走错一步就可能满盘皆输。我这辈子唯一的错就是认识翠花，并且同意做她的对子。后来的一切都成了挥之不去的噩梦。

请原谅，我不想像祥林嫂那样不停地唠叨，故而有意略去

了诸多无辜不幸的细节。偶尔一提，也只是必要的点缀，以便活剧得以赓续，譬如说书人的提点或者连续剧的片头。

告别老白，回到家里；环顾四周，茫然如陌。我试着给夏琴打电话，得到的依然是"您拨打的电话是空号"。我放下双肩包，打开电热器，好好地冲洗了一番。没有夏琴的帮助，要想取得才女和朝露的发丝并不容易；但反过来说，即使有夏琴在，我也不见得敢放手请她去做这件事情。万一她拿自己的头发糊弄我呢？或者直接把消息泄露给才女和朝露也未可知。

摆在眼前的难题是如何取得才女和朝露的发丝。才子佳人小说中经常有女子将自己的头发作为信物赠送给心仪的男子。也有人在理发店收购女郎的飘飘长发，以便做成假发套高价出售。

我先给朝露打了个电话，想请她聊聊。朝露答应得出乎意料地爽快。我们约好第二天下午到夏琴过去经营的培训机构斜对面见。

当日无事。

第二天早晨，我强迫自己睡了个懒觉，但起床时反而脑袋蒙蒙的。我吃了早点，然后吞了一片阿司匹林。时针已经指向十一。我重新洗漱一番，然后换上西装、系好领带。准备出发时，我看到窗台上栖着一对鸟儿：一只是白鸽；另一只不是白鸽，而是斑鸠；不像鲁迅的百草园，两棵都是枣树。

好不容易熬到下午两点，我早早地出门了，并且一路想着：倘使直接请朝露赐一根秀发呢？问题是我张得了这个口吗？有什么理由呢？即或我厚着脸皮、不怕被当作老流氓，她要是不给呢？叫我情何以堪？！

到了茶馆，我反倒镇定了，因为我想到了万全之策。

朝露准时来了。我知道朝露喜欢意式咖啡，就替她点了一杯。她的这个习惯应该是在才女的饮吧养成的。待服务生沏茶已毕，我请他尽快把咖啡端来。

服务生出去一小会儿就端着咖啡回来了。我故意绊了他一脚，咖啡洒了朝露一身。我趁着替她用纸巾擦拭肩背，顺手拈她的秀发。朝露"啊哟"叫了一声，我忙不迭说对不起。结果到手的不是一根，而是一小绺头发：足足五根哪！

朝露何等人！她居然知道我有意揪她头发，便故作羞赧地嗔怪了一句。

您要我的头发何不直说呢？

我赶紧说自己虽然没有收集美女的本事，却有收集美女秀发的癖好，但又羞于启齿，只好想出这等下作的法子……

没什么，头发拔了还会长，就当是分蘖了。

这话可不像是她这个年龄的人说得出来的。"分蘖"不是一般的农业知识，只有那些种过麦子的人才知道它意味着什么。我一边自责，一边禁不住赞叹她的博学。她摇摇头，说都是从书本上学来的，只不过今天才得用上。

您今天唤我来不是为了要我几根头发吧？

我说当然不是，我想知道大师何时召见。我都望眼欲穿了……

师尊最近一直在闭关修行，等出关了我第一时间
向她禀报。夏琴有消息吗？也不知道她怎么样了……

"我哪里知道哦！夏琴所以离开，就是为了躲我。除
非……"

除非她安然无恙。

我趁机问起才女。朝露说她姐很好，最近正在考虑着手写
一部关于师尊的传记。这有点出乎我的意料。翠花她一个邪教
教母，满腹的歪理邪说、迷信诳语……

我姐想到国外去出版，如今国外信徒越来越多……

呵呵，幸亏国内管得严，否则准会乱成一锅粥，而且是"八
宝粥""N宝粥"！看来她们要和境外势力沆瀣一气、曲线救教
了！简直是无耻之尤！

我心躁动如万马奔腾，但又不能对朝露有半点宣泄。我请
她转告才女，只要她们愿意，我可以为其所用，譬如在同行之
间传播大师的丰功伟绩。

您已经帮我们很多，师尊对此深表谢忱。若非您
及时出手相助，我姐恐有不测……

我当然要说才女吉人天相，况有大师相佑，万万不会遭遇
不测。但朝露接下来的话忽然让我觉得醍醐灌顶，尽管她很可
能只是一种试探。她说姐姐不应该出尔反尔，脱险后立即背信
弃义，驱逐老白……我一边揣摩着朝露的心思，一边有口无心
地说老白又进了精神病院。

难道朝露要取代才女？一如当初才女取代燕子，这不是完

全没有可能。但我无论如何不能心存侥幸。于是，我说自己孤家寡人，除了改弦易辙、投靠大师，已经没有出路。至于她们姐妹，在我心目当中都被尊为大师的使者……

您是不知道，我姐野心很大……

难道她要取代大师？

她不甘心目前的地位，一直觊觎首辅之职。

果然是个独立王国！居然还有首辅！那么文武重臣、各级官宦机构也就不难想见了，而才女和朝露又是什么职务、扮演什么角色呢？

我品级比较低，相当于七品芝麻官吧……

我不知道她是不是在开玩笑，就顺势问才女是何品级，但得到的答复却是朝露的含糊其词。也许是秘密攸关，无可奉告吧！


# 三


人类自我膨胀，却感喟宇宙的谦虚；说它明明包罗万象，但一直只是太空。而我从心理学的角度观察太虚，认为它才是自然正义的化身，借规则使半径四百多亿光年的一切运转得井然有序；同时用黑洞吞噬一切"离经叛道者"，哪怕它们的体量是太阳的数百倍、地球的数万倍，或者让它们流星似的一闪而过，变成火、变成灰、变成……

说到宇宙、黑洞或流星，我就会想起万历年间的一桩公案。

那是在公元1591年，国家刚刚经历了困难时期，西北边陲又遭遇外族进犯，一时间可谓满目疮痍、饿殍遍地。在翰林院行走的汤显祖等言官不满朝中文武碌碌无为，遂借彗星说事，上奏朝廷，揭发群臣欺君罔上，致使民不聊生，还说前首辅张居正"刚而有欲"，当朝首辅申时行"柔而有欲"。结果不妙，汤显祖被贬。但正所谓"吃一堑，长一智"，在他出任浙江遂昌县令时，又借力打力，成了灭虎英雄。话说当时浙西山区虎患累累，百姓深受其害。由于当地迷信盛行，汤显祖的打虎告示一时无人响应，于是他将计就计，谓虎借神威，但贵不如人。他在城隍庙设坛作法，自诩天命在身，终于召来许多年轻力壮的猎手、猛士，短短数月灭虎十余只，从此保得一方平安。

倘使我也学汤显祖借力打力，又当如何？

也许这是打败大师的唯一办法。我故此向朝露请命，希望助她一臂之力。朝露重新变得谨慎，问我缘何帮她。我说理由很简单：才女背信弃义，出尔反尔。这也是朝露的原话。

那么条件呢？

我说没有条件。

无条件的买卖我向来不做……

"那好吧，告诉我大师现在何处，我想见她。"

这还差不多。可惜我也不知道师尊在什么地方，她游历四方，居无定所……

"她不是经常闭关修行吗？怎么会居无定所呢？"

这您就不懂了。师尊道行深，所谓闭关只是不见闲杂人等，并不需要特定场所。

原来如此！

权宜之计，我准备放弃才女，顺着朝露这滴随时都可能挥发的水珠见机行事。为博朝露信任，我邀请她到家里坐坐。她欣然答应，并说随时可以。因此，我从茶馆直接带她回家，一路上海阔天空地聊着，无意中得知她正在帮才女经营饮吧，却疏忽了自己的超市。我听说超市始终是现金流最大的处所之一，利于不法商人洗钱。然而，朝露却说得非常高大上：开店是为了帮助地方解决就业，同时盘活经济。对此，我无话可说。

进了家门，朝露好奇地四下张望。末了，我请她在客厅坐下，一边沏茶，一边取出石头留下的几张残笺。

如今，我只能将赌注押在朝露身上，试探她对燕子之死有何反应。待她看完这些字迹，我就把夏琴对才女的指摘和盘托出。

有这等事？那才女也太恶毒了！

我说武则天为了自保，更为了权力杀害子女的史实众所周知，她才女有何不可？

我知道才女心狠，却不承想她竟会狠到这步田地。

有她这句话，接下来我就好办事了。事实上，成功引救才女等于宣告了我和老白的同谋关系，何况陆富贵还是她们的人。因此，我已经失去了才女的信任，而朝露很可能正是出于这一点才主动向我抛出了橄榄枝，却正中我的下怀。

朝露对我知之甚少。即或才女或夏琴对她有些影响，但以目下的处境，我除了借她之道放手一搏，早已没有退路，更谈不上什么进路。

听说夏琴姐姐一直跟您住在一起……

我说不是一直，而是住了一阵子。

也不知道她现在怎么样了……她温柔吗？

"她很好，不过她信奉独身主义，跟我一样。"

我也是。我姐不是，她有男朋友。那家伙是个人渣……

看来她很不喜欢那位准姐夫，但她说我认识那个人，只不过她不想提及他的名字，即使想一想都觉得恶心。由于她在"恶心"二字上加强了语气，我几乎猜到了一个人。顺着这种猜想，我忽然也觉得有点恶心。陆富贵……

千万别提这个名字！恶心死了！

"怎么可能？！"

是啊，怎么可能？！但事实如此！那王八蛋企图……他居然还觊觎我……

我问才女是否知情。她说应该知道，"问题是她鬼迷心窍，觉得那个人渣好得像条哈巴狗"。我说也许这正是她想要的，但以她的姿色和才华还怕找不到白马王子吗？

怪就怪在这儿！我觉得她早晚会坏了师尊的好事！

"那你干吗不早点报告呢？"

关键是我虽在前沿，却不能越级向师尊报告，何

况我没有直接的联系方式，事无巨细都得通过我姐或

另外等同品级的前辈。好在现在手机联系很方便，过

去那叫一个麻烦！

我豁然开朗。看来她们姐妹的关系果真像夏琴所说的那样，并非铁板一块。而今，既然朝露肯将这等秘密透露于我，她一定是有求于我。

朝露对我真情还是假意已经不重要了。至少才女当着我的面曾经佯装不认得朝露。事已至此，我也确实再无能力分辨真假对错，仿佛溺水之人，逮着什么算什么，管它是不是救命稻草。死马当作活马医吧！

是夜，朝露走了。寂寞中，我想起了木棒说过的一个笑话，话说有三个探险家身陷撒哈拉沙漠，又饥又渴。美国人说，要是有瓶可乐，我死也愿意。法国人说，要是有个美女，我也死得其所了。最后，阿拉伯向导说，要是变成阿里巴巴，我甚至不想走出这沙漠呢！这时，魔鬼听见了，他乘着飞毯来到三人面前，并说可以满足他们的要求，而且每人还可以再提一个要求。于是，美国人喝完可乐后说要回家，法国人得到美女后也说要回家，唯有阿拉伯人变成阿里巴巴后知道了宝藏的位置和芝麻开门的秘密。可是他孤独无援了，眼看着宫殿般的宝藏却只有一张嘴、一双手。这时，他向魔鬼提出了第二个愿望：我想请美国人和法国人回来陪我。因此，美国人和法国人又一无所有地回到了沙漠，只能拜阿拉伯人为王，不仅美女成了王后，美国人和法国人也成了侍臣……

您早点休息，我们明天再聊。

这是朝露的电话。我们互道晚安，就像当初我跟夏琴那样。但情况发生了变化，朝露不是夏琴，我对她葫芦里卖的什么药还一无所知。

第二天，我开始恢复晨练。正绕着楼盘慢跑、快走，一个熟悉的背影在路灯的影映下刺入我的眼帘。端的是"一叶浮萍归大海，为人何处不相逢"！我看见才女从一个门洞出来，那是这个楼盘中最高档的建筑，听说当初是开发商为自己精心打造的。

果然是大隐隐于市，她就住在我身边，而我却浑然不知。

我竖起衣领，戴上墨镜和口罩，悄悄尾随才女，直至她进入一号楼专用停车场，而后驾着一辆法拉利呼啸而去。

由于才女已经将饮吧交由朝露管理，我不知道她现在从事什么工作。无论从事何种正当或不正当职业，都不影响她公主般的锦衣玉食、香车豪宅。我要做的便是守株待兔，看好这个门洞。听说这栋特殊的小楼只有几户人家。那么她才女笃定是其中之一。

我到地下停车场卸下车用摄像头，趁早晨星稀人少，调好镜头，并将它连上充电宝、包好防雨膜在树上绑定，再用枝叶将它适当隐蔽。好在如今孩子们不会爬树，摄像头装在树上很安全。

为了窥探才女的行踪，我还效仿老白，特地买了一台具有夜视功能的苏式军用望远镜。

午睡时分，我见四下里一片寂静，又像猴子一样爬上树，在树叶的掩护下拿望远镜四处窥探。只要才女一回来，她就逃不出我的视线。

但是，所谓狡兔三窟，万一才女并不住在这里，我岂不真的成了守株待兔的愚夫?!

不管怎么样，我总得试试。同时，朝露也许是一个可以利用的人。如果真像她所说的那样，姐妹间有嫌隙，那么她就不失为一枚好棋子。过去翠花常说苍蝇不叮无缝的鸡蛋，现在我就尝试着做一回苍蝇吧! 这也算是以其人之道，还治其人之身!

我当即给朝露拨了电话，她正在饮吧，问我要不要过去坐坐。我说好啊，反正时间还早。再说谁也不知道才女什么时候回来，就让摄像头等着吧!

我远远地看见朝露站在饮吧门口。我三步并作两步走过去，她伸出手来。这是我们第一次握手。她的手又小又软，使我想起了女儿。我随她进了一间并不熟悉的包房，房间很小，也没有供人小憩的贵妃榻，但典雅别致，像家庭茶室。

听说您过去是师尊的好朋友……

我半开玩笑地说:"是战友，一起修理过地球……"

太有意思了! 想象不出来……

我满脑子都惦记着才女，居然冷不丁问起了陆富贵。我说:"既然陆富贵扎扎实实是你姐姐的人，那么他应该还在世上。"

这叫哪壶不开提哪壶! 朝露一听到这个名字，就面露愠色。我急忙道歉，并解释说："我想也许他是个突破口。"

别提他了！那人不容易对付，他就是一只活脱脱的变色龙。一会儿是乞丐，一会儿却衣冠楚楚、道貌岸然……

"有这等事？我实在无法想象……"这是我的第一反应。

难以置信吧？

"那你我联手把他挖出来如何？"我决定冒个险，却装作弱弱地试问了一句。朝露笑了，她可能猜到了我的心思。

其实我知道他躲在哪里……

"是吗？"我表现出了十分的好奇。

就在您住的地方……

我怎么没想到呢？有一句格言说得好，一切巧合的背后都有必然。而我似乎一直生活在巧合和偶然之中，从家人到朋友，没有什么是我可以预知的。他们来当所来，去当所去，仿佛《命运交响曲》中的音符响过，瞬间化作云，化作烟，化作无……

您准备把他怎么样？别冲动啊！

我又能把他怎么样？这就是我最无助的地方。上有自然天道，下有国法伦理，我除了忠实地记录这一切，已经无能为力。当然，我始终不甘心坐以待毙。于是，我答应朝露，绝不冲动；何况他陆富贵受人之托，忠人之事，实在无可厚非。我的问题是：如果老白知道他如此逍遥自在，又当如何？

您千万别把这事告诉老白，不然他一准找姓陆的拼命！

这对姐妹花真不是一般二般的聪明，难道她们有未卜先知、洞穿别人意识的本领？朝露让我倒吸了一口凉气。

不好意思！我是猜的……

"我知道你冰雪聪明，不过这样可找不到对象哦……"我想用玩笑的方式化解内心的忐忑，同时试探她的性取向。她果然又猜到了我的用意，一笑以蔽之。

呵呵，我可不想找对象！男人都是些什么呀……

不过您是个例外……

"我也一样，不是个东西！否则也不至于活到这步田地……"话有点重，但作为自我解嘲没什么了不起。

听说您很会讲故事，哪天也给我讲一个呗……

我问她听谁说的，她回说是石头悄悄告诉她的。这石头也够鬼的，尽拣些陈芝麻烂谷子说。我说已经很久没心思讲鬼故事和荤笑话了，尤其是后者，它们是石头的专属。

自从有了抖音，我们越来越不习惯用文字表达了，也许慢慢地又要回到文盲时代了！

那倒不至于，但文字的张力和想象空间肯定远大于图像或影像，这在心理学中叫作随意想象和不随意想象。图像或影像就属于后者。

四

我惦记着才女。有了朝露提供的线索，我也便一并惦记起陆富贵来。也许陆富贵真的和才女在一起，他俩都是我的邻居？说到邻居，我倒想起了石头曾经说过的一个笑话。话说纽约某公寓楼里有户人家，门口忽然堆满了箱子。一位邻居看到了，就顺道搭讪说："你们是新搬来的吧？"没等主人回话，邻居就夸耀起这栋公寓的诸多好处来，其中最令他骄傲的是邻居之间如何如何和睦友爱，亲得像一家人，可不像现如今大多数地方，邻居之间老死不相往来。"我们还相互换妻换夫呢！"主人夫妇不禁强笑着面面相觑，然后异口同声地说："我们在这儿住了好几年，这就搬走了！"

好好玩！

还有一个笑话，有异曲同工之妙，说的是邻居如同陌路，向来井水不犯河水。于是，张三家晾在院子里的衣服吹到李四家院子里就理所当然地被李家吞没了。同样，李四家的歪脖子杏树一多半伸到了张三家，张三也毫不客气地占为己有。一天，张三的太太爬上围墙用竹竿捡一件飘进李家院子的衬衫，结果一不小心栽进了李家的草垛。这李四的太太正好回娘家去了，李四活生生地捡了个便宜；可张三不干了，他举着菜刀要闯李家，结果被捕快给拦住了。原来李四见张三来势汹汹早从后门溜出去报官了。经过衙门调停，张三和李四终于签署了君子协定：一、互换房子，以便李四享有杏树的一多半果实；二、互换妻室，以便两家从此和睦相处、亲如一家；三、在围墙上加装大网，以免物件人等不慎流失，如是云云。

好玩，好玩，太好玩了！

朝露孩童似的欢呼雀跃。我说这些都是石头的遗产，可惜不知他在天之灵是否听见。

　　能听到的，放心吧！

"你肯定？"

　　那当然，灵魂不灭！这是师尊说的……

"哦，师尊……如果，假如，万一哪天师尊让你杀了我，你怎么办？"

　　不会啦！您别开这样的玩笑……

　　见她泪汪汪红了眼圈，我急忙说这是假设，不能当真。

　　假设也不行！

"好吧！不假设，大师万能！可是我得回去了，下次再找机会聊吧，我请你！"朝露客气地挽留着，我说家里有点事，约了工人修管道……

　　离开饮吧后，我心急火燎地上了地铁，出站后直奔那棵绑着摄像头的老槐树。

　　在进入小区中门时，管理员小王和我打招呼，还说有两个工人在家门口等我。这就怪了，哪儿来的工人呢？坏了！肯定是朝露派来的。果不其然，两个小伙子带着工具守在门口，我只好硬着头皮请他们进屋检修厨房下水管道。反正时间久了，下水管总会有点堵塞。小伙子们先用管道疏通剂折腾了一番，然后卸下所有软管、弯管清洗了一遍。就像有些医院大病小病一概要求化验血液、做核磁一样。待他们还原厨房下水管道时，夜幕已经降临。

我给他们各塞了三百元，把他们送到楼下，自己顺便绕至老槐树下，一边装作活动筋骨，一边朝树上偷瞄，并时不时地瞟一瞟那个华丽的门洞。

华灯初上，下班回家的各色车辆沿着灯光淹没在地下停车场入口处。唯有小楼的独立车库一直无光无影。由于在饮吧喝了杯摩卡，吃了点菊花糕，我可以继续绕着几棵老槐树不停地转悠；有人来了，就假装做个太极动作。

这年头，咱别的不会，做几个太极动作绰绰有余。曾几何时，咱闪转腾挪也不含糊，可岁月不饶人，如今筋也硬了，眼也花了，腿脚也不灵便了……

先生，您家管道修好了吧？

我说是的，并向她表达了谢忱。"因为有你的帮助，我回掉了事先约好的工人。"这时，朝露以"迅雷不及掩耳"般的突然袭击问我是不是无神论者。我说是的。她沉吟着，嘟囔着……

没有信仰不是很可怕吗？我不是说人可怕，而是生命可怕……

我说我有信仰，信真善美，信真理，信公平正义；尽管有时民族利益或政治立场使然，信仰需要适当地、暂时地让渡和绥化……"当然，我也信你家大师！"她笑了，电话里的声音很清脆、很年轻，像个豆蔻少女。

其实我也不信神……我信师尊，但不信她周围的人。他们汲汲于名利，经常做些蝇营狗苟的事情，比方说陷害你朋友老白的那个坏蛋。我有时真想离开这个圈子，过常人的生活，恋爱、交友、结婚、生儿育女……

这太出乎我的意料了！这也许就是围城效应吧！然而，朝露的话能信吗？这是一个问题。它氤氲如烟，萦绕在我的脑际。刹那间，两柱耀眼的灯光从远处射来，隐约看去，像是才女的车。它快速驶入专用停车场，然后就不见了踪影。才女也没有再出来。一定是停车场与豪宅之间有特殊通道。

我爬上老槐树，在夜幕的庇护下回看了摄像，结果一无所获。除了有一两个中年男人进出豪华门洞，影像中只有树叶婆娑、疏影横斜。

空空如也。

但我不能忘记朝露关于陆富贵的片言只语。这个"变色龙"实在太可恶！职业使然，我萌发了一探究竟的执念。陆富贵这样的人在心理学实验中可遇而不可求，这种难得的个案也许只有在战争年代可以觅得。想到这里，我重新回放摄像记录，并在两个曾经进出的男人身上下功夫。我用慢进和定格将他们放大、拉近，再放大、拉近……

我终于发现，那个梳马尾辫的男人有点像陆富贵。他穿着一身运动服，大概是为了出来跑步。从摄像头消失半小时后，他又原路返回、进了门洞。如果不是太阳帽遮蔽了额头，我应该一眼就能认出他来。

这是一个巨大收获，比监视才女来得更加重要。

第二天清早，我照例在那些老槐树附近健身。门卫小王像是轮早班，骑着电瓶车无声无息地驶过。这玩意儿速度快，且几乎静音。听说最近有个女孩儿发明了无链条自行车，最高时速可达二百公里。天才还真不少，但较之才女、朝露她们，却始终逊色得不值一提。他们并非一个等量级，也不是一个族类。才女和朝露代表后人类，可以清晰洞穿别人的思想，而且青春常驻。

我不能再冒险了，以免打草惊蛇。故此，我爬到树上，拆卸了摄像头，保存了录像资料，然后冲澡更衣，准备早餐，却发现燕麦用完了。我想买两包新的，同时要几瓶牛奶，结果发现捆绑在支付宝上的信用卡已经透支了。近一个时期，我总是入不敷出，区区退休金已经不足以维持目前的生活，何况还有一些额外支出。这让我更加忌恨陆富贵了，我想老白肯定也没少在他身上花冤枉钱。

为了锤实陆富贵的行踪，我乔装打扮，算好他昨天出入的时段，早早在槐树旁蹲守。果然，他戴着太阳帽、穿着运动服出来跑步，看上去年轻了十几岁。这小子哪有半点流浪汉印迹嘛？！俨然是个阔佬！浑身上下清一色的名牌，而且身轻似燕、行动矫健、步履如飞。古人说的是，"人靠衣裳马靠鞍，狗配铃铛跑得欢"。

我远远地跟着他，可没跑几步就上气不接下气了。老喽，都快成酒囊饭袋喽！

既然追不上，不如以逸待劳。我回到槐树下，绕着老树干摆太极姿势，可摆着摆着，连自己都觉得好笑了。于是，我学城市广场上撞树干的人，用肩背在老树干上轻轻碰撞。倒是挺舒服的。不过这么下去很可能被陆富贵和才女发现，还不如去找老白，尽早把这个秘密告诉他。

我回到家里，准备拿手机订票，却想起信用卡已经透支了。怎么办？工资卡也被绑定在支付宝上，我居然已经身无分文，需要坐等下个月的退休金了！

情急之中，我想到了典当行，就翻箱倒柜寻找值钱玩意儿，结果只找到了两块手表。一块是我结婚时买的，另一块是朋友赠送的。我拿着两块手表找到一家当铺，结果如何？价值上万元的东东只当了两千。好在足够我乘高铁二等座打个来回了。

事不宜迟，我直接买票出发。到了老白那里，以为那老家伙还会爱搭不理，没想到他热情了许多，像是换了个人。我照例和老余寒暄了几句。

为了支开老余，我跟老白有一搭没一搭地闲扯起来。最重要的是我宣告已经封笔，准备回老家颐养天年，这次是来辞别的。老余听了很激动，连说早该如此、早该如此。

老白在我的眼神中看到了秘密。他假装跟我咬耳朵说老余的坏话，弄得后者啼笑皆非。我趁着这当儿，把发现陆富贵的事儿悄悄灌进了老白的耳朵。老白声东击西，指桑骂槐。

这老东西睡觉咬牙，嘎吱嘎吱的，烦死人了！一定是个饿死鬼投胎……

老余不肯示弱，也一个劲儿说老白梦话连篇。我心想说梦话可不好，别泄露了秘密。

我那是故意的，不然怎么阻止你咬牙？

秘密转达了，我的一项重要任务完成了，现在必须马上回去赶高铁，万一误了点，我连住宿的钱都没有。这种窘迫除了土插队和洋插队时感受过，已经很多年不曾经历了。如今老也老了，反倒要为几元钱计较了，连手机都不敢多开。

一天下来，我除了在高铁上喝了几杯水，没有吃任何东西。回到家里已经是晚上十点多了。我翻检冰箱和食品柜，勉强找出一筒挂面抽出一缕煮上。为了不至于犯平素烧煳的错，我一等到面条煮个七八分熟就加盐端上了餐桌，连面汤都舍不得倒掉。

这样的日子熬过了一周的光景，颇有些三年困难时期的感觉。然而，这些都是我自找的。为了接近才女姐妹，我一时间成了夏琴所说的非富即贵，时常打肿脸充胖子、出没于高级茶座、饮吧，还平白无故地在陆富贵身上花冤枉钱。多亏国家没亏待咱穷书生，每个月都有退休金领。曾几何时，想想自己的贡献是那么微不足道，每次看到工资条都觉得心有歉疚，而今更是如此。何德何能啊？倘使拼上这条老命还能做点什么，我绝对义不容辞。诚然，想归想，做归做，结果又另当别论！这是造化弄人，还是人自欺人？想想我国从事人文研究和社会科学的同人何止千万，却始终未能阻止邪教和迷信的泛而滥之。何也？

人心如斯。从心理学的角度看，一切都不难理解。但问题是世界文明浩浩荡荡，科学技术一日千里，我们又做了些什么？作为学者我自知难辞其咎，也许真的只能用余生来拼死抗争了。

鉴于用龟息法度过了难耐的一周，得到本月退休金后，我总算迎来了"惊蛰"，可以重新出门了。我先给朝露打了电话。

哎哟，我的先生，您去火星了吗？那么久都联系不到您……

朝露一个"我的先生"让我大吃一惊，敏感的神经又绷紧了。

我还以为您生病了呢……

我说有急事出了一趟远门，其间没顾得上和她联系。她表现出十二分的通情达理，连连说没事就好，没事就好。

您要不要过来喝杯咖啡呢？还是我去看您？

"还是你来我这里吧！饮吧人多嘴杂……"

其实我想省钱。读者朋友，你可不知道，进一趟璇玑饮吧，少则数百，多则数千，原是个无底洞呢！同样一杯咖啡，在别的店里几十元足矣，璇玑就不同了，动辄数以百计，一般工薪阶层哪里消费得起哦！

好吧，那我这就过去！

朝露一直是个爽快人，除了手机关闭，她每次有求必应。这却是我从来未曾正视的一个细节。

不到半个小时，朝露就风一样地飘来了。她咯噔咯噔上得楼来，仿佛有意将高跟鞋踏得既轻盈又铿锵。我早早地等着，没等她按铃就打开了门。

哈哈，心有灵犀啊！

"哪里哦？是你的脚步声既清脆又响亮！"

原来如此，我以为是咱俩心有灵犀呢！不过至少您能听出我的脚步声……

我心想，有几个女性穿这种高跟鞋呢？跟细得像大号圆钉，而且硬度非同寻常，估计很难被允许进入卢浮宫。想到卢浮宫，我还真有一个不是笑话的笑话。话说三十多年前有位同事去法国访学，好不容易买了一双皮鞋，出国前没舍得穿却先给鞋底打上了铁掌，以便多穿一些时日；结果到了法国，别说进卢浮宫，就是一般博物馆、音乐厅也被要求脱掉鞋子方可进入。

还有这等事呢？换了我就别进去，或者换一双球鞋啥的……

"可是一张门票价格不菲啊，何况一双球鞋也很贵呢。对了，他倒是带了一双球鞋和一双拖鞋，平时在廉价宾馆穿；结果更糟，那鞋底掉色，把人家的地毯涂鸦了，还赔了一笔钱呢。"

太有意思了！

"当时家国都穷得叮当响，那光景，现在的年轻人难以想象！要不那么多留学生、进修生落地生根了呢，还不是穷怕了！"

那您怎么回来了呢？

"哎，我恋旧！没办法。"

比方说对师尊……

"可千万别亵渎了她老人家！"

师尊可不喜欢您管她叫老人家，她一点都不老，看上去恐怕比我还年轻呢……

我问她真的假的，是否亲眼所见。她说当然是真的，虽然已经有两年没见到真神了。

师尊这两年一直闭关修行，不再接见一般人等……也许才女还能偶尔见上一面。

"那她怎么指挥千军万马呢？"

师尊有通灵术，而且现代通信技术也运用自如。过去她还写微博呢，是最早的网红哦！

"那么厉害，怪不得信徒越来越多！"

## 五

朝露在我这儿一直坐到晌午才怅然离去。看来她也是个寂寞寥落之人，不然何至于如此形单影只。但这只是我的猜度，才女不也自诩清心寡欲、独来独往吗？

我草草收拾了餐桌和厨房，然后又试着给才女打电话。她的手机依然关着。

鉴于老白被困于精神病院，我每天眼睁睁地偷窥陆富贵悠闲自得地在林荫道上跑步，不禁悲从中来。好在职业使然，我自有化解之术。我揣摩着翠花一生表面上风风火火、轰轰烈烈，内心也许适得其反：孤家寡人，高处不胜寒才是她的宿命！这世上，至少还有我知道：她固然法力无边，却奈我何？！即使她长生不老，也只会落得个寻寻觅觅，冷冷清清，凄凄惨惨戚戚，还不如死掉算了！

　　她也配用李清照的词句？！我就这么有一搭没一搭地想着，看着，等着……我盼着有一天老白出院，夏琴痊愈，陆富贵得到应有的惩罚……我希望翠花大师的邪恶帝国分崩离析，才女、朝露等露出本来面目……

　　我意兴阑珊地坐到写字台边，打开电脑，点击文档，记下了目下的心情。

　　因为陪朝露吃了点心，我除了不停地喝水、上厕所，时至深夜仍不觉得饿。

　　　您还没睡啊？我以为您早休息了呢……

　　朝露这不是废话吗？既然以为我早歇着了，干吗还打电话来？我觉得她们这是玩的车轮战术，先是小露，而后夏琴、才女，眼下又轮到朝露，就像当初石头面对的燕子和小朝。多亏我脑袋还清醒，不然早成第二个石头了。

　　我还清醒吗？是的，我还清醒！

　　　呵呵，我最近追剧呢……《觉醒年代》……补了一课古代史。

　　我说这是现代史，充其量沾一点近代史的边。

　　　看来我得好好补补课了……

　　"学校应该有历史课啊，你没好好听吧？"

　　　我们好像没学过这个……只记得北伐战争和抗日战争。那也已经很遥远了……

怪不得她们心里只有大师！一群数典忘祖的小王八羔子！也不小了呀？照夏琴的话说，她们应该都是70后、80后吧！也不知道怎么上的中学和大学？也许是不过脑子吧？也许这些历史对她们无关痛痒？也许她们干脆是选择性忘却？我不得而知，但事实摆在眼前，她们迷信盲从，唯利是图，哪有正确的是非观念？遑论国家意识！

您该休息了。我刚听来一个笑话，想告诉您，让您睡个好觉……说是有一对丁克夫妻，每天晚上早睡有罪恶感，因为人家都在陪孩子上校外班、做作业呢。于是，他们决定把上床改作"上课"，以减轻负疚感。一天，太太给丈夫发微信说："老公，准备回家上课了。"老公回信说："今晚有应酬，改自习吧！"第二天，老公准备下班回家，给太太发了个信息："老婆，我昨晚喝多了，睡酒店了，今晚我俩早点上课。"太太回复说："不用了，我已经请了家教，一对一，你自便吧，甭回来上课了！"

呵呵，好玩吧？

想不到朝露也学会讲笑话了。

有来无往非礼也，我于是也给她讲了一个：有个同事神经衰弱得厉害，用了各种偏方和安眠药都无济于事，医生只能用最原始的疗法，让他坚持数数，一直数到三千零三夜。结果，那哥们第二天又找来了。他告诉医生说，这个法子毫无作用，"我按您说的，坚持数数，可数到一千零一夜时，就困得不行了，于是想起了阿里巴巴和四十大盗，并且忍不住喝了杯芝麻糊加咖啡点饥提神，然后继续数数，结果很轻松数完了三千零三夜……"。医生忍俊不禁，问他最后有没有看见山鲁佐德生孩子。他摇摇头，指着一个护士说："是三个晃悠的山鲁佐德，长得一模一样……"

好玩，太好玩了！

其实这是我临时编的，因为我想起了燕子、小朝和才女……

真好玩！可惜太晚了。您赶紧睡吧！

本来我确实有点困了，可这下一点睡意都没有了。我从书柜里任意抽出一卷《一千零一夜》翻阅起来。我看到渔夫和魔鬼的故事，也看到了两个人做梦的故事……

也许到了后半夜，我觉得有点困了，又换了《儒林外史》来读。因为内容太熟悉了，看书也就几乎形同数字，可以起到催眠的作用。洗漱既毕，就倚在床头上……我大概刚睡着，又接到了朝露的电话。她可能是成心折磨我，也怪我自己忘了关掉手机。

反正她自己精力无穷，一两个晚上不睡觉跟玩儿似的。想当初我们也一样，石头、木棒和我经常有意无意地做夜猫子，尤其喜欢伸手不见五指的晚上，因为我们要去"偷鸡摸狗打牙祭"。石头的逻辑很明确：饿死鬼过不了奈何桥。木棒不信邪，说不过奈何桥岂不更好。石头便说跌下万丈深渊不得投胎。其实石头也不信那一套，只是为了拿这些集体无意识打嘴皮子仗。木棒于是拿假和尚骗钱的招数反诘说，那假和尚在头顶上抹了盐，跪在老黄牛面前，口中念念有词；老黄牛便一边舔他的头，一边眼泪直淌。养牛的见如此光景甚感费解，怎知假和尚一口咬定那老黄牛是其父投胎转世。为满足和尚尽孝，养牛的人遂将那头牛送给了后者。这是《儒林外史》中的一个段子，说的是假和尚如何拿善良者的施舍中饱私囊。

她大师难道不正是这样的人吗？可惜朝露不明就里。为了多少给她一点提醒，我准备将枕边的《儒林外史》送给她，并且有意将书签插在假和尚敛财那一节。

先生昨晚休息得怎么样？要不要过来一起吃中饭啊？

我这才发现已经快到中午了。但我无意再去饮吧，便说今天起晚了，刚用完早餐，还没有食欲。

那我去您家如何？

"求之不得！"

老实说，两年下来，我这个鲜有积蓄的月光族已经难以为继，故而只能老老实实地宅在家里，尽可能不去问津饮吧之类的高消费场所。

朝露和才女也许从来不曾有过入不敷出的烦恼，也自然无须节衣缩食。勤俭度日在她们看来肯定是毫无意义的老黄历，一如她们那一套把戏对我而言都是假和尚念经。

少顷，朝露咯噔咯噔上了楼。我故意等她按了两次门铃才替她开门。

　　她见我手里拿着一本《儒林外史》，就说她昨晚一直在看《红楼梦》，而且发现里面有不少笑话，还问要不要讲一个我听听。我当然只能说好。她说的果然是贾赦关于公婆偏心的笑话。因为其中牵涉到孙猴子的恶作剧，石头很喜欢，木棒却一直视它为荤段子。同样是笑话，《三国演义》中的刘备东吴招亲，也被石头改编成了荤段子。至于《水浒传》，里面的笑话就更多了，尽管它们都是后人演绎的。他施耐庵老先生煞是一本正经，是一干作家中最不苟言笑的。我这么想去，竟忘了给朝露沏茶，却直接把《儒林外史》递给了她。

　　　　今天难得蓝天白云，惠风和煦，我们何不下去

　　走走？

　　我说他们在呢……

　　朝露不信。

　　　　我姐陪师尊闭关去了，不可能在这里！

　　我用食指和中指指指自己的眼睛，差点儿戳着眼珠。"它们看见的，清清楚楚，就在前面那栋小楼住着。"

　　　　当真？

　　"那还有假！"

　　朝露沉默了好一会儿。我抓住机会，问她何以如此虔信大师。她这才缓过神来。

　　　　您知道，这世上有很多谜团，比方说古代玛雅

　　的水晶头骨、古代中国的水晶杯子、古代西班牙的宇

　　航员浮雕等等，都是古代仙人离去后折戟沉沙的证

物，不是理性和科学可以解释的。往近处说，您现在的健康状况是否逆龄您自己知道，至少相当于五十多岁……

"那是因为我注意锻炼，而且生活节制。"

不对，是师尊施法的结果。

"有什么证据？"

您就是证据！师尊说了，您至少可以健康地活到一百多岁……

"假作真时真亦假，无为有处有还无。"我心想，我有自己的人生观和价值观。长命百岁不是我的志趣，何况你家大师并非万能，更何况你家大师要的是一本万利、无本万利。

我想归想，打哈哈归打哈哈，但朝露似乎看出了我的犹疑，甚至内心的不屑。

朝露若有所思，见一时无法说服我，就把话题转向了才女。她说才女野心太大，而且目中无人，未来一定后悔莫及。

我说从前有个农夫到城里走亲戚，遇到一位远亲。后者故作高深，问农夫说："令尊身体可好？"农夫不知所指，就老实地问"令尊"是啥意思。这位城里的远亲有些得意忘形，想趁机戏弄农夫，说"令尊"就是对别人家儿子的礼貌叫法。农夫信以为真，左手几只鸡、右手几只鸭，跟着这个亲戚来到一个地方。为了奚落农夫，城里人将七大姑八大姨一一介绍给他认识。农夫见她们一个个珠光宝气，必定儿孙满堂、幸福无比，就一个劲儿地问她们有几个"令尊"。她们觉得莫名其妙，皱着眉头直摇头。农夫嘟哝说，太可惜了，转而又问那个带他来的亲戚。后者也摇摇头。农夫觉得他们很可怜，就说自己有六个"令尊"，可以过继给他们几个。

朝露觉得这个笑话很智慧，就立即用手机记录下来。我说这也是多年前一个朋友从网上学来的。

　　民间智慧！太好玩了！我也给您讲一个吧！话说有位神僧精于变化之术。一天他偷偷为自己化了个妻子。从此他们形影相随、不离不弃，神僧连外出做法事都带着妻子。他把她藏在袈裟里，开始在莲花座上诵经念佛、超度亡灵，突然，袈裟内传出窃窃私语："我刚才出了虚恭该怎么办啊？"神僧尴尬地对众人说："唯女子与小人为难养也！是哪个女子在这里扰乱法事？"这时，那女子生气了，嚷嚷道："谁说女子难养？我不是很好养吗？！"她掀开袈裟，露出头来。大庭广众，众目睽睽，神僧只好作法将她化作一缕青烟，然后振振有词地对众人说："瞧，亡魂变成了女妖，我已经超度她回到极乐世界去了！"

我忍不住干笑了一声。这神僧分明是大师嘛！

朝露见我并未哈哈大笑，就煞有介事地评论起笑点来。我一味地点头称是，同时顺手打开酒柜，取出两只杯子，斟上预先勾兑的格瓦斯。

朝露开始推说酒精过敏。我说这酒没有酒精。她不相信，拿起杯子嗅了嗅。

哦，好像是格瓦斯。可格瓦斯也是有酒精的……

我说："这种没有，不信你试试。不过我记得你可是海量哦！"

伦家那是用了洪荒之力才把酒精逼出脚底心滴，

不然会冒烟滴……

于是，她越发嗲声嗲气了，但还是抿了一口。觉得味道不错，她便时而小酌，时而牛饮，算是尽兴了一回。

为了制造气氛，我一连讲了好几个笑话。当然，它们都是古人雅谑，其中有一个是讲柳下惠的。说的是娄东有个读书人，时常心猿意马，就很是佩服柳下惠，敬他坐怀不乱。但另一个书生不这么看，他反诘说，柳下惠甚是重利轻色，以至于为了一个小小的官职放弃美女呢。

这是孟夫子说的！

"是的，据传如斯。"我连声赞美朝露的博闻强识。

朝露很是得意，她大口大口地喝着格瓦斯，脸上渐渐泛起了红晕。

这正是我想要的结果。早听一位研究基因工程的美国专家说过，新新智人极端理性和冷血，他们大概率会拒绝感情和酒精，除非他们不是百分百人造，而是克隆。

我确实无从断定朝露姐妹是克隆还是整容或者人工智能加基因工程的产物。但只要她们再多暴露一些不同于人类的任何蛛丝马迹，都会成为我接近真相的阶梯。

是夜，最大收获是朝露很快醉了。她变得有些神志不清，明证之一是她到厨房去取来一把锋利的餐刀，然后毫无痛感地在胳膊上划了几下。血流出来了，但很快又魔术般地吸收回去了；刀痕也迅速弥合、化于无形。

我被眼前这一幕所震慑，怔怔地看着她笑眯眯地拿各种魔法让我目瞪口呆。我用手机录下了这一切，或可连同前面的记录，作为未来的呈堂证供。

然而，我忽然有了一种冲动。我迅捷地靠近她，捧起那张标致的脸直接吻了她。我相信恩格斯的论点，爱情不仅是外貌的吸引，还需要志趣的投合，而我之所以热吻朝露，却不知是出于外貌的吸引还是志趣的投合。论外貌，她完美无瑕；说志趣，她至少忌恨才女和陆富贵……

她一动不动，微张着嘴，脸上依然笑容如虹，并用那双仙灵的大眼睛看着我。我本能地闭上眼睛，内心如潮翻滚，双手却不知所措。我慢慢地松开她的脸，把手伸向了她的身体……

我用几乎外科医生般的触手检阅了她的整个胴体，包括体毛和指甲……也许，我把她当成翠花了！我不知道报复大于欲望，还是试探多于引诱……

她一如既往的从容不迫让我难以为继。我用手指测量了她的体温，勘探了她的肌肤，验证了她的敏感地带……她嘤嘤地哼哼着。

该轮到我了……

她突如其来的嗔怪或要求让我有些狼狈和惊诧。不过一个笑话分散了我的注意力。话说从前某老和尚即将圆寂，但因一愿未了，不舍离去。其弟子反复追问，老和尚终于道出心结：一辈子没见过女人究竟啥样。鸟之将死其鸣也哀，人之将死其言也善。于是弟子花钱请来一名妓女脱衣示之，老和尚长叹一声："咳，原来和尼姑一样啊！"于是，他在恍悟之中溘然长逝。据说这是大先生讲给郁达夫听的，直逗得后者合不拢嘴。我就像那个老和尚，终究没弄明白人造美女和自然美女的差别。倘使老天假年，我倒是想好好查清大仙大师是怎样炼成的。

我憨笑着将自己缓缓挪开，用不到一米的距离审察她朦胧若雾的表情。哦，与其说审察，不如说懵懂。为了无如的镇定，我只好向她道歉。

很好啊！干吗道歉呢？

"可你并不喜欢！"我喃喃地说。

我除了听笑话，什么都不喜欢。不过，有来无往非礼也！

我无适无莫地看着她的脸蛋和身体，不知说什么才好。这时，她扑过来，捧住我的脸，开始吻我。但我感到的不是温情和欲望，而是火焰般的气息。它是一种类似于浓雾的气体，同时我燥热如火的双眼看见她冒着热气和馨香的头发氤氲如烟。我渐渐失去了知觉。"翠花别！翠花……"

你欠我的！赔我五十年！赔我……

"啊？赔她五十年？……"

等我苏醒过来，已经不知道是什么时候。我躺在医院的病床上，周围有医生，也有警察。他们靠近我，开始了云里雾里的询问。

　　昨天晚上你在小区一号楼前做什么？

　　那辆卡车是不是你的？

　　你与一号楼业主陆富贵是什么关系？

　　那些炸药和成吨的汽油是哪里来的？

　　你为什么要炸死陆先生？

　　故意杀人是要判死刑的你知道吗？

　　你是否认识陆先生的女友？

　　你监视这两位遇害者就是为了对他们实施谋

杀吗？

　　……

　　小说或影视中的主人公这时都会唤来律师。而我既没有律师，也无从回答警察的问题。我的脑袋嗡嗡作响，眼皮像灌了铅一样沉重。我调动一切可以调动的细胞，回忆着他们所谓的时间、地点和情景。我完全不记得昨天晚上是否去过一号楼。但附近的监控一定可以证明我曾经在那里监控。这是事实，毋庸置疑。但我并没有炸药和成吨的汽油，更没有谋杀才女和陆富贵呀！至于什么卡车，什么爆炸，我更是一无所知。

　　我定定神，想挣扎着欠起身来，却没有成功。医生俯身帮我掰开眼帘，然后对警察说："瞳孔没有放大……"

　　那就继续审问！必须让他老实交代……

　　我特别想告诉警察，你们是正义的化身，别把时间和精力浪费在我身上，我真的一无所知。但我无法转动舌头，也完全张不开口。

　　　　你不要负隅顽抗，更不要抱有侥幸心理！我们的
　　政策是一贯的……

　　这我知道啊，"坦白从宽，抗拒从严"。可我张不开口啊，何况除了一度监视过陆富贵，别的我什么也没有做。

　　我忽然想问问现在的时间，因为我想起了朝露，想起了她的热吻……混沌之中，我仿佛听见有人在过道上说"下班了，明天见"。大概是傍晚。由此推演，我应该已经躺了二十多个小时。

　　　　从脑电图看，他有思维能力……我们再耐心等等
　　吧！反正煮熟的鸭子跑不了……

　　病房恢复寂静。

　　少顷，我听到他们在窃窃私语。

　　我努力回忆着"昨天晚上"。除了偶尔模模糊糊地想起似是而非的朝露，别的什么也记不清了。是的，譬如朝露，也许只有在精确显微镜和兆级像素的摄像机面前，她或它才能清晰地显现：变小、变少，成雾、成无……

　　这是我用最大的理智集成的一点连贯性形象思维。

　　我看到朝露雾化了，看到才女雾化了，看到燕子雾化了，看到翠花……正在充满讥嘲地发出窃笑。

　　与此同时，我依稀看到了木棒，看到了石头，看到了老白，看到了夏琴，看到了无数平素挖空心思难以忆起的脸庞和笑

容、苦相、讥诮、愤怒……而我至少有了和盘托出的机会。退一万步说，即使我永远不能言说了，家里不还有电脑和夏琴替我保存在云上的记录吗？

我拼力睁开眼睛，看到了警察，不，公安同志疲惫的身影。我多想对他们说一声"辛苦了"，但立刻放弃了这个念头。在他们心目中，我即使不是罪犯，至少也是嫌犯。他们不稀罕我的问候。但我由衷地在心里替他们惋惜，他们不该把时间浪费在我身上。等我能说话了，我会把一切告诉他们的。在此之前我充其量只是半个自己：精神分析学家霍尼博士眼里的神经机能病人。用弗洛伊德的话说，那是力比多受到过度压抑的结果。霍尼博士进而认为，这种压抑和痛苦往往始于少儿时期："我怕失去小朋友"，"我不能让大人生气"，"我不能惹老师生气"，"我不能失去任何人"，如此等等。随着年龄的增长，又会有许多社会压力接踵而来。这一点我心知肚明。想当初参军不成，留城无望，只能插队落户做知青。于是，"我不能给知青丢脸"，"我必须事事做好"，"我要讨贫下中农欢心"，"我成分不好"，诸如此类……在霍尼博士看来，"对世界的态度常常来自过分的压抑：要生存就必须适应社会环境，适应他人，而这种适应的前提与代价恰恰是抑制力比多的冲动"。霍尼博士把长时间过分抑制力比多冲动的痛苦称作"神经机能病的基本病因和病灶"，把孤僻视为神经机能病的主要症状。她说，由于神经机能病患者长期处于压抑和痛苦之中，就会设法寻找自我避风港。这是一种本能的自我保护方式：孤立自己以逃避与社会和他人接触（及由此形成的孤僻性格）是这种自我保护的最为常见的方式（症状）之一："只要我躲得远一点，他或她就不会加害于我"，"只要我不与他们过从太密，他们就不会伤害我"。另外两种常见的自我保护形式（症状）是"只要他（她）爱我，他（她）就不会伤害我"。这是三种相反相成、既对立又统一的自我保护机制。

而我对霍尼理论的补充是积极防御："以攻为守"。这正是我对翠花从避之犹恐不及到主动靠拢、刺探和挑衅的一次重大反转。这种反转早在我的前期研究中已见端倪，并有了明确的理论基础。同时，从小接受的唯物史观又给了我足够的底气。但时至今日，我忽略了对象的复杂性和特殊性。这是我失败的主要原因，也是老白失败的主要原因。我们没有充分预判大师的"法力"，也未能给自己和正义提供必要的武器——确凿的证据。而我等在大师的阴阳计面前，无论是动是静，最终都是毁灭。说到毁灭，才女倒真应了红颜薄命、慧极必伤和情深不寿的箴言，无论她与翠花大师本尊是何关系。

我不相信箴言，却尊重常识，因为后者是真理的近亲。因此，我宁愿沉溺于科学理性的精神分析，却一直对老白这一个案耿耿于怀。他在精神病院纵火后逃逸，电台、报纸、微信公众号到处是悬赏通缉。这还是我从公安的闲聊中听说的。我知道他早已走投无路，奇怪的是他如何做到的呢？他想做精神病版普罗米修斯也根本没有条件啊？！这事一定大有蹊跷！于是，我还想起了老余和他的那位"孪生兄弟"……

　　我刚刚还在拿荤谐段子比附迷信，认为它们犹如精神麻醉剂，无非一个是短效，一个是长效。如今这一切却变得如此模糊不清，就连正经的心理学也在与神学和科学殊途同归：一起探究人类和宇宙源流的奥秘。

　　转眼间，双螺旋体孱弱的胚胎在母腹或试管荡漾杯水中酝酿、生成的时代正在远去，后人类时代已然来临。我依稀看到人工智能与基因工程正联袂创造无所不能的新新智人，或谓神人。后者迅速占领广义的天庭和狭义的奥林匹斯山或蓬莱仙阁等，并用脑电波看透人类的思想、搅动气旋与洋流。用赫拉利的话说，人类起于创造上帝，如今终于将自己变成上帝。终于！

　　呜呼哀哉！缥缈中，恍惚中，我梦幻般地听到了来自远古的歌谣：

　　　　何所不死，长人何守？

　　　　天下为公，讲信修睦；

　　　　人心不齐，黄金变泥！

　　　　惟人共有，当可赓续？

　　　　东西南北，其修甚多；

　　　　人实为之，谓之何哉！

　　　　……

**图书在版编目（CIP）数据**

如是我闻／陈众议著 . -- 北京：作家出版社，2022.5
ISBN 978 - 7 - 5212 - 1816 - 9

Ⅰ. ①如…  Ⅱ. ①陈…  Ⅲ. ①长篇小说 - 中国 - 当代
Ⅳ. ①I247.5

中国版本图书馆 CIP 数据核字（2022）第 040946 号

## 如是我闻

作　　者：陈众议
责任编辑：袁艺方
装帧设计：潘振宇
出版发行：作家出版社有限公司
社　　址：北京农展馆南里 10 号　　　邮　　编：100125
电话传真：86 - 10 - 65067186（发行中心及邮购部）
　　　　　86 - 10 - 65004079（总编室）
E - mail: zuojia @ zuojia.net.cn
http://www.zuojiachubanshe.com
印　　刷：北京盛通印刷股份有限公司
成品尺寸：142×210
字　　数：230 千
印　　张：11.25
版　　次：2022 年 5 月第 1 版
印　　次：2022 年 5 月第 1 次印刷
ISBN 978 - 7 - 5212 - 1816 - 9
定　　价：58.00 元

ISBN 978-7-5212-1816-9